文学理论的重构

王 伟◎著

上海三联书店

代序:文学理论的危机或新生

一

自1913年教育部在大学规程中设置"文学概论"课程以来,多种探讨文学理论的专著或论文集相继问世。[①] 仅就专著而言,称谓十分多样,譬如文学原理、文学理论、文学概论、文艺概论、文学通论、何谓文学、文学入门、文学论、文学常识、文学基本问题等。而它们所接受的影响也并不单一,或日本的本间久雄、厨川白村、松村武雄、平林初之辅、滕森成吉、片上申、有岛武郎等,或英国的普列查特,或美国的韩德,或法国的伊科维兹,或俄国的普列汉诺夫、列宁、米尔斯基、高尔基、果戈理等,或德国的海涅,或古希腊的亚里士多德,或印度的

[①] 详细情况可参看北京图书馆编:《民国时期总书目(1911—1949)》"文学理论·世界文学·中国文学"部分(上),北京:书目文献出版社,1987年版,第1—52页。

泰戈尔,如此等等。民国时期这些不同的文学理念、文学思潮、文学维度互相激荡,在复杂的博弈中共同深刻形塑了中国文论的面貌。毫无疑问,文学理论话语的繁盛直接得益于现代大学教育体制的贯彻,——尽管京师大学堂已经呈现出近代大学的雏形,但它并未真正把现代大学制度全面付诸实践。随着政治形势的跌宕起伏,文学理论不得不面临是担当革命的同盟军还是充作革命的对象这样生死攸关的重大选择,也不得不日益激进化。实际上,左翼文学从"革命文学"转向后一直集聚力量,1942年最高领袖的讲话则将其合法化、权威化,于是,文学的阶级性、人民性、革命性、典型性等命题开始独占鳌头。所有的文学话语必须在这个范围内予以展开,否则就会失去护佑而招致围攻式批判甚至是灭顶之灾。无论是1958年毕达科夫来华为全国高校文艺理论教师传授苏联文艺学的"真经",还是叶以群《文学基本原理》对领袖讲话思想的学术性阐释及演绎,它们都借助大学体制广泛传布,在广大师生心中深深扎根。举国狂热的极左思潮带来的不单是文学理论的危机——画地为牢、噤若寒蝉、动辄得咎,更将整个国家推向崩溃的边缘。物极必反,"拨乱反正"之后,文学界掀起大规模地清算运动,人、人情、人性、审美等久违的话题炙手可热。反映在文学理论上,诸多著作如雨后春笋一般冒出头来,而那些足以体现革命立场的必修条目则大幅度缩水或者干脆销声匿迹。

遗憾的是,众声喧哗总是短暂,《文学理论教程》再一次依靠高教体制占据了垄断地位,其"审美意识形态"的核心思想自然也遍布大学的中文系,主动与被动的"粉丝"累加起来数量尤为可观。回到历史语境,其攻击对象是文论界肆虐已久的僵化式、教条式政治性,它把先前的被压抑者解放出来,凸显了文学的审美之维。随着社会生活的不断变化,其二元翻转式的逻辑构架、思维模式所铺展的文学地图距离文学现实渐行渐远,原有的冲击力也消歇下来,以至于成为文学理论前行过程中的绊脚石。虽然它力图容纳蜂拥而入的域外新思潮,然而,把有着不同理路的文论强行扭到一起看似兼容并包,其实却缺乏逻辑上的一致性,它们会撑断既有的理论框架,有时候还与其整个理论的出发点与中心闹别扭。大体说来,该教程面对的最大挑战来自后现代主义、反本质主义,而《文学理论(新读本)》(南帆主编)、《文学基本问题》(陶东风主编)等即是新世纪这方面有代表性的前沿论著。这既是文学理论的代际性冲突,更是无可避免的范式性冲突。很大程度上,也可以说这是"保守"与"先锋"之间的冲突——对两者都应进行情境性理解。"保守主义,从其性质来看,无法对我们现在的行动方向提供一种替代性选择。它或许能通过对当前潮流的抗拒而成功地延缓那些并不可欲的发展变化,但是由于它并不能指出另一种方向,所以它也就无力阻止它们继续发展。正是基于这一原因,保守主义的命运就必定是在一条并非它自己所选择的道路上被拖着前行"。① 简单地说,保守

---

① [英]哈耶克:《我为什么不是一个保守主义者》,见《自由秩序原理》(下),邓正来译,北京:生活·读书·新知三联书店,1997年版,第188页。

并非是说它从来就如此,而是说它之前有过针对现实的直接回应,但当它从挑战者变成手握(政治、经济、文化)资本的既得利益者时,很多时候就成了共时结构内作茧自缚的"装在套子里的人",仅仅执迷于既定权力或知识秩序按部就班的再生产,而对新起的回应时代现实的新生力量心惊胆战、横眉冷对或肆意挞伐。值得注意的是,最近有学者断言我们的文学理论受了种种不良影响——后现代主义就是其中的重要一员——而陷入了"绝境",因此,应该条分缕析那些令论者坐卧不宁的文学理论的"危机",并与它曾经体验过的危机相比较,看看这些危机中究竟有否蕴含一些新生的势头。

二

文学理论既有工具性,也有反思性,两者相互促进、相辅相成。不过,一旦由"多声部"变为"独白",工具性就会被异化,而反思性也被束之高阁。如此以来,原本对文学理论向度的某种考察、见解、设想等在风云际会中登上了本质与真理的宝座,闭目塞听,置对话于脑后而不顾。这种本质主义、实体主义的范型在整个社会科学界普遍存在,也是整个人类思维活动中的顽疾。这样说并未完全否认本质主义支配下的学术界仍能取得一定的成绩,但整体来看其弊大于利——自以为真理在握的它给思想、研究人为设定了疆界或雷区,另外,本质主义还经常与威权主义相互借重、沆瀣一气,从而压制了本应万紫千红、生机勃勃的创造力。后现代主义思潮张扬反本质主义,致力于剪断形色各异的束缚,打开思想的闸门。这一取向招来太多情绪化的指责,譬如相对主义、虚无主义等,至少,反本质主义之中的"关系主义"可以对此进行优游不迫地回击。关系主义堪称一场认识论的转向,众多理论家以丰硕的学术成果有力地诠释了这一原则,譬如福柯、布迪厄、罗蒂等。受这些理论家的启发,针对文学研究界的本质主义,南帆提出了关系主义的理论模式:主张应在多重文化关系网络之中研究文学,展开多重解释而不是热衷于还原到某一不变的本质。① 有学者批评说学术界讨论得很火热的"本质主义"与"关系主义"问题是"伪问题",因为它们在黑格尔那里就早已解决了,真是"对历史文献毫不了解"。② 问题是,能否仅凭黑格尔的著作就把后现代主义、关系主义思想群落中的一大批理论家、一大批著述全部否定?掐头去尾的几句引文又在整部黑格尔著作中占据怎样的位置?应该如何通盘理解而非断章取义?

黑格尔确有谈及"关系",如"真理就是由现象、现实的一切方面的总和以及它们的(相互)关系构成的","真理只是在它们的总和中以及在它们的关系中才会实现"。③ 论者以此

---

① 南帆:《文学研究:本质主义,抑或关系主义》,《文艺研究》2007年第8期。
② 参见王元骧:《也谈文学理论的"接地性"》,《文艺争鸣》2012年第5期。本节以下凡谈及该文不再注明。
③ [苏]列宁:《哲学笔记·黑格尔〈逻辑学〉一书摘要》,北京:人民出版社,1993年第2版,第166页。

作为黑格尔已经解决了关系问题的力证,需要指出的是,这是列宁根据黑格尔的原文所做的笔记。如果想要全面理解就必须回到黑格尔所言的语境,同时参照列宁笔记接下来对黑格尔文字的评价。容易看出,黑格尔之前一直在谈论观念问题,他反对康德的下述做法:把观念推崇为某种至高无上的东西,而所有的现实都必须趋之若鹜。他认为不应把观念视为一种彼岸性的目标,"而应当这样看:一切现实的东西之所以存在,仅仅是因为它们自身包含着并且表现着观念。对象、客观的和主观的世界,不仅应当完全和观念一致,并且它们本身就是概念和实在的一致;和概念不符合的实在,是单纯的现象,是主观的、偶然的、随意的东西,而不是真理"。① 反讽的是,黑格尔恰恰也陷入了他所批评的康德式观念的泥潭,因为黑格尔眼里的"观念"是真理、是概念与客观性的耦合,当他信誓旦旦地把大千世界的所有实在切分为两类——符合概念的与不合乎概念的——并以后者为代价来铸就前者的荣耀时,不是一样对某种观念顶礼膜拜吗?关键在于,作为人的认识的观念/真理如果出了偏差,而又强求参差不一的现实向它看齐、进而以这种观念来改造现实的话,恐怕就会大祸临头。现代世界历史中的许多令人发指的灾难所作的注释还不够吗?现象—本质,偶然—必然,主观—客观,不必苛求,列宁在抄录黑格尔上述那段话时明显怡然自乐于这种二元对立——德里达们一直奋力解构的霸权机制。尽管黑格尔强调人的认识是一

---

① 列宁:《哲学笔记·黑格尔〈逻辑学〉一书摘要》,第163页。

个永恒的运动过程,其间也并非没有矛盾,然而,他依然相信经过所有这些之后就会迎来"完备的客观性",列宁在笔记中又从《黑格尔全集》(第6卷)中找出同样的话。因此,我们理解黑格尔所谈的关系时就必须将这两者合观,换言之,在列宁看来它们的意思相同。问题是,完备的客观性、完美的真理不啻于终极诱惑,可远观而不可亵玩焉。而列宁认为黑格尔这里的言论"在概念的辩证法中天才地猜测到了事物(现象、世界、自然界)的辩证法","正是猜测到了,仅此而已"。何谓辩证法?"每一个概念都处在和其余一切概念的一定关系中、一定联系中"。① 列宁的批注十分明确地提醒人们:黑格尔谈论关系/辩证法还停留于朦胧阶段,需要大力阐发;还停留于纸上谈兵的阶段,需要切实运用于实践。如何能说黑格尔已经解决了这一问题呢?另外,阅读黑格尔的著作时,不应对论及本质的部分视而不见,譬如本质是真理,是"自身内在的、绝对否定的统一性"。而本质之所以是本质"是由于它自己的运动,即有之无限运动。它是自在自为之有:——绝对的自在之有,因为它对有之一切规定性都漠不相关,干脆扬弃了他有及对他物的关系"。② 这样的本质性真理关起门来津津有味地玩起了独角戏,又跟身外之物有什么关系呢?正因如此,列宁在笔记中强调自己总是竭力用唯物主义的观点来解读黑格尔,抛弃其中的"上帝"、"绝对"、"纯观念"等。

----

① 列宁:《哲学笔记·黑格尔〈逻辑学〉一书摘要》,第166—167页。
② [德]黑格尔:《逻辑学》(上、下),杨一之译,北京:商务印书馆,1966年版、1976年版,第414页、第4—5页。

有意思的是,论者一方面宣称本质主义与关系主义的问题在黑格尔那里就已解决,今天没有必要再来讨论这样的"伪问题",另一方面却又坚持"文学之所以是文学总是有它自己的特性,正如一切水都是 H_2O 一样"。这两个判断不是相互矛盾吗?"当人们不再在文学所说的层面上,而只是在其指称形式中加以考察,那么,人们会相信自己已经把握了文学的本质"。① 回答什么是文学需要沉入纵横交错的历史结构之中,分析文学承担了怎样的区别性任务或角色,而不是玩弄形而上学的游戏,武断地认为文学应该是什么,痴迷于寻找文学的阿基米德点。在反本质主义的视野下,我们不再相信文学以至文化有什么稳固不变的特性,哪怕可以总结出若干条特性,也要明白它们都是共时场域之中诸多关系项博弈的结果,都是话语的精心建构,都有被解构的可能。

三

场域是为了夺取、控制有价值的资源——例如政治资本、经济资本、文化资本、宗教资本、科学资本等——而进行斗争的领域。布尔迪厄指出,知识场域中文化的掌管者与文化的创造者之间的对抗始终存在,或隐或现、或平和或激

---

① [法]米歇尔·福柯:《词与物——人文科学考古学》,莫伟民译,上海:上海三联书店,2001年版,第59页。

烈,"前者是知识的合法化系统的再生产者,而后者是新知识系统的创造者"。①反本质主义意在打破现有的、凝滞的合法化体制,尤其是那种窒息创造力的、围绕某个观点为中心的架构,提倡多元化的、块茎式的松散结合,其结果就是根茎繁复错杂、形成千座高原。如此一来,"第一原理"的地位被撼动,文学研究的指导思想走向多元化,现象学、符号学、人类学、精神分析学、形式主义、结构主义、解构主义、文化研究等阐释模型相聚一堂。而这种局面却令一些学者愤愤不平,在他们看来,马克思主义唯一的指导地位受到了威胁,其余的研究路径必须如众星捧月般紧紧围绕它才行。这既体现出某种政治正确性,又是对一门学科的勉力捍卫。毋庸讳言的是,这门曾经叱咤风云、辉煌至极的学科衰落下来,失去了之前的吸引力:学生厌学,教师厌教,很多时候还被人们隐隐地贴上了"时代遗迹"的标签。因此,我们必须直面而不能逃避这样的问题:反本质主义之后的马列文论究竟该何去何从?

一段时间内,文学的阶级性、典型性、人民性与现实主义成为马列文论的铁律,文艺成了无产阶级与资产阶级生死搏斗的锐利武器。是敌是友、是前进还是后退、是革命还是反动一目了然,文艺工作者只需、也只能遵照执行。兴废关乎时序,文变染乎世情,当社会主义与资本主义两大阵营之间的尖

---

① [美]戴维·斯沃茨:《文化与权力:布尔迪厄的社会学》,陶东风译,上海:上海译文出版社,2012年版,第144页。

锐对立突然消失后，当腐朽的、僵死的、正在一步步走向灭亡的资本主义等类似的预言全都落空后，当世界各地的无产者不但没有联合起来反而为了争取工作机会而兄弟反目后，需要审视的是马克思自身的言论，是我们对马克思主义的接受，其中出现了怎样的偏差或曲解。应该说，马克思是立足于他所生活的那个时代对资本主义的未来发展及其社会主义替代者进行想象，它必然带有鲜明的时代烙印或局限性。随着世界形势的变迁尤其是全球化时代的来临，过去的两大阶级有了新的分化与重组，利益诉求不再那么单纯，身份认同也趋于复杂化。所以，无产阶级、资产阶级这样的概念都显得有些大而不当，文学愈是被强行沿着它们的界限匍匐前进，愈是缺少人间烟火味；革命性阉割了人性，阶级情淹没了骨肉爱。马克思的思想博大精深，阶级斗争当然只是其中一端，被我们在实践中予以极左化的一端。所以，应该反省我们是否把马克思主义教条化了、原教旨主义化了，因为阶级斗争毕竟只是通向共产主义乌托邦的一个阶段、一种手段，而在这个理想的状态下人自身可以得到全面发展，这才是最终的目标。并不是说阶级斗争时时讲、天天搞，美好的社会就可以从天而降，毕竟，达成美丽新世界需要的不止是阶级斗争，还更需要经济、政治、文化、科技等方面的协同发展。而唯阶级性马首是瞻的文学、文论必然贬斥或割弃人之成为人的其他各种关系，故步自封、走火入魔。

马列文论的昌隆当然与特殊时代的政治需要密切相关，这给它染上了浓重的意识形态色调。随着意识形态领域对抗性的逐步弱化,马列文论一统江湖的局面被打破,它也从过去的霸主变为文艺理论界的普通一员,甚至遭到青年学子的厌弃。平心而论,在纷繁多姿的理论话语的强力竞争中,尤其是在汹涌的反本质主义大潮冲击下,马列文论的许多见解显得落伍。不过,作为主要关注社会维度的一种话语,它的一些经典论断或命题依然值得记取,譬如经济基础与上层建筑不平衡原理、政治经济学方法、对改善人生的极大关切等。谁如果丢弃了这些东西,那他必将遭到"马克思的复仇"。需要说明的是,马克思主义应该在摆事实、讲道理,在说服中,在意见市场上与他者的竞争、对话中展示出自己的魅力,并以这种魅力去吸引人、引导人,而不是拿干巴巴的"金科玉律"去教训人。在这方面,詹姆逊、伊格尔顿等理论家都做出了有益的尝试。相比之下,詹姆逊的马克思主义立场渗透于大量扎实的文本分析中,而伊格尔顿则显得能言善辩,与那些反对马克思主义的意见针锋相对地展开长篇辩论,但伊格尔顿论辩的靶子很少标明所有人姓甚名谁,所以有时候不免捕风捉影或有漫画化的嫌疑。① 这多多少少损害了论证的质量。解释世界固然重要,更重要的是要改造世界,马克思主义的实践品格启示人们:放眼林立的学科,处于弱势地位的文学话语应在如何发挥自己不可或缺的作用,如何有助于完善人生与世界上多下功夫。

---

① 参看[英]特里·伊格尔顿:《为什么马克思主义是对的》,李杨等译,北京:新星出版社,2011年版。

四

反本质主义的漫延及纵深化刷新了文学理论的版图,使其内部的组成部分经历了新一轮的整理、调配。其间起伏升沉在所难免,前述的马列文论如此,而极力维护自身学科合法性的古典文论也是如此。很多时候,它们面对活生生的文学现实不免捉襟见肘或隔靴搔痒,这就需要其他的文论话语现身予以尝试、解决。当然,它们也都有自己所擅长的部分,也有一些依然有效的解释。因此,文学理论园地内就不是也不能一家独大,而是众多面目各异的话语相互补充、协作、对立、冲突。尺有所短,寸有所长,正是这些话语从多个角度阐释了文学的多维性,而不是某一话语豪迈地挥手宣布找到了文学的本质,其他话语可以一边凉快去吧。毋庸置疑,这种多元共生的文学理论生态理应得到教育机制的保障。如果说这些还可以大体被接受的话,那么,文学理论的反本质主义追求导致的"理论之死"则引发了淆乱、误解与恐慌。所谓"理论之死"指的是那些宏大叙事式的文论体系——它们以权威的真理自居——被人们所抛弃,理论的工具性、相对性、现实性成为文论界的常识。[①] 与此类似,对另外一些不无耸人听闻意味的

---

① 参见单正平:《理论已死——我对中国文艺学的一点看法》,《南方文坛》2012年第2期。

说法也应作如是观,譬如罗蒂与费什的"反对理论"反对的是大写的、本质主义的不变理论,它同样也是"文学理论终结"所终结的对象。只有弄清这些口号射击的靶子,我们才不会陷入无谓的担忧。(文学)理论死去倒是没有太大的关系,"人之死"就严重多了。福柯当然不是说有血有肉的人一个个都死了,而是接着尼采"上帝之死"的话头,谈论人类某种信仰或者清规戒律的失效。理论的危机、衰败与理论的新生是一个并行的周而复始的过程,因此,研究者的任务是敏锐地把握住时代动向的苗头与势头,辨明在新的境况下哪些描述变得乏力甚至乏善可陈,并认真反思其中的缘由,接下来又该怎样进行新的有效的再描述,而不是有意无意地为前者狡辩、招魂。夫天地者,万物之逆旅。光阴者,百代之过客。历史没有预定的轨道,在历史的长河中,任何人、任何事物、任何描述都不过是匆匆过客,但这丝毫并不意味着代谢的人事没有意义,而这种意义就在于能够积极参与并有效回应共时的广阔天地,从而使人事不断地自我超越。

与"理论之死"有着相似命运的是"理论之后"这个因伊格尔顿而在中国文艺理论界被热烈讨论的命题。大凡读过伊格尔顿《二十世纪西方文论》者应该记得该书导言部分对那种反对理论倾向的批评:反对理论也是一种理论。所以,理论之后绝非可以一劳永逸地抛却种种看似枯燥无味的抽象理论,返回没有理论的桃花源。其实,这一命题一方面表达了伊格尔顿对一批理论大师逝去的些许怅惘之情,另一方面,更重要的是他要借此反思后现代主义的文化理论,最终走出后现代主义的幻象。正是为了达成《理论之后》的这个核心目标，伊格尔顿探讨了道德、价值、真理等人类的重大问题，痛心疾首地表示必须保护这些问题以不受反本质主义的侵害，他甚至还区分出好的与坏的这两种本质主义的存在形态来为上述命题进行辩护。显然，这与伊格尔顿在文学上立场鲜明而坚定的反本质主义者形象大相径庭。实际上，不只是文学，道德、价值、真理等都是话语的建构，我们不需要也根本不可能永久地锚定它们，因为它们的位置是由共时结构中的诸多话语经过商讨后决定。衡量其是否有效的标准在于它有否给出对现实较为多面的阐释，有否超越过往或同侪的见解，有否对现实给出发人深省的洞察，有否发现现实存在哪些方面的关键问题及症结所在，有否给出了什么相对合理的解决办法。在这个层面上，有必要提及《革命/叙述：中国社会主义文学—文化想象》这部作品。

　　著者回到"革命中国"的共时空间，力图在文学话语、政治话语、历史话语等的对话中描绘对中国社会主义的想象。可想而知，在那个"政治挂帅"的年代，共时结构中的这些话语肯定有着可以相互印证的一面，然而，更重要的是探讨文学话语如何在政治话语筑成的堡垒中曲折地突围，探讨文学话语如何明修栈道、暗渡陈仓，探讨它们之间的相互龃龉及冲突。而令人纳闷的是，著者却把多种话语搅拌在一起不加区分，把革命的想象与革命的历史相互等同，从一种话语游刃有余地跳跃到另一种话语。挑挑拣拣之后的话语组合呈现出一个让人向往的革命中国，而革命的复杂性尤其是革命的危害与阴暗面被搁置。也就是说,这种革命想象仍然停留于大历史之上,停留于用文学话语验证、证明革命历史的正当性之上,而最能表征革命面貌的日常生活尤其是男男女女的日常生活遭到漠视。现今我们谈论革命话语,更需要认真而深入的反思,譬如,比较暴力与革命两者之间的异同,"只有发生了新开端意义上的变迁,并且暴力被用来构建一种全然不同的政府形式,缔造一个全新的政治体,从压迫中解放以构建自由为起码目标,那才称得上是革命"。否则,即便可以留名青史,而代不乏人的革命者就与贪恋权力及一己之私者关系暧昧。另外,当千千万万的热血青年奉献出宝贵的生命之后,那个让他们魂牵梦绕的宏伟革命目标在多大程度上得以实现。当他们甘愿在其中扮演任何角色的那一幕伟大的历史戏剧早已散场后,问题在于有没有这样的历史必然性? 阿伦特认为俄国革命者"敢于藐视一切现存权力,敢于挑战一切世俗权威,他们的勇气毋庸置疑,但他们常常日复一日奴颜婢膝地屈服于历史必然性的召唤,不发出半点义愤填膺的呼喊,不管对他们而言必然性的外表看起来是多么的愚蠢和不合时宜"。[1] 换言之,那些有时候打着革命旗号实则荒唐透顶的事件,其根源在于对本质无条件的服从与膜拜。历史的阴霾渐渐散去,而我们的认识如果还固守于那个年代,就真的是莫大的悲哀了。

---

[1] [美]汉娜·阿伦特:《论革命》,陈周旺译,南京:译林出版社,2007年版,第23、46页。

五

　　只有与时俱进，对世界的再描述才能真正贴近现实、介入现实。文学话语尤其是其中的文学理论部分经常遭到脱离群众、脱离实际的指责，于是，理论要"接地"的呼声一时间高涨起来。首先应该明白的是，文学创作、文学批评、文学理论、文学史虽然同属于文学话语，但它们的分工有别、侧重点各异。相较而言，文学创作最容易与现实相连，只要它不把自己锁入狭小的天地并在其中自得其乐。而文学批评则因为"学院派"的崛起而放弃了20世纪80年代那种流行的印象式品鉴，多种理论资源的随后加盟使得批评文字不再如先前那样通俗易懂。换言之，文学批评的诉求对象发生了转移，它的读者往往是学院里的专家与学者，而不再怎么用心去获取普罗大众的青睐。这种转移既是高校科研考评体制的结果，又是文艺与政治关系剧变的表征：当文艺从属于政治时，文艺担当着以形象来阐释政治的任务，而这根本上是为了教育人民、打击敌人。劳动群众的识字量有限，赏析文艺作品的能力不高，因而，文学批评必须站出来，帮助他们分辨作品的良莠。文学批评作为意义的再生产，同时起到规训及惩罚作家的功效，使他们在政治划定的圈内进行演绎而不致越轨。当文艺不再从属于政治时，文学批评对大众与作家的指导作用迅速弱化。文学理论可以看成文学批评的理论化总结，它也经历了上述转变。有鉴于此,我们不难看出,试图与文学话语的导向功能前缘再续很大程度上是重弹文艺服从政治的老调。另外,当今的文学理论已经不再局限于总结创作经验与文学批评,文学理论自身可以进行再生产,或者说,理论话语的繁衍还有另外的途径或逻辑。而且,全球化时代的理论旅行是普遍性现象,这使得文学理论异常复杂。因此,我们不能奢求没有经受过任何学术训练的普通大众轻易就能弄懂文学理论。要求学术理论童叟皆知、喜闻乐见有很大难度,也需要长时间的普及工作。

至于理论与实践之间的关系,切不可过于悲观、褊狭,动辄斥责理论陷入了贫困境地。如果某一理论具有非常强的可操作性,能够带来实实在在的物质进步,此时,理论固然与实践融合一体。这是较为直接的情况,还有另一种容易被忽视的较为间接的情形:某种理论或学说的登场改变了人们的思想,继而潜移默化地改变了人们的世界观及行为模式;或者,某种研究谈的都是域外的成败得失,看似与中国现实没有挂钩,却为中国问题提供了可资比较的参照物。明白了这一点,上个世纪80年代学界追捧青年马克思的人道主义热潮才不会显得那么突兀,而新世纪末期后现代主义思潮的风行才会顺理成章。任何理论都是假设,都是或隐或现指向现实的假设。正因如此,不妨说理论只有在实践中才会迸发出生机与活力。就文学理论而言,文化研究为此提供了力证,而有的学者误以为中国的文化研究一直在空谈理论,所以已经"奄奄一息"了。"这种无的放矢的批评实际上导源于对文化研究的狭尴理解,机械地认为理论与实践可以一刀两断,罔顾文艺研究中丰富而复杂的中国经验,未能认清文化研究何以在中国兴起并长盛不衰、引发的焦虑与真正的困境是什么"。① 文化研究的研究对象并不限于文学,而是整个意义生产领域。文化研究挑战了传统文学研究的权威,两者之间曾经剑拔弩张的关系舒缓下来,"现今,文化研究已被学界认可,成为当今学术研究框架的一个分支,无须再对文学研究抱有敌意。文学研究和文化研究二者完全可以'和平共处'"。② 也即是说,文化研究已经被现有的学术体制接纳,成为文学研究扩容后的一部分。制度化之后的文化研究特别需要坚持自己的问题意识与批判性,不能满足于做书斋里的学问了事。唯其如此,才能在共时结构中成为积极的发言者、介入者,从而以相对独特的方式发挥出文学的公共性。

理论与实践密切结合即是说理论要有阐释现实的能力,文学理论也是如此,而反本质主义破除固定不变的本质想象、引入多种话语的目的之一就是为了加强阐释的效果。有学者认为,中国学界接受反本质主义与五四以来传入我国的"实用主义"哲学的影响密不可分,而它对效用的理解过于功利化——为了达到"直接利益"而放弃了"根本原则",又因为经常眼睛盯着当下,所以有着鲜明的功利主义色彩而显得胸无

---

① 王伟:《"文化研究"的意义与问题——与盛宁先生〈走出"文化研究"的困境〉一文商榷》,《学术界》2011年第10期,第98页。
② 陈军:《"理论之死"属一厢情愿——乔纳森·卡勒教授访谈》,《中国社会科学报》2012年5月18日,第304期。

大志。"与其说它是一种实践的哲学,不如说它是一种实证的哲学。而文学理论究其本质来说不可能仅仅是实证的。这就决定了任何文学理论,它的核心就是一个文学观念的问题,一部文学理论著作就是一定文学观念在具体文学问题上的具体演示。这无不关涉到对于文学本质的理解"。① 文学理论确实不能流于实证,但实用主义也不能仅仅归于实证主义,后者主要是指实验自然科学,它强调观察及实验,推崇实证性和确定性,这就与形而上的经院哲学分道扬镳。在对形而上哲学的解构与拒斥这个方面,实用主义与实证主义确有可以共享的内容,但如果着眼于实用主义对人文学科的启示、对实践的强调与反思,那么,实用主义就是努力弥补形而上哲学缺陷的实践哲学。正如布迪厄所言,"实践哲学是一种普遍使用的人类学,它(特别)注意到历史性,因而,就在发现行动者普遍应用历史结构的同时,注意到相对性和认知结构。"② 只有回到共时的历史结构,人们才不会对什么根本不可改变的原则、众望所归的文学本质念念不忘,才会眼睛向下关注活生生的文学现实。在帕尔默看来,文学实在论与科学的视角之间有着亲缘关系,"文学诠释已降到科学家的思维方式的程度:沦为公事公办式客观性,静态的东西之概念化,缺乏历史感,对分析的偏爱",科学的文学本质使我们忘了文学作品并非一件我

---

① 王元骧:《文艺理论:工具性的还是反思性的?》,《社会科学战线》2008年第4期,第139页。
② [法]皮埃尔·布迪厄:《实践理性:关于行为理论》,谭立德译,北京:生活·读书·新知三联书店,2007年版,第149页。

们可以为所欲为的客体,真正需要的是"对诠释一部作品时所牵涉到的东西作出人文学的理解"。①

　　理论是灰色的,而生活之树长青。文学理论唯有不断介入现实,在自我更新中、在热情参与中给人启迪,哪怕它随着生活的脚步失去先前的冲击力,甚至终将变得无味,那它也已完成了自己的使命。

---

① [美]理查德·E.帕尔默:《诠释学》,潘德荣译,北京:商务印书馆,2012年版,第16页、18页。

目 录

第一辑

本质的迷思

文学可以定义吗？ …………………………………… 3
文学性：未竟的阐释 …………………………………… 11
孤芳自赏的"审美"本质 ……………………………… 28
半途而废的"反本质主义" …………………………… 42
解构的张力 …………………………………………… 54
本质主义、反本质主义与美学研究 ………………… 68

第二辑

关系的博弈

审美：参与及超越 …………………………………… 89
罗蒂与关系主义文论 ………………………………… 101

关系的博弈 ························· *115*
关系主义视野之下的文学理论写作 ··············· *127*
走火入魔的"close reading" ·················· *138*
分歧的取向 ························· *149*

第三辑

结构的剖析

文学、日常生活与意义调配 ·················· *169*
意义生产、文学话语及历史结构 ················ *180*
意识形态、审美体验与话语分析 ················ *200*
共时空间、意义互动与文学公共性 ··············· *215*
民国海洋文学史述略 ····················· *233*
岂能如此理解中国传统文化中的诗歌 ·············· *245*

第四辑

批评的品格

文学批评：美感剖析与理论介入 ················ *257*
文艺批评：介入的资本 ···················· *270*
文学批评：品格的坚守 ···················· *278*
文学批评的逻辑 ······················· *291*
抗战文学应该如何书写 ···················· *303*
中国当代文学需要"向外转"再议 ················ *314*

附录1 文学的本质情结是如何炼成的？ ………………… 321
附录2 "信息批判"之见与不见 ……………………… 327
附录3 反本质主义与"中国问题" ……………………… 337

第一辑
本质的迷思

文学可以定义吗？
——关于文学问题致南帆老师的信

尊敬的南帆老师：

您好！

《文艺争鸣》第 6 期刊发了杜书瀛先生的一篇文章——《文学可以定义吗，如何定义——兼论南帆、陶东风文学理论教材的功过是非》，不知您有否看到。杜先生对两部教材的反本质主义功绩赞誉有加，也批评您和陶东风教授追随乔纳森·卡勒，在界定文学时有主观随意的毛病。我的印象中，您在否认一成不变本质、提倡关系主义的同时，多次指出过这并非放弃了任何确定性。譬如，您在《文学的意义生产与接受：六个问题》一文中就强调："许多关系十分稳定，甚至一代又一代地延续。绝大多数关系不可能一夜之间土崩瓦解。许多时候，历史本身就提供巩固、保存现有关系的机制"（《东南学术》2010 年第 6 期）。但您的观点仍然让包括杜先生在内的一些学者产生误解，我觉得您还是有必要回应一下。

杜先生是我十分崇敬的前辈学者,他主编的《中国20世纪文艺学学术史》是我走进文艺学大门的启蒙教材之一。但我不是太赞同他对卡勒们的解读。卡勒说"文学就是一个特定的社会认为它是文学的任何产品",伊格尔顿则说"研究者以及他所代表的社会集团的一种建构"。杜先生由此推论,卡勒们说的只是"小写的人"的建构,而不是作为历史主体的"大写的人"的建构,因此有浓厚的主观任意性。让人疑惑的是,卡勒们在界定文学时,不论诉诸具体的社会语境,还是诉诸社会集团、文学机构,都明显对个体形成了多重限制,又怎么会引发"小写的人"随时而任意地建构呢?个体当然有建构文学的权力与能力,但并不意味着他可以胡作非为。譬如,就算某个人心血来潮,想要否定李白的诗歌是文学的话,那也无法得到社会的认可。从这个意义上说,常常为人担忧的绝对相对主义不啻于一个稻草人。再一点,杜先生认为文学是一种建构,虽然反对本质主义,但给人的感觉其实并不彻底。这表现在两个方面:其一,他所说的"大写的人"有些脱离历史,趋于本质化。其二,他所能承认的变化或建构,都只是文学的"末";还有一个"本"不是建构的,它可以穿越历史的时空,永葆青春。也正是依靠这一点,文学才能展示其独特性,与其他话语形式区分开来。

一段时间内,我们的文学理论充斥着本质主义,而现在它让人避之不及。值得注意的是,知与行之间经常并不吻合。根据我近年来的不完全观察,在反本质主义大潮的冲击下,本质主义式的一些僵化做法确实被丢弃。然而，不少学者往往是朝前走了一段路，或近或远，又在不自觉中转过身来，重回旧路。譬如，较为流行的是宣称文学有多种本质，它们组成了一个系统，可以一网打尽所有的文学。他们并未真正弄清楚，更谈不上真正接受反本质主义、关系主义的思想内涵。我常常想：研究者为什么对一成不变的东西情有独钟？这种执着的情结究竟又来自哪里？这似乎不是中国古人的作风。它是不是与近代以来西方的影响，尤其是自然科学的影响有更密切的联系？

期待着您的赐教，敬颂夏安。

您的学生：王　伟
2016年7月12日夜

南帆老师：

您好！旅途中收到您的回信，读来倍感亲切。的确如您所言，在杜书瀛先生的论文之中，还有一些值得讨论的问题。接下来，我打算先补充两点杜先生对卡勒的误判，然后，结合他的文学定义回应您谈到的"审美"问题。

卡勒认为，"文学是什么"并非文学理论的中心问题。原因有二：其一，理论本身融合了多种思想，因此，理论家不必劳神去分辨自己解读的文本究竟是否文学。其二，非文学作品中也有"文学性"。杜先生由此推论，卡勒取消了专门研究文学作品的必要性。然而，如果回到上下文，不难发现，杜先生并未把卡勒的意思说全。因为卡勒试图用第一个原因来说明文学与非文学可以同时研读,方法也相似。他接着还指出:"这倒不是说各种文本都差不多"。卡勒觉得,非文学作品中也有"文学性"这一点一方面"使文学与非文学的区分变得越发错综复杂",另一方面也"说明文学的概念仍然起着一定的作用,因而也就需要讲一讲"。因此,果如杜先生所言,卡勒或许就没必要写出《文学理论》这本书吧。

卡勒坦言,很难找到文学作品共有的一些根本特点,何谓文学应该交由文化来裁决,并以"什么是杂草"为例来说明。杜先生据此断定,在卡勒眼里,既然"很难为文学下定义,以往种种文学定义都是瞎掰"。我们知道,卡勒所言的定义之难,是指难以拿出那种"放之四海而皆准"的定义。这并不意味着卡勒全盘否定此前所有界定文学的努力,因为他接着就举例介绍了五点理论家关于文学本质所做的论述,并提醒人们不能将其绝对化:"对每一点论述,你都可以从一种视角开始,但最终还要为另一种视角留出余地"。

卡勒奚落寻找"杂草"本质的做法是白费力气,并劝说"你应该做的是历史的、社会的,或许还有心理方面的研究,看一看不同的地方、不同的人会把什么样的植物判定为不受欢迎的植物"。不知道杜先生在出示自己的文学定义前,是否注意到这一节。杜先生认为,文学是以语言文字为基本媒介而进行的人类审美情志之创造、传达与接受。其中,审美是文学之魂,是文学的核心,是文学的酵母。如此推崇审美来界定文学,或者,如其他学者那样奉审美为文学的本体性质,以为穿越时空的经典是其载体,如此等等,其实是当前中国文艺理论界较有代表性的观念。我觉得,这些虽名异而实同,都易于堕入本质主义的泥沼。换句话说,在反本质主义的持续攻击下,审美是一批学者固守的最后堡垒。

审美究竟是不是不变的文学本质?一个便捷的验证方法即是诉诸生生不息的文艺史,看一看古今中外的文艺观是否把审美奉为神圣不移的准则。至少,在《论语》的年代,"善"的地位高于"美",这种思想深刻形塑了中国古代文艺理论的样貌。而在柏拉图的《理想国》中,认定何谓文学时,城邦的利益远远胜于审美。卡勒《文学理论》中也说,大英帝国殖民地中,文学被视为一种说教课程。现今,并非所有的艺术作品都有审美的志向,弃审美于不顾的艺术也层出不穷。总之,以上活泼泼的"实然"一再证明,审美本质论力图从逻辑上来锚定文学,是理论家心目中的"应然"。不过,它有意无意地抽空了历史。

另外,启用"审美"一词时,还应注意不能把它同质化,需要充分意识到其中的复杂性,意识到它是一个充满争议的词语。您认为,"审美"形成于某一个历史阶段,并且在川流不息的历史环境之中持续地演变。我对此十分赞同。我还想引用您在《理论的半径与审美》一文中说过的另一句话,以期与审美本质论者共勉:"历史事实证明,政治观念、意识形态话语或者经济、科学技术对于审美领域的修正、改造、瓦解、重建从来就没有消失;尽管如此,这种状况并未破坏审美领域的相对独立"。

最后,感谢您在百忙中赐教。福州近来一直高温,恭祝夏安。

您的学生:王 伟
7月18日于张家口

南帆老师:

您好!

上封信谈及杜书瀛先生定义文学时,赋予审美以核心的地位。我猜想,假若杜先生读到刘锋杰先生的相关论述,很可能会将其引为知音。刘先生同样有保留地赞同您的"关系主义"。在《1950年代:"本质—特征论"文学定义的形成及影响》(《清华大学学报》2015年第1期)一文中,他认为文学的多重性质不是等质的,并批评您在强调多重关系时,未能肯定审美的决定作用,结果打压了文学的审美性。

如果我没理解错的话,对您而言,不单文学的多维关系所起的作用各各有别,而且,更重要的是也不会预设审美的决定作用。我清楚地记得,您在《文学研究:本质主义,抑或关系主义》中曾说过,文学周边的每一重关系都可能或多或少地改变、修正文学的性质。换言之,不同关系的能量可能"或多或少"地抵达文学,所以,各种关系所起的作用肯定不同,这是不言而喻的事情。关键在于,您是从文学生产机制的视角去定位文学,是在共时结构中不同话语系统的相互角力中确认文学。在这个结构中,所有的话语类型都有可能成为主导。至于审美最后究竟能否胜出,需要仰赖诸多关系项之间的博弈。如若抛开历史语境,人为地予以拔高或降低,恐怕都算不上是对审美的真正尊重吧。

在我看来,博弈是您文艺理论思想的核心语汇之一。这种理论取向甚至可以追溯至1984年您读研究生时所写的一篇文章——《艺术分析中多重关系的考察》。在您此后的研究中,这种学术兴趣得到了更为充实的延续,汇聚成一系列著作:《冲突的文学》(1992)、《文学的维度》(1997)、《隐蔽的成规》(1999)、《双重视域》(2001)、《文学理论新读本》(2002)、《后革命的转移》(2005)、《关系与结构》(2009)、《无名的能量》(2012)、《表述与意义生产》(2014)等。在阅读这批著作的过程中,我深切体会到:您反对本质主义的文学观,提倡关系的博弈,一方面固然有西方哲学家的思想启示,但另一方面,更多的还是来自对宏大理论与鲜活历史之间龃龉的敏锐洞察、及时介入。

与本质主义的稳定、一劳永逸相比,博弈显然是动态、连续不绝的。很大程度上,这也是它引发一些学者焦虑与误解的根源。我想,一旦明白何以需要博弈、怎样博弈,那么,焦虑与误解自然会渐渐消除。众所周知,历史总在不断变化,或大或小。逝者如斯夫,不舍昼夜。博弈即是回应这种社会历史变迁的一种形式,包括审美在内的多种话语形式,在话语光谱上处于何种方位,完全是相互博弈的结果。博弈必然是在特定的结构或语境中展开,而结构或语境具有继承性,不可能转瞬即变,这也决定了博弈结果具有一定的稳定性。我想特别指出的是,正因主张博弈而非某个无关历史的本质,您长期沉浸在中国问题与中国体验之中,锲而不舍地追问审美的意义,进而在经济、政治、娱乐等话语繁盛的时代,捍卫文学赖以存在的合理性。

我没太想明白的是:对关系主义而言,结构与语境两者是否可以相互等同?语境是否有小大之分、层级之别?否则,何以我们可以和古人一道吟唱"床前明月光",却对如今充斥身边的网络段子心有不屑?而另一些人又对段子津津乐道?男男女女所处的语境应该也是复杂多样的。

期待着您的指教。以上如有把握不到或理解不周之处,也请您指正。敬颂师祺!

您的学生:王 伟

7月19日于张家口

文学性:未竟的阐释

一

作为判断什么是文学的尺度,"文学性"激起的探索热情经久不衰,因而,这个理论术语的周围也汇聚了一批斐然的成果。综而观之,它们在文学性是否一以贯之这点上分道扬镳。无论是罗曼·雅克布森眼中使某部作品成为文学作品的特性,还是结构主义对语言的突出,或者是认为文学语言的参照并非历史真实而是幻想之物的文学本体论等等都因有意或无意的形而上学追求而深陷本质主义的泥潭。不过,迄今为止,这依然是一种颇受追捧的言论:文学就是文学,它的性质即是恒定不变的、独立存在的文学性,否则,文学经典又怎么会代代相传呢?用布尔迪厄的话说,这其实是一种"拒绝生成的思想",它热衷于把经典文本置入脱离时空的飘渺境地进行非历史化解读,因此,经典就在对历史的遗忘过程中被永恒化。① 相较而言,另一种理解文学性的取向是非本质主义的,它将文学性视为在长期认识过程中形成的一个较为笼统、宽泛的概念,尽管我们可以努力加以界定,但"这种定义应该是宏观的、开放性的定义,而非微观意义上的死标准。"② 换言之,它并不试图研制出万灵药式的文学配方,而是强调具有弹性的把握,并始终准备接纳新成分以不断自我更新,这就意味着历史分析将取代本质迷思成为工作的重头戏。柄谷行人在谈及日本文学中的"风景"问题时提醒,"所谓风景乃是一种认识性的装置,这个装置一旦成型出现,其起源便被掩盖起来了。"③ 本质主义的文学性往往在不证自明的合法性中乐不思蜀,而反本质主义的历史分析则恰恰是要使文学性的认识装置大白于天下。

福柯、卡勒、伊格尔顿等都指出过,所谓"文学"不过是19世纪方才确立的观念,算起来西方的现代文学就是两百余年的历史。由古典至现代,从泛称到专指,文学趋向现代的历程中西皆然,而更值得关注的是其中的差异。因为当普遍主义的西方现代性遭到愈来愈多的质疑后,多元现代性的问题就被摆上桌面:"条条道路通往现代性——这种观点假定了各种

---

① [法]皮埃尔·布尔迪厄:《帕斯卡尔式的沉思》,刘晖译,北京:生活·读书·新知三联书店,2009年版,第42—43页。
② 史忠义:《关于"文学性"的定义的思考(代译序)》,见[加]马克·昂热诺等主编:《问题与观点:20世纪文学理论综论》,天津:百花文艺出版社,2000年版,第5—6页。
③ [日]柄谷行人:《日本现代文学的起源》,赵京华译,北京:生活·读书·新知三联书店,2003年版,第12页。

不同的起点；它也假定不同的文化和文明在追求某些共同的现代目标时将会维护他们各自的价值和理想模式。"①借助经济、政治、科技、文化的内在驱动，欧洲社会率先迈进现代世界并极力扩张现代性，是为现代国家组构而成的帝国主义网络，不言而喻，在现代性日益膨胀的过程中必然伴随着诸多大同小异的国际冲突。面对西方列强的坚船利炮，尽管晚清帝国始终扮演着那个黯然销魂的角色，但并不是说兵临城下的现代性使其无所作为：悍然闯入的侵略者至少让一些心忧天下的官员、知识分子痛定思痛，夜郎自大的中央之国"天下"观被天演式适者生存的"世界"观击碎，循环往复、周而复始的时间逐渐让位于线性进步的资本主义时间，认同的焦虑之后是师夷长技、奋起直追的谋划。于是，甲午败绩、维新变法、富国强兵、改革教育、筹办京师大学堂组成了环环相扣的因果链，而在京师大学堂章程中"文学立科"则标志着文学现代学科地位的确立或现代学术品格的获得。其中，文学本体、文学史、文学批评、文学研究法等板块的罗列，也彰显出渐成规模的研究架构。②"抽象化和分析的迫切性，并非来自事物本身，它来源于社会。"③具体说来，今古、新旧的二分法是全然本土化

---

① 普拉森吉特·丢拉：《全球化世界中的文明与国家》，见多明尼克·萨赫森迈尔等编：《多元现代性的反思：欧洲、中国及其他的阐释》，郭少棠、王为理译，香港：香港中文大学出版社，2009 年版，第 81 页。

② 参看陈国球：《文学史书写形态与文化政治》一著第一章《文学立科——〈京师大学堂章程〉与"文学"》，北京：北京大学出版社，2004 年版，第 30 页、25 页。

③ ［德］卡尔·曼海姆：《文化社会学论集》，艾彦等译，沈阳：辽宁教育出版社，2003 年版，第 203 页。

的,而相对于传统的现代则是西方的概念,是被侵略者因应侵略者、向他者看齐以重塑自我主体性的产物。所以,这一现代性就与殖民性有着难解的纠葛,而且,它还把本是历时演进的现代性改造、转化为共时的现代性。而无论是《钦定》还是《奏定》的大学堂章程都凸现出国家权力从制度层面的介入。一言以蔽之,理解中国现代文学离不开殖民现代性的背景或框架,离不开大学教育制度的护佑。

当然,在传统文学、文化尚未遭受严峻挑战的日子里,中国文学现代性的确立绝非势如破竹,而是有一个缓慢推进的过程。因此,人们可以发现一段时间内仍有不少学者津津乐道传统的杂文学观,譬如,章炳麟所言之文学以文字为准且有文、笔之分,而刘师培、胡蕴玉、吴汝伦等人谈论的文学则既有文学的现代意义——其能指为"文章",又涵括了学术之义。① 然而,诚如李欧梵所言,晚清时期尤其是1895—1911年这十多年间一些"现代"的特征愈加清晰地浮现出来,这突出表现在文学报刊的发展、新小说的实践与新小说理论的涌现。很大程度上可以说,从传统至现代的过渡即是从诗歌向小说的转移。② "在内忧外困的动荡年代,小说的繁盛及小说研究的

---

① 章炳麟:《国故论衡·文学总略》,刘师培:《论近世文学之变迁》,胡蕴玉:《中国文学史序》,吴汝伦:《天演论序》,分别见郭绍虞主编:《中国历代文论选·第4册》,上海:上海古籍出版社,2001年版,第302页、425页、438页、145页。

② 参看李欧梵:《文学的趋势:对现代性的探求,1895—1927年》,收入[美]费正清主编:《剑桥中华民国史·1912—1949》(上卷),杨品泉等译,北京:中国社会科学出版社,1994年版,第442—450页。

高度热情耐人寻味。可以说,小说成了晚清知识分子郁积情感的宣泄口,通过小说他们或直白或含蓄地指点江山,表达对时局的批判与对未来的想象。小说实际上是众多知识分子参与社会的一种方式,在小说的场域内他们俨然形成了不止一个版本同时又不太清晰的'想象的共同体',但它们共享的主调是借助小说之伟力以'新民',其典型代表为梁启超名震海内的宏文《论小说与群治之关系》。"①小说政治启蒙的巨能在梁启超那里是那么激动人心,难怪德国汉学家顾彬会断言"现代在中国毋宁说完全是单边性的含义,几乎单单只是为政治服务的科学和技术"。② 实际上,现代的维度并不如此窄狭,至少这里遗漏了王国维等人对"纯粹美术"的不懈宣扬。在王氏看来,它之所以没能在思想界得势是因为其价值未为人知——它所带来的快乐"决非南面王之所能易者也",而那种"忘哲学美术之神圣,而以为道德政治之手段者,正使其著作无价值者也。"③因此,他痛批"索引派"对《红楼梦》挖空心思的对号入座式解读而对其美学价值置之不理,呼吁今后的美术家千万不能忘记自己的天职而丧失了独立性。与王氏前呼后应的是,周氏兄弟也明确张扬文艺自身的价值。鲁迅认为"由纯文艺上言之,则以一切美术之本质,皆在使观听之人,为

---

① 南帆、刘小新、王伟:《二十世纪中国文学理论述评》,《文艺理论研究》,2010年第5期,第3页。
② [德]顾彬:《二十世纪中国文学史》,范劲等译,上海:华东师范大学出版社,2008年版,第8页。
③ 王国维:《论哲学家与美术家之天职》,见周锡山编校:《王国维文学美学论著集》,太原:北岳文艺出版社,1987年版,第36页。

之兴感怡悦。文章为美术之一,质当亦然,与个人暨邦国之存,无所系属,实利离尽,究理弗存。"① 而周作人则在《论文章之意义暨其使命因及中国近时论文之失》一文中以陶曾佑、金天羽、林传甲等人"支离蒙馈"的文学界说为靶子详细地定义了文学,因此被论者誉为中国近代文学史上"有关纯文学的最早也最完整的定义",其中的"思想性"与"艺术性"堪称西学东渐后"中国文学生长出的'现代性'核心"。② 王国维对审美价值的推崇虽非孤立无援,但梁启超的应和者其实更多,审美与启蒙、自律与他律,审美现代性与启蒙现代性,他们所关心的话题主导了中国百年文论的进程。

二

"五四"时期的文学革命激烈地与传统的"载道"式文学一刀两断,这不仅是指形式上的白话文取代文言文这一语言的更新,而且是指内容上人的文学、平民文学等的大力书写。现代文学观念至此可以说已由涓涓细流而成澎湃之势。但现代文学阵营内部有着很强的矛盾与张力,无论是不同文学团体之间,还是同一团体自身,之所以如此仍要追溯到现代性问

---

① 鲁迅:《摩罗诗力说》,见郭绍虞主编:《中国历代文论选·第4册》,上海:上海古籍出版社,2001年版,第452页。
② 辛小征、靳大成:《中国20世纪文艺学学术史》(第二部上卷),上海:上海文艺出版社,2001年版,第184—185页。

题。卡林内斯库认为存在两种截然相反且剧烈冲突的现代性：一是作为西方文明史一个阶段的现代性，譬如进步叙事、理性崇拜、科技造福人类等等；二是作为美学概念的现代性，它从文化上对中产阶级的价值观大肆挞伐。① 这种现代性的对立局面在中国又演绎出另一番景象：一方面，康德所论现代性的主要特征——知情意诸领域间的彼此分化及由此而来的艺术根本的无功利性、艺术自律观念——备受抬举，另一方面，马克思、恩格斯式的将现代性看作"一种动力（主体性和客体性因此动力而被迫分离）、将意识与历史经验融合在一起、认为意识具有转化的力量，以及将政治学和美学汇合在一起"②的倾向同样势头生猛。因此，文学的政治化与反政治化、美学化就成了中国现代文学史上屡屡论争的焦点，但即便是反政治化也并非那种极端的"为艺术而艺术"，而是始终坚持对艺术自律的捍卫。

从《尚书·尧典》中的"八音克谐"到《论语》中的"兴观群怨"，从《毛诗序》中的"下以风刺上，上以风化下"到《史记》的"发愤著书"，中国功利主义的文学观源远流长。尽管文学与政治相互影响，但"中国古典文学里面并没有狭义的政治作品"，这种情形在晚清开始有了重大改变，与民族国家的现代

---

① ［美］马泰·卡林内斯库：《现代性的五副面孔——现代主义、先锋派、颓废、媚俗艺术、后现代主义》，顾爱彬、李瑞华译，北京：商务印书馆，2002年版，第48页。
② Gerard Delanty：《现代性与后现代性：知识、权力与自我》，骆盈伶译，台北：韦伯文化国际出版有限公司，2009年版，第28页。

化紧密相关的是,主流文学因希图改变政治而染上了强烈的政治色调。①"小说界革命"中应和梁启超的诸多意见及梁氏亲自实践的《新中国未来记》自不待言,就连这时的文学翻译也是如此。譬如,原本系因偶然而译出的《茶花女遗事》不久就被林纾盖上了救国的印戳:"吾谓欲开民智,必立学校;学校功缓,不如立会言说;演说又不易举,终之唯有译书。"②而这一意向在其《黑奴吁天录》的译作中更是显露得淋漓尽致:林纾在翻译时涕泪交零,借他人之酒杯,浇自己块垒,美国黑奴的遭际与中国亡国灭种的危险被相提并论。与之相似的是,鲁迅兄弟二人编译的《域外小说集》也特重介绍那些与中国同病相怜的被压迫民族的作家作品,而不太在乎其艺术成就的优劣。

　　新文化运动以来,胡适、康白情、郭沫若、俞平伯等人逐渐意识到新诗的浅陋并想方设法试图予以解决,他们的探讨涉及面非常广泛:什么是诗,什么是新诗,为什么要有新诗,新诗的本质、特点、要素、生命,与旧诗的区别,新诗如何创作,新诗人的素养等等,诸多理论建设主要偏重于文学本体、强调文学的自律,但也不忽视他律的制约。尽管他们努力探讨解决新诗艺术幼稚的方法,但这并不能使其作品免遭批判。首当其

---

① 王宏志:《中国文学的现代化和政治化:晚清文学和翻译活动的一些现象》,见周英雄主编:《现代与多元:跨学科的思考》,台北:东大图书股份有限公司,1996年版,第130页。
② 林纾:《〈译林〉序》,见陈平原、夏晓红主编:《二十世纪中国小说理论资料》(第1卷),北京:北京大学出版社,1987年版,第26页。

冲的是《尝试集》,胡先骕、成仿吾、穆木天三人都将其完全否定。胡先骕1922年1月发表于《学衡》上的《评〈尝试集〉》因为与胡适针锋相对、痛批白话诗,在其时及其后往往被视为保守观念在作怪,而实际上胡先骕关注的是文学(诗歌)本身而不仅仅是文言与白话之争。正是立足于诗歌本身的表达方式、创作原则与审美追求,他才认为胡适所作的白话新诗"形式精神,皆无可取"①。成仿吾则炮轰《尝试集》等的文字大都浅薄无聊,作者没有丝毫的想象力也不能利用音乐的效果,因而它们不过是一些理论或观察的报告,是鄙陋的嘈音。为了阻止诗坛的堕落,他大声疾呼要守卫诗的王宫、防御类似的低劣文字。后来同为创造社成员的穆木天基本延续了成仿吾的观点,认为诗歌不是说明而是表现,所以在他看来中国的新诗运动中"胡适是最大的罪人",因为胡适提倡写诗如作文而给"散文的思想穿上了韵文的衣裳"②。总起来看,胡先骕、成仿吾、穆木天三人都以文学自律为利器展开对《尝试集》等作品的批评。胡文论证严密,他站在捍卫传统文学的立场上对胡适的主张条分缕析、逐条批驳,结论是胡适给学诗者提供了一个"此路不通"的榜样。而成、穆二文则是立于新文学阵营内部发出的指责,对于新文学的成长也有一定的促进作用。实质上,这些对《尝试集》等的批评可以归结为文学自律的较量,

---

① 胡先骕:《评尝试集》,见郑振铎编选:《中国新文学大系·文学论争集》,上海:上海良友图书印刷公司,1935年版,第267页。
② 穆木天:《谈诗》,《穆木天诗文集》,长春:时代文艺出版社,1985年版,第263页。

胡文极力捍卫文言工具自然是拥护传统诗歌（文学）美的标准,可以说,他与胡适之争是传统文学与现代文学的角力;而同为新文学作家的成、穆二人则与胡适的文学取向不同,他们是现代文学内部不同派别的论争。无论是传统与现代之争还是现代内部之辩,他们都或有意或无意地赞同文学自律并以之为武器向对方发动攻击,就是说他们关注的是文学本身,讨论的是文学内部的诸多问题,这与此后文学研究会与创造社之间的辩难话题、论争的方式、立论的根据等大体相似。

一般来说,"为人生"与"为艺术"的相对区分对于两大新文学社团文学研究会与创造社（前期）可以成立,但严格考究起来,迄今为止大量著述讲到创造社时最容易以讹传讹的是说后者明确主张"为艺术而艺术"。① 但是,现存史料并无证据显示任何一个人大张旗鼓的喊过这个口号,它是被强加于创造社的而且也不被其大多数成员所认可。正如有学者指出的:"从20年代创造社与鲁迅、茅盾的笔战开始,直至几十年来的大量文学史著作,乃至某些名人回忆录之类,凡谈及创造社,几乎都爱把他们与'为艺术而艺术'联系在一起",但创造社的创作与"艺术派"无缘、文艺观与"为艺术而艺术"是两码事,所以,"不应笼统地说创造社是'为艺术而艺术'的'艺术派'"。② 其实,《新文学大系》早就明言:"真正的艺术至上主

---

① 譬如,钱理群等著《中国现代文学三十年》（修订版）就说创造社"初期主张'为艺术而艺术'"（北京大学出版社1998年版,第17页）。
② 黄淳浩:《创造社:别求新声于异邦》,北京:社会科学文献出版社,1995年版,第179—180页。

义者是忘却了一切时代的社会的关心而笼居在'象牙之塔'里面,从事艺术生活的人们,创造社的作家,谁都没有这样的倾向。郭沫若的诗,郁达夫的小说,成仿吾的批评,以及其他诸人的作品都显示出他们对于时代和社会的热烈的关心",但他们却被认为是艺术派,这"大概由于他们对于写作态度主张得严格了一点"。① 创造社对文学研究会的批评还容易使人产生后者不重视文学自律的错觉,而实际上"他们的文学理论基本上都是建立在19世纪及其后现代欧洲的文艺思想的基础之上的,尤其是建立在浪漫主义的艺术自律的观念之上的。"② 换言之,在论争中创造社虽然更能显示出对自律的钟爱,但两者都能接受、都在实践文学自律的观念。

  如果说文学自律在旧新两派对《尝试集》等新文学作品的酷评及文学研究会与创造社关于"为人生"、"为艺术"的辩难中锐不可当的话,那么,在革命文学论争中它则渐落下风。因为这一阶段中"革命"作为他律的重要力量,胜过了文学自身而成为新的导向。转向后的创造社挥舞着革命文学的大旗,不少被革命热情冲昏头脑的理论家发出了过激之论,乃至完全不顾及文学本身——文艺甚至以成为留声机为荣,不是为了文学而革命而是为了革命而文学,艺术的武器变为武器的艺术,文学沦为革命的马前卒。这就难免导致革命文学在创

---

  ① 郑伯奇:《中国新文学大系·小说三集导言》,《中国新文学大系·小说三集》,上海:上海良友图书印刷公司,1935年版。
  ② 旷新年:《中国20世纪文艺学学术史(第二部下卷)》,上海:上海文艺出版社,2001年版,第44页。

作上一味高喊口号,艺术价值随之降低以致丧失。针对革命文学理论上与创作上的弊病,鲁迅、冰禅(胡秋原)、茅盾等提出了较为合理的意见,维护了文艺本身的相对独立性,彰显了这一时期中文学自律的优秀成果。30年代初期,声势浩大的文艺自由论辩再次将上述故事重演,左翼又一次与修正自己偏差的机会擦肩而过。"文艺自由"论辩的硝烟尚未散尽,又一个为文艺争自由的自由人(团体)——"京派"——与左翼交火:沈从文批评左翼文学政治化而没有独创性,而朱光潜则批判一批自命为前进的作家把"文以载道"改头换面成"为大众"、"为革命"、"为阶级意识"、"为国防",实属搬弄名词、呐喊口号而没有产生文学。

从新月派、梁实秋到胡秋原再到京派,他们倾向于自由主义、主张文学相对独立,努力捍卫着自律的王国;论争中的鲁迅、茅盾等政治上较为进步的左翼人士,也为文学自律奉献了他们针砭时弊的洞见。随着国家、民族进入抗战的热潮,文学性再一次被重新修订:"抗战以来,'文艺'的定义和观念都改变了,文艺不再是少数人和文化人自赏的东西,而变成组织和教育大众的工具,同意这一定义的正在有效发扬这个工具的职能,不同意这一定义的'艺术至上主义者'在大众眼中也判定了是汉奸的一种了。"[①]历史是如此相似:革命文学勃兴时,文学被封为革命的工具就有排挤文学自律的倾向,此刻凡是

---

① 夏衍:《中国新文学大系1937—1949(第一集)·序》,《中国新文学大系1937—1949(第一集)》,上海:上海文艺出版社,1990年版,第3页。

要求文学自律者都被贬斥为"艺术至上主义者"、"反革命"。而到了抗战时期,要求文学自律者也是被斥责为"艺术至上主义者",不过"反革命"的头衔变成了"汉奸"。抗战代替了革命,成为衡量文学的高标。经由《在延安文艺座谈会上的讲话》的权威化,再到新中国成立后直至文化大革命时期,左翼这种简单实用的文学范式历经多次对胆敢冒出之异端的全国性、运动式大批判而愈加圣化、强化与僵化,艺术自律论往往与阶级敌人破坏社会主义伟大事业的伎俩没什么两样。

三

据张汉良的最新考证,为了回应列宁1905年提出的"党性""作为文学的唯一指导方针",雅克布森特地创造了"文学性"这个新词。[①] 历史注定了它的命运是伴着其主人远走他乡,而域外收获的荣光多少共时地补偿了那份本不该有的落寞。相比之下,中国长期被压抑的文学性则唯有等待历时的释放,"文学从属于政治"的解铃仍需借助系铃之手。具体而言,文学性的伸张应放在国家政治自我调整的脉络里予以审视:一直高度紧绷的阶级斗争神经舒缓下来,经济建设变为国家发展的首要目标,与之相应的是思想解放的蔚然成风。之

---

① 张汉良:《关于"诗学"和"文学性"的几点历史考察》,《创世纪诗杂志》,2011年秋季号(总第168期),第33页。

前趾高气扬的阶级性现在退居一隅,人情、人性、人道主义的旗帜高高飘扬,这接续了五四时期个人觉醒的重大主题,它贯穿于文艺活动的方方面面。譬如,创作、批评主体不再是任人摆弄的提线木偶,创作自由、批评自由成了文艺界热烈讨论后达成的共识。而80年代文学、美学最为核心、影响最大的转变当属感性、抒情的回归,青年马克思《1844年经济学哲学手稿》为此提供了强大的理论后援,人的历史是一部感性解放的历史从此被男男女女们念诵不息。感性的解放催动了文学形式的更新,先锋文学对形式的探索、语言的实验同样引领风骚。与文学相似的是,其他艺术领域解放的能量也涌动如潮:譬如,电影界对娱乐片、武侠片的争论与认可,被视作中国当代艺术史开端的"星星画展"较为个人化的表达,摄影艺术对"红、光、亮"条框的突破[①],大量港台"靡靡之音"在大江南北的走红,1985年新中国第一次选美活动"首届羊城青春美大赛"的举办等等。总之,八十年代的解放论述与实践打破了狭隘的独断论,开启了多样的视域,重新建构了文学性。"80年代文学从属于解放的叙事,80年代文学的生机勃勃与80年代文学的粗糙都可以由此得到解释。"[②]而到了90年代,商业文化的崛起大幅改变了文学的生存状态,文学与政治二元对立的结构不复存在,上述文学性一下子失去了参照而显得无所事事。接着,文学性既迅速意识形态化而满足于在审美的

---

① 参看郑树森:《从现代到当代》,台北:三民书局,1994年版,第169页。
② 南帆:《八十年代:话语场域与叙事的转换》,《文学评论》,2011年第2期。

庭院里深居简出,同时又转而被赋予一种抵抗拜金主义、保持知识分子独立性的激进内涵。

这是一个感官体验泛滥的年代,大量文艺作品热衷于追求感性的刺激以引人注目并赚取名利而不以思想的浅薄为耻,而之前一度人气旺盛的文体探寻如今也少人问津,后现代式的拼贴成了或暗或明的将就。这是一个视觉称霸的年代,图像叙述席卷了文学的大批顾客,以至于有学者发出"文学死了"的惊叹。这是一个文学失去轰动效应的年代,与财经、娱乐、科技、法律、时尚、汽车、旅游等话语类型相比,文学的弱势毕现。那么,现今的文学究竟还扮演着怎样的角色?又应该怎样认识、把握其中的文学性?按照关系主义的思想,文学本质碎裂之后它应该置身于多种关系项的网络中进行考量:"文学的特殊性(在历史进程中不断变化)不可能在'原子的'层次上确立,而只可能在'分子的'层次上确立,因此,文学很可能是一系列层次的交叉点,不过,这也还不能排除文学的特性在每一个层次上都可能与某些其他活动形式具有共同性。"① 在多元交错的关系网络中定位的文学会在相互比较中显示出某些特征,但这种特征一来不可能没有变化,二来它也并非仅仅为文学所特有。因而,那些往往十分肯定的假设——有某些特性仅为文学所固有而且正是凭借它们才可以分辨出文学——其实并不可靠。威德森认为"所谓文学其实就是在作

---

① [法]兹维丹·托多洛夫:《诗学》,见[俄]波利亚科夫编:《结构—符号学文艺学——方法论体系和论争》,佟景韩译,北京:文化艺术出版社,1994年版,第96页。

者、文本、读者这三者没有穷尽的、不稳定的辩证关系之历史中不断重构的",①因为艾布拉姆斯文学四坐标中的"世界"被搁置一旁,所以,他所看到的网络还有些偏小。文学会在更大的关系网络中获取暂时的方位,譬如,它总是相对于政治、经济、哲学、宗教、新闻等等而定位自身,而文学得以存在的根由即是它拥有一些其他学科无以发挥的才能。

共时结构中的文学性仍然有着强大的约束力,文学不会因为缺乏一个穿越历史的永恒本质而难以判定,那种走向放任自流、彻底相对主义的顾虑多少有些杞人忧天,因为每当回到具体的历史语境,文学的轮廓就会从多种关系项的交错中清晰地浮现出来。因此,与其劳而无功地孜孜以求某种本质主义的文学性,不若认真探讨某一个共时结构中文学所担负的功能。现实总是在不断变化,历史也不能到达其可以停止的终点。既然如此,那么现今的共时结构将会发生怎样的裂隙与修补、瓦解与重建就都无法逆料,而这也决定了文学性终究是一项无法圆满收场的阐释。

结　语

文学性是定义文学的尺度,从理论上看,对文学性的理解

---

① ［英］彼得·威德森:《现代西方文学观念简史》,钱竞、张欣译,北京:北京大学出版社,2006年版,第10页。

有两大类:本质主义的与非本质主义的。在反本质主义的背景下,须对文学的谱系心中有数:中国现代"文学"观念的生成与殖民现代性、文学体制化息息相关,何谓文学之所以成为一个问题也与王国维等人的援西入中不可分割。现代文学沿着现代性的不同路径进行博弈,艺术自律历经坎坷。文学性应置于复杂的关系网络中定位,这种共时结构中的暂时共识依然有其约束力,但生生不息的历史意味着它始终是一项无以完成的阐释。

孤芳自赏的"审美"本质
——与刘锋杰先生商榷

纵观人类思想史,认识事物的方式不外有二:一是形而上学,它热衷于找寻穿越时空的不变本质;二是非形而上学,它往往倾向于在具体语境中暂时划定事物的边界。就实际效果而言,后者始终保持着开放的身姿,积极面对、迎纳变幻莫测的情境,而前者则每每以手握真理者自居,以其裁量纷繁复杂的大千世界,不免悲叹它们难以完全符合真理的要求。最近,刘锋杰先生就高举"审美"大旗,将新中国 60 年来的文学定义打翻殆尽,断言它们"一直笼罩在意识形态论的巨大影响之中。相反,从文学的特殊性出发认识文学、界定文学的努力,一直微乎其微,不合时宜。这与当代中国文学缺失巨大的艺术力量相一致"。① 应予追问的是,这种思考事物的范式有否

---

① 刘锋杰、许丽:《1950 年代:"本质—特征论"文学定义的形成及影响》,《清华大学学报》2015 年第 1 期。以下凡引及该文均不另注。

问题,这种全盘否定态度及其所依赖的标准有否问题。事实上,这种"审美"本质论因将审美绝对化而违背了文学史实,否弃了不同阶段文学定义的差别,贬低了文学周边的多维关系,抹煞了当代文学的整体成就。

一 审美是不变的文学本质吗

刘锋杰教授首先考察了1950年代定义文学的方式——先勘定文学的意识形态本质,再叙说文学的形象、审美特征。他认为,经过1960年代、1980—1990年代,甚至到了新世纪,这种"本质—特征论"的定义方式依然威力不减、影响甚巨。令他十分不满的是,所有这些阶段的文学界定都是从文学的普遍性而非文学的特殊性着手,不同程度地背离了审美的"定性",毕竟,"文学作为一种审美活动,审美是它的本体性质"①,不因时空的更改而转移。问题在于,审美究竟是不是不变的文学本质。最便捷的验证方法莫过于诉诸生生不息的文学史,看看古今中外的文艺观是否将审美奉为神圣不移的准则。《论语·八佾》有言:"子谓韶,'尽美矣,又尽善也。'谓武,'尽美矣,未尽善也。'"②显然,美确有独立存在的价值,但相比之下,善才是更为根本的,诚如朱熹所注,"美者,声容之

---

① 刘锋杰:《"文学是审美意识形态"观点之质疑》,《安徽师范大学学报》2008年第2期。
② 杨伯峻:《论语译注》,北京:人民文学出版社,1980年第2版,第33页。

盛;善者,美之实也。"孔子的这种思想深刻形塑了中国古代文艺理论的样貌,可以说,其中罕有仅仅推崇审美为文艺本体者。无独有偶,西方诗学的拓荒者柏拉图在其《理想国》中甚至主张驱逐诗人。因为在他看来,悦耳迷人的诗歌往往是非理性的,它要想在管理良好的城邦中存在,就必须有助于而非有违城邦的真理、伦理道德。即是说,在界定何谓文学时,城邦的利益远胜于审美。有学者在谈及中世纪教会文学时指出,由于它"功利化、教条化、程式化",因而丧失了文学的审美本质。① 这恰从反面说明,审美并非定义文学亘古不变的法则。古代如此,现代亦然。既然刘锋杰教授认为 60 年来的文学定义大都未能合乎审美本体的要求,那么,这也反过来证明这段时间内审美的重要性并未凸显到理想的高度。无论是 1950 年代的意识形态论还是 1960 年代的特殊意识形态论,审美所能伸展的空间都颇为有限。特别值得注意的是,1980 年代的"审美意识形态"论已然突破了上述意识形态独占文学本质言说的困局,曾经屈居意识形态本质之下的"特征"一跃而为文学独特的审美"本质",受到空前重视。尽管刘教授对其进步意义褒扬有加,但却不无忧虑地指出:"它包含着可被激活的服务论思想潜质,审美又有可能随时变成意识形态的润滑剂"。言下之意,"审美意识形态"虽然给了审美以本质之名,却隐藏着重新被意识形态任意驱遣的危险。揆诸现实,这

---

① 肖四新:《欧洲文学与基督教》,广州:暨南大学出版社,2013 年,第 30、35 页。

不免有些过虑了。比较起来,如果说童庆炳先生的"审美意识形态"论在强调审美特性的前提下平衡了审美与意识形态的关系,那么,刘锋杰先生则认为"审美意识形态"描述的对象限于那些"完全隶属于意识形态宣传部门的宣传文学"①而非一般意义的文学。他更愿意解除意识形态的限制,更愿意把意识形态视为审美的功能。换言之,审美是文学唯一的本体,是塔尖,而意识形态不过是衍生性的。不难看出,这种审美本质论带有强烈的"洁癖"。正如陆贵山先生所言,强调文学的审美固然重要,但如果夸大审美属性、忽视文学的系统本质就易于"脱离历史、社会、生活和群众",从而滋生形式多样的负面效应。"只注重和研究文学的审美属性是片面的,不强调文学的社会历史属性和人学属性是不完整的"。②

视审美为文学的本质,文学事业的发展方向,否则,就判定其丢弃了珍贵的审美本质。这实际上是从逻辑上来定义、臧否文学,然而,此种方式往往在活生生的现实面前碰得头破血流。"美学家持有一种道德说教的论调。他们想当然地认为,他们的职责就是找到一个天衣无缝的公式,这个公式能区分那些不值得被称作艺术的东西和那些应得这个荣耀头衔的作品。"③换言之,审美本质是理论家们心目中的"应然",而非

---

① 刘锋杰:《"文学是审美意识形态"观点之质疑》,《安徽师范大学学报》2008年第2期。
② 陆贵山:《文学·审美·意识形态》,见《马克思主义美学研究》(第9辑),北京:中央编译出版社,2006年,第12页。
③ [美]霍华德·S.贝克尔:《艺术界》,卢文超译,南京:译林出版社,2014年,第123页。

文学现实中的"实然"。刘锋杰教授严词批评60年代的文学定义，正是立足于"应然"去否定"实然"。很大程度上，当前文艺理论界激烈的文学定义之争可以归结为这种"应然"与"实然"之别。关键在于，完美的逻辑定义是一个排斥性的建构，它不妨自圆其说、孤芳自赏，但很难真正有效阐释错综复杂境地中的文学。假若参照审美本质的高标，那么，卢新华的短篇小说《伤痕》、奥威尔的小说《动物庄园》和《一九八四》等恐怕算不上什么优秀之作，还容易被归入"话题垃圾"[①]之列，但谁都无法否认它们在文学史上的重要地位。也正因如此，康德式的审美自主性观念才受到后世的持续挑战。"在《判断力批判》中，康德关注的是艺术与美之判断的逻辑结构，而不是任何经验性的历史条件——艺术和美的对象由此得到社会评价。与此相反，众多历史学家、社会学家关注的是艺术品会以怎样的方式被不同时代、不同环境的社会所评价。这导致他们置疑许多康德思想的中心教义"[②]。换言之，艺术不可能不食人间烟火，躲进精致的象牙塔内两耳不闻窗外事。随着社会语境的变迁，"审美与艺术的脱离，这已成为了大势所趋，艺术不能只通过审美来界定"[③]。换句话说，并非所有的艺术作品都有审美的宏图，弃审美于不顾的艺术也层出不穷。因此，

---

① ［美］理查德·罗蒂：《偶然、反讽与团结》，徐文瑞译，北京：商务印书馆，2003年，第241页。
② ［美］奥斯汀·哈灵顿：《艺术与社会理论——美学中的社会学论争》，周计武、周雪娉译，南京：南京大学出版社，2010年，第81—82页。
③ 刘悦笛：《分析美学史》，北京：北京大学出版社，2009年，第312页。

尽管流行的审美理论仍可诠释一大批作品,但依据固有的审美属性来给艺术下定义也日益变得左支右绌。

二 "语境论"何错之有

刘锋杰教授指责1990年代以来的文学再定义思潮——其核心为反对文学具有审美本质——重蹈了1950年代文学定义的覆辙,张扬文学的审美自主论与自律论而否定反本质主义的语境论。这里的"语境论"包括陶东风、南帆、旷新年等学人的观点,首先需要指出的是,刘锋杰教授在谈论他们的言辞中多有误解。譬如,他认为陶东风"放弃从审美角度来界定文学性质,从而更加广泛地将文学性质与文化、政治、历史性质相混同"。其实,陶东风教授明确强调:"我们倡导对于自主性、纯粹的审美态度等进行一种历史的、社会学的批评,目的不是否定它们的价值与意义。恰恰相反,只有对自主性的社会条件进行了历史的分析,才更够搞清楚到底是什么构成了自主性的条件与前提,从而为获得真正的自主性提供知识论的前提"。① 如此说来,陶东风根本就不是"放弃"审美,而是提醒人们不应忘记审美是如何历史地生成,又如何被非历史化地提升为普遍性的本质。又如,谈及南帆的关系主义,他辩驳道:"文学的性质确

---

① 陶东风主编:《文学理论基本问题》(第3版),北京:北京大学出版社,2007年版,第16页。

实是由多种关系共同制约而形成的,可这多种关系对于决定'文学是什么'所起作用并不一样,比如一个作家特别会运用语言,一个作家特别会计算版税,这都会影响创作,但二者产生的实际影响不相同。不错,文学是具有社会的、政治的、经济的、文化的、审美的等多重性质,但这些性质对于文学而言不是等质的。南帆的回答有些语焉不详,这使他在强调多重关系时,未能肯定审美的决定作用,实际打压了文学的审美性"。南帆教授主张,"对于关系主义来说,考察文学隐藏的多重关系也就是考察文学周围的种种坐标。一般地说,文学周围发现愈多的关系,设立愈多的坐标,文学的定位也就愈加精确。从社会、政治、地域文化到语言、恋爱史、版税制度,文学处于众多脉络之中。每一重关系都可能或多或少地改变、修正文学的性质"。①换言之,南帆是从文学生产机制的视角去定位文学,是在共时结构中不同话语系统的相互角力中确认文学。南帆明言,不同关系的能量可能"或多或少"地抵达文学,所以,各种关系所起的作用肯定不同,这是不言而喻的事情。至于在这个结构中,审美最终究竟能否占据主导地位需要仰赖诸多关系项之间的博弈,人为的拔高或降低都未能真正尊重特定结构中审美所扮演的角色。另外,南帆所谈的"语言"、"版税制度"被刘锋杰曲解成"一个作家特别会运用语言,一个作家特别会计算版税,这都会影响创作",两者显然都被"降级"——它们由确定文学的

---

① 南帆:《文学研究:本质主义,抑或关系主义》,《文艺研究》2007年第8期。

坐标被降至文学的创作层面。而且,南帆明明说的是"版税制度"对文学性质的影响,而非作家会否计算版税对创作的影响,这是形似神异的两个问题。再如,旷新年教授指出:"纯文学的概念,它必须,并且也只有在一个知识的网络之中才能被表述出来。文学实际上是一个在历史中不断分析和建构的过程,它是在与其他知识的不断区分之中被表述出来的。纯文学的观念只有在科学、道德、艺术分治的现代知识图景之中才能建立和凸显出来。实际上,在这些区分的后面,隐含着一整套现代知识的建制。在纯文学的背后,包含了复杂的现代知识分化的过程。"①这同样申述文学是知识网络中诸多关系互相区别的结果,彰显了文学的生成过程。而在刘锋杰教授看来,"旷新年强调文学定义是被改写与不断建构的过程,想表明决没有'纯文学'的正确性与审美主义的唯一性,也没有文学政治化的不恰当"。他前半句的复述是准确的,但后半句的推论则属于臆测,因为旷新年在下文中继续说:"1928 年革命文学的倡导明显地带有过激和机械的倾向,他们在对于资产阶级艺术观念的否定的同时不恰当地将其引向了对于艺术本身的否定"。② 易于看出,对旷新年而言,至少革命文学的政治化就存在不当之处。

正面批判语境论时,刘锋杰教授的论证同样存在疑点。具体而言,他认为语境论有三个致命缺陷。其一,"只强调语境决定文学定义,必然推导出一切定义都是等质、相对的,这

---

① 旷新年:《文学的重新定义》,《中国现代文学研究丛刊》2000 年第 3 期。
② 同上。

未能看到不同语境本身的性质与功能本来就不同,所产生的文学认识不等质"。既然刘教授也认可不同语境中产生的文学并不等质,那么,这跟其提出的跨越语境的审美定性就前后矛盾。而且,从肯定文学的多重关系与性质,到肯定一切文学定义都等质,既毫无逻辑依据,也严重践踏了语境论的旨归。其二,"语境仅仅提供了建构文学知识的必要条件而非充分条件","语境本身是复杂的。语境只提供了思考文学的背景,但如何思考,则取决于文论历史、此一时期对于文学认识的方法、追求文学本真的理论信心与韧性"。有意思的是,刘锋杰教授一方面批判语境论,另一方面又实践了语境论。因为他所列出的这些思考文学的要素——历时的文论史、共时的文学认识、定义文学的执着等,都是复杂语境中的组成部分。一旦诉诸于此,也就自然站到了语境论的队列之中。其三,"任何一种观点的出现,除了语境的作用外,最根本的力量来自于人们认识事物本质的不懈努力,这种努力可以超越语境制约","至于语境论者强调文学性是一个至今无法说清的问题,所以文学就没有确定的本质,这是典型的经验论。人性大概也是一个至今无法说清的问题,但并不妨害人类形成人权的概念与原则。如果我们没有理由否定人性的存在,当然也就没有理由否定文学性的存在。我们要继续寻找并证明人性,我们也要继续寻找并证明文学性"。需要注意的是,世人认识事物的努力已经涵括在多重关系之中。一种看待事物的观点的确可以迥异于时代主流,但这并不意味着它与其没有丝毫瓜葛,更不意味着它能够超越更大的时代语境。对于语境论来说,它不是说不清楚人性或文学性,也不是要否定它们,而是要说出它们在相异语境中的差别,强调它们没有一直不变的本质,唯有在具体语境中的言说才有意义。也正是在特定的语境中,文学暂且赢得具有约束力的边界与共识。

三 当代中国文学缺乏巨大的艺术力量吗

在刘锋杰教授看来,60年来"从文学的特殊性出发认识文学、界定文学的努力,一直微乎其微,不合时宜。这与当代中国文学缺失巨大的艺术力量相一致。这证明,要提升中国文学的艺术水准,必须反思这种定义文学的思维方法,以便为创作实践提供真正的思想动力与审美动力"。这里涉及到三个相互联系的问题,但每一问题的表述都不够严谨。首先,刘教授已经谈到1980年代以来的审美自律论。尽管受到反本质主义的强劲挑战,但从文学特殊性方面界定文学的力量绝非"微乎其微,不合时宜"。恰恰相反,它依然占据文论界的主导地位,童庆炳先生主编的文学理论教材——"审美意识形态论"的代表——在大学中文系的畅销可以为此作证。其次,与詹明信的"民族寓言"说——"所有第三世界的文本均带有寓言性和特殊性:我们应该把这些文本当作民族寓言来阅读"①——类

---

① [美]詹明信:《晚期资本主义的文化逻辑》,陈清侨等译,北京:生活·读书·新知三联书店,1997年版,第523页。

似,"当代中国文学缺失巨大的艺术力量"也是典型的宏大叙事。与丰饶的小叙事不同的是,大叙事的着眼点更高,但往往大而无当。具体说来,当代中国文学60年,不同时段、不同门类、不同区域的作家作品数量庞大。如何评价中国当代文学的成就,当然是一个见仁见智的问题。即便有再多缺陷,也不能将其一棍子打死。有学者把中国当代文学60年称作"民族心史",它分作三块:"红色年代:社会主义的文学实践"、"激情岁月:新时期文学的变革"、"千座高原:新世纪文学的狂欢"。① 难道它们都没有撼人心魄的艺术力量吗? 衡量的标准是什么? 对谁而言,在多大范围之内,持续时间的长短? 翻检文学史,无论是"八个样板戏"、"地下文学"、悼念周总理的"天安门诗歌",还是"伤痕文学"、"朦胧诗"、《被爱情遗忘的角落》、《男人的一半是女人》,抑或《随想录》、《思痛录》《一个冬天的童话》等"见证文学",如此等等,都引发过巨大反响,堪称标志性的作品。仅从文学性角度来看,有些倒不见得特别出色。然而,艺术力量的大小与文学性的强弱不能直接划等号,它们并不成正比,因为除了审美客体之外,文学接受还牵涉到接受主体、接受语境等因素。而且,艺术力量也不应只是审美的熏陶与感染,它还包括思想的触动或震撼。后者与意识形态有着难分难解的关联,固守审美阵地而无视它们的存在陷入了审美判断的特殊主义窠臼,将文学处身的更为宽阔的社会历史语境丢在一旁。巴金的《随想录》等见证文学当年也在

---

① 孟繁华:《民族心史:中国当代文学60年》,《文艺争鸣》2009年第8期。

文学性方面遭受质疑，个中因由即是忽略了它们是一种特殊的文学样态，"'走的是另一条路'，是一般的'文学'观念和'文学标准'所难以进行机械衡量的'别一种文学'"。① 换言之，这批作品的意义远远超出文学性所能诠释的范围。

按照刘锋杰教授的说法，正因为长期以来我们未能从特殊性方面去定义文学，所以才致使当代文学艺术力量的薄弱，所以当务之急需要反思定义文学的思维方式。应该说，刘教授忧心的其实是文学的自主性问题。"中国文艺的自主性的缺乏说到底是因为中国社会还没有发生、更没有确立类似西方18世纪发生的制度性分化，文学艺术场域从来没有彻底摆脱政治权力场域的支配（这种摆脱不是个人的力量可以胜任，而是要依赖制度的保证）。个别艺术家为捍卫自主性而献身的行为诚然可歌可泣，但是它并不能保证整体文艺场域的独立。所以，真正致力于中国文艺自主性的学者，应该认真分析的恰恰是中国文艺自主性所需要的制度性背景，并致力于文艺场域在制度的保证下真正摆脱政治与经济的干涉"。② 不应误解的是，这里所讲的摆脱政治与经济的干涉，是指摆脱外来因素的蛮横干预，追求文艺的相对独立，尊重文艺自身的特性，而非抛弃文学所处的多重关系。否则，反思了定义文学的惯习，为创作实践提供"审美动力"当然没有问题，"思想动力"就难讲了。即便可以建成摆脱意识形态论的审美"象牙塔"，

---

① 何言宏：《当代中国的见证文学》，《当代作家评论》2010年第6期。
② 陶东风主编：《文学理论基本问题》（第3版），北京：北京大学出版社，2007年版，第16—17页。

但其思想动力又源自何处呢？何况，审美自身就是一种意识形态，很多时候，它"只不过是政治之无意识的代名词：它只不过是社会和谐在我们的感觉上记录自己、在我们的情感里留下印记的方式而已"。① 随着读图时代、影像时代的来临，文学置身的语境愈加复杂化，提升文学的艺术水平绝非简单地改变定义方式所能奏效。理论家的引导固然重要，但与大众水高船涨的欣赏能力一样都是外在的动力，文艺精品的打造最终要靠作家们付诸实际，踏踏实实地创作出无愧于时代要求、无愧于文学角色的作品。

余 论

1956年，莫里斯·韦兹曾在《理论在美学中的角色》一文中宣称艺术不可定义，诸种定义艺术的理论不过是逻辑上的徒劳而已。有学者就此评论道：即便它难以服众，却"也至少让很多人相信：不能根据可感知的固有属性来定义艺术作品。尤其是，人们似乎抛弃了那种将艺术作品视为具有某些审美属性（譬如漂亮客人）的对象从而来定义'艺术作品'的做法。相反，那些为艺术寻找定义的人，开始将他们的关注点转向艺术作品包含的复杂的、非固有的（extrinsic）、关系性的特征。

---

① ［英］伊格尔顿：《美学意识形态》，王杰等译，桂林：广西师范大学出版社，1997年版，第26—27页。

他们开始着手研究艺术作品得以创造、表现、解释、理解、欣赏的历史和社会背景,而且在更为宽泛的意义上,也开始研究艺术生产和消费在我们生活中的功能。这一重心的转移,是与传统美学成见的一次激烈告别,而无疑正是韦兹在相当程度上促成了这一极为有益的研究转向。"①作为艺术的一个部门,文学界近年来也掀起了作别本质主义的风潮,转向在具体语境、多重关系中探究文学的特征。与传统的文学理论相比,这无疑是一次剧烈而意义巨大的范式转换。

---

① [新西兰]斯蒂芬·戴维斯:《艺术诸定义》,韩振华、赵娟译,南京:南京大学出版社,2014年版,第47—48页。

半途而废的"反本质主义"

文学理论界围绕本质主义与反本质主义的讨论至今依然如火如荼,一个重要的理论先锋人物特雷·伊格尔顿于论争中被频频提及。当然,他招来的是前者不尽的怨恨与后者持久的敬意。一个有意思的、矛盾的现象是:有的理论家既跟随反本质的大潮宣称根本没有超越历史的文学观,又对反本质主义文学观的代表人物大加挞伐。譬如,吴炫先生的《论文学的"中国式现代理解"》及《伊格尔顿批判》两文就对伊格尔顿进行炮轰。[①] 不过,吴先生的不少阅读是割裂式的,这使得他看起来理据十足的指责及判断实际上缺乏说服力。[②]

---

① 参看吴先生的如下论文:《论文学的"中国式现代理解"》,《文艺争鸣》,2009年第3期;《伊格尔顿批判——兼谈否定主义的文学观》,《学术月刊》,2008年第4期。文中凡引用上述论文均不另注。

② 此处重在讨论观点,而不纠缠于对伊格尔顿割裂式阅读的细节之上,因此仅从《伊格尔顿批判》一文中抽取如下两例以说明。其一,吴先生认为"伊格尔顿在多种场合抓住像'这糟糕的像虫子爬的书法'这样单独的句子是不是文学语言来做文章,这就把文学作为整体的形象世界的性质与功能忽略了",(转下页注)

一 新神话：永恒的"文学性"

吴先生明确指出："从来不存在'超历史'的文学观，也从来不存在横穿古今的'文学边界'"。这隐隐约约地向人们宣示他似乎是反对文学有永恒本质的。然而，在吴先生看来，伊格尔顿的反本质主义甚是无谓，因为所有的文学都是历史的，文论史上从来就没有人宣称有过伊格尔顿所反对的文学本质，所以伊格尔顿的反本质主义究竟想说什么在他看来模糊不清。吴先生还区分了"文学观的不稳定"与"文学性的相对稳定"。换言之，他认为文学观可以不断变化，而文学性则不同：它是亘古不变的，即使当文学不存在了，我们仍然可以在大街上的某个地方一眼认出文学性来。文学也许有一天会撤

（接上页注）实际上，伊格尔顿是在批评俄国形式主义者所尊奉的文学语言是对语言标准的偏离时才从小说中引出那句话作例证的，这个例子证明了形式主义的文学观一旦将考察对象从诗歌放大到小说、散文就会手足无措。其二，吴先生指出"如果未来的现实生活真的如伊格尔顿所说的大家都用霍普金斯的诗句说话，人们很可能是会将黑格尔的著作或一张便条作为艺术对待。很可惜的是，伊格尔顿无法论争这一天到来的必然性，理论上便可作为一种臆想来对待"。必须明白的是，这——如果大家都在普通酒馆里用霍普金斯的诗句谈话的话，那么这种语言就可能不再有诗意了——是伊格尔顿按照俄国形式主义者的逻辑得出的推论，他本人对此并不完全认同。因为他紧跟着就点出，如果谁想以这种语言的某些特殊用法来定义文学的话，就必须直面如下事实：曼彻斯特人使用的隐喻比马威尔作品中的隐喻还多，任何一种文学手段其实都在日常话语中被广泛运用。换言之，这种定义文学的方式存在无法解决的难题。因此，将形式主义者的观点错安在伊格尔顿的头上进行批判，这明显是无的放矢了。

手人寰,但文学性将永垂不朽。

具体探讨上述观点之前,有必要先指出这种判断建立的根据:吴先生认为古今中外的优秀作品可以跨越文化、民族和时代,激起古今中外读者的共鸣和欣赏。就这个根据本身来说,它完全可以讲得通,因为我们今天确实能够欣赏先秦时代的《诗经》。问题是,当今人品读"关关雎鸠,在河之洲。窈窕淑女,君子好逑"时,会否将其还解作"后妃之德"呢?《诗经》能引起人们的共鸣,不等于说今人与汉人产生了共鸣——今天和汉代以同样的方式解读,不等于他们对文学有同样的看法,他们没有从汉代传至今日的"文学性"这种东西能拿来分享。如此看来,这个论据是站不住脚的。那么,"文学观的不稳定"与"文学性的相对稳定"的区分合理吗?需要追问的是"文学观"与"文学性"两者究竟有什么差别。就它们都可作为依据来断定何为文学这一点来看,没有什么差异。如果有什么"文学性"的话,当文学观变更时文学性也一定会如影随形而无法闭门不出。有意思的是,自从文学性不知哪天降临斯世后,它竟然就成了永恒之物,竟然都可以义无反顾地抛下文学而独自远行。这样的"文学性"与上帝、绝对理念又有何异?这不正是伊格尔顿奚落的那种试图想从文学中提取出永恒的内在特征的做法吗?① 我们玩多种多样的游戏:牌类、球类、棋类等等,能从它们中提炼出唯一的区别性特征吗?追求这

---

① [英]特雷·伊格尔顿:《二十世纪西方文学理论》,伍晓明译,北京:北京大学出版社,2007年版,第8页。

样的"游戏性"显然也是缘木求鱼。这样看来,吴先生所作的两种区分无法立足,还变得前后自相矛盾——先是义正词严的谴责本质主义的做法,后又悄悄地竖起了本质主义的大旗。其实,本质主义的文学观并非如吴先生说的那样不存在,永恒的"文学性"即是眼前明显的实例。

在吴先生的否定主义文学观体系内,"文学性"是一个评价文学经典的极为重要的标准。永恒的"文学性"意味着永恒的文学经典,这是逻辑之必然推论,而吴先生也正是这样认为的。果真如此的话,那么,吴先生所区分的强的文学性与弱的文学性就应该保持不变。换言之,经典一经确立就再也无法撼动。活泼的文学史已经最有力地对此进行了反驳。从理论的角度说,不言而喻的是,当高踞的文学本质被赶下神坛、当不变的意义被无情丢弃之后,文学经典的地位必然会被强烈地摇撼。所谓的文学经典及伟大传统不过是"一个由特定人群出于特定理由而在某一时刻形成的一种建构(construct)。根本就没有本身(in itself)即有价值的文学作品或传统,一个可以无视任何人曾经或将要对它说过的一切的文学作品或传统。"①伊格尔顿的洞见卓识迫使人们思考如下的问题:谁的经典?什么时候的经典?因为什么被奉为经典?如果说这样的追问在其时(1982)还会有不少人对之不屑一顾的话,那么,25年后当伊格尔顿为其旧作所写的后记中就可以踌躇满志地宣称上述思考如今已被广泛地认可了。吴先生似乎对于这些共识不感兴趣,依然执

---

① [英]特雷·伊格尔顿:《二十世纪西方文学理论》,第11页。

着于精心设计能够评判古今中外优秀作品的理论紧身衣:判断好文学、文学经典的标准为"形象世界的创造性程度"达到"独象"——对文学性较高的价值判断——的层次。

但问题在于,是否所有的文类都会心甘情愿加盟形象创造的队伍?能否用一把优秀的尺子来度量不同文类的作品?在"形象"这一标准下,顾城的《一代人》算不上优秀之作,因为它"缺乏一种'穿越黑暗现实'的'文学性意识'";而《鹿鼎记》中的韦小宝却能与《红楼梦》中的贾宝玉平起平坐,因为他穿越了"侠士杀人"的老套;诗人苏轼备受推崇,成了中国文学史上优秀作家之翘楚,好到甚至于"让所有的文学批评感到尴尬",因为他的诗歌能够"穿越现实"。① 实际上,用黑色的眼睛去寻找光明不正是努力穿越漫漫长夜吗?姑且同意韦小宝穿越了侠客杀人,但这并不能作为《鹿鼎记》与《红楼梦》同样优秀的力证。韦小宝还穿越了贾宝玉的妻妾总数并乐在其中,而宝玉生活于大观园中众多爱他的美女之间竟感觉异常痛苦、最后绝望出家,其中的复杂性恐非《鹿鼎记》能及。正如有的理论家所指出的:"揭示人物的深度存在明显的差异。这是两个作家之间的距离,也是经典小说跟通俗作品之间的差距。发现人内心的复杂性,发现人的复杂的感情,甚至矛盾的感情,这是经典小说的拿手好戏。"②谈及苏轼,不管现在将其诗歌抬到多么高的地位,不应忘记的是宋人严羽的激烈批评:"盛唐诗人惟在

---

① 参见吴炫:《什么是真正的好作品?》,《文艺争鸣》,2007年第5期。
② 南帆:《文学老了,我们还需要她的慰藉吗》,《学习博览》2009年第6期。

兴趣,羚羊挂角,无迹可求。故其妙处莹彻玲珑,不可凑泊,如空中之音,相中之色,水中之月,镜中之象,言有尽而意无穷。近代诸公作奇特解会,遂以文字为诗,以议论为诗,以才学为诗。以是为诗,夫岂不工,终非古人诗也,盖一唱三叹之音,有所歉焉。"①也就是说,在严羽眼里,苏轼的《琴诗》、《题西林壁》实在不是什么优秀作品,因为它们过于掉书袋、过于注重说理、过于显摆自己的才气,结果导致太着实而缺乏"兴致"、诗意直白而缺乏余韵。当然,严羽是以盛唐诗的标准来衡量宋诗,宋诗的说理难免遭到贬抑;而今天苏轼的说理诗又被人们誉为经典之作,这不是恰好证明了经典的流动性么?不是恰好证明了"文学性"并非永恒的么?唐诗与宋诗都成了诗歌之经典,但它们成为经典的原因却是不可通约的,而且,传统经典与现代经典之间也没有什么"可通约性关系"。因此,如果反过来将宋诗誉为最高典范的话,那将置唐诗于何处呢?譬如,拿"穿越现实"的标准来衡量李白的《静夜思》的话,就不免会出现尴尬。再说了,一定要在唐诗与宋诗之间决一雌雄也没什么必要,这就如同桃花与梨花在谁最美丽上争个你死我活一样。

二 超越"意识形态"如何可能

意识形态似乎无处不在、无时不有,但它多数情况下它是

---

① 严羽:《沧浪诗话·诗辨》,见郭绍虞主编《中国历代文论选》(第2卷),上海:上海古籍出版社,2001年版,第424页。

一个讨人嫌的角色。意识形态让不少崇尚"纯文学"、立志建构希腊小庙的作家、理论家鄙夷不屑,他们总以为意识形态肮脏不堪,而文学却是那么的纯洁无瑕、出淤泥而不染。对这些人而言,伊格尔顿的下述断言不啻于兜头一盆冷水:衡量什么是文学的标准完全取决于意识形态。① 而吴先生则梦想着文学能够模糊日常意识形态而构筑一个独立自足的世界:"这实在不是因为文学自身有这样的特点,而且我们面对意识形态问题时有这样'特殊的要求'。正如我们需要婚姻繁殖和培养后代,也需要爱情一样——美丽和性感是被什么社会意识形态所支配呢? 而'蒙娜丽莎的微笑'迄今依然楚楚动人,那又是被什么意识形态所制约呢?"的确,当人们长久地浸淫于意识形态后,渐渐地可能会失去辨认个中委曲的能力。尽管我们不能说所有自然的东西都具有意识形态性,但如果细细思量的话,即使连微笑、美丽等这些习见的词汇背后都会藏有意识形态性的东西:蒙娜丽莎的微笑至今依然楚楚动人,乃至于和我们并无大别。问题是:蒙娜丽莎为何笑不漏齿、而非开怀大笑? 这里就会涉及到宗教与笑的复杂历史关系。从楚王好细腰、环肥燕瘦到"文革"时的"不爱红妆爱武装"直至今日的瘦身、美容热潮,它们都与美丽有关,然而美丽标准的界定难道不是充满了意识形态性吗? 事实上,意识形态早已潜滋暗长地渗透于人们的日常生活中。根据伊格尔顿甚为赞赏的社会学家布尔迪厄的看法,"在我们习惯性行为的'自发性'本身,我们再生

---

① [英]特雷·伊格尔顿:《二十世纪西方文学理论》,第16页。

产了某些深深默许的规范与价值";在整个文化领域内充满着符号暴力,它的使命是使权力合法化、自然化,同时将那些不合乎标准的人们烙上耻辱的印记并驱入沉默的阴暗角落。①

文学就是一种意识形态固然没错,这对那些幻想远离意识形态的批评家还有持续的鞭策之效;但这种说法的粗疏也显而易见,因此,必须进一步考究的是文学与意识形态到底有怎样的关系。伊格尔顿坦陈这个问题让人挠头皮。在他看来,文学与意识形态之间有着难解的复杂故事,"反映论"与"超越论"皆为简单之极端。前者是"庸俗马克思主义"批评的代表,热衷于将文学当作对占统治地位意识形态的反映;问题是这无法解释为什么会有"大量的文学作品实际上都向当时的意识形态臆说提出了挑战"。② 而后者就紧紧抓住文学与意识形态的对抗性来定义文学,认为真正的文学常常超越它那个时代的意识形态。实际上,伊格尔顿在努力探求比以上二说更合理的看法,他认为阿尔都塞与马舍雷的观点很有启发:意识形态在任何社会中都有一定的结构连贯性,文学作品一方面是该结构的一部分、另一方面又改变了这一结构;而批评就应该根据意识形态的结构来阐明文学作品,"找出使文学作品受制于意识形态而又与它保持距离的原则"。③ 显然,在

---

① [英]特瑞·伊格尔顿:《西方马克思主义中的意识形态及其兴衰》,齐泽克等著《图绘意识形态》,方杰译,南京:南京大学出版社,2006年版,第210—212页。

② [英]特里·伊格尔顿:《马克思主义与文学批评》,文宝译,北京:人民文学出版社,1980年版,第21页。

③ [英]特里·伊格尔顿:《马克思主义与文学批评》,第23页。

讨论文学与意识形态关系时,文学的挑战性并未逸出伊格尔顿的视野。伊格尔顿在其他著作中也不止一次谈过这一点,在谈到文化的观念时他指出"文化可以是对资本主义的批判,不过它同样是对反对它的承诺的批判"①,这与乔纳森·卡勒那句有名的话——文学既是意识形态的手段,又是使其崩溃的工具——颇为相似。谈及审美意识形态时,他认为维系资本主义社会秩序的力量有两种:一是硬性的强制性制度;二是软性的习惯、虔诚与爱,正是它们将制度的力量审美化,使人们不假思索地接受——在这个意义上伊格尔顿才说它们是最根本的力量。然而,审美又是危险的,因为它又会有反抗、又会对占统治地位的意识形态提出异常有力的挑战。② 而吴先生认为伊格尔顿"忽略了文学在履行宗教功能的时候,可能已具有突破宗教的功能",从以上的分析可以看出这是冒失的揣测。

意识形态在不断变化,但并非将过往予以格式化,然后在一张白纸上重新描画,而是会有一定的连续性或继承性。既然文学就是一种意识形态,照此逻辑就很好解释文学观念的继承性——一种文学观念超越其产生之时代而对后世发挥持久之影响。毕竟,文学观念的更迭与自然科学中的日心说取代地心说不同:地心说被抛弃了,但当表现说产生时并未使模

---

① [英]特瑞·伊格尔顿:《文化的观念》,方杰译,南京:南京大学出版社,2003年版,第19页。
② 参看[英]特里·伊格尔顿:《美学意识形态》,王杰等译,桂林:广西师范大学出版社,1997年版,第3、8、17页。

仿说完全失效；文学观念的承继更还有教育制度及经典体系方面的原因。吴先生将这种继承性当作"循环性"："如果说'文学是人学'和'文学的抒情性'在20世纪的中国是一个稳定的观念，甚至可以与中国传统文论的'缘情说'构成稳定的状态，正好是因为中国人始终存在一个挣脱不尊重人性的专制伦理的问题。'五四'新文学和新时期文学对'人学'和'人性'、'个性'的提倡与实践，在根本上不是文学理论企图将自己永恒化、稳定化，而实在是中国历史的性质本身所产生的循环性所致。"这里存在的问题是：古典的诗缘情与现代的抒情性可否构成稳定性？"情"的内涵——譬如"发乎情，止乎礼义"与"诗缘情而绮靡"——是亘古不变的么？历史是循环的吗，什么叫历史的循环性？将"五四"新文学对人性的提倡归结为中国历史的循环性无异于对其时外来文化激荡的漠视，历史的壮阔波澜都被忽略不计，这种循环不过是封闭式的循环罢了。

　　针对伊格尔顿所谈的形式主义者的疏离性问题，吴先生指责伊格尔顿"没有阐明使我们不再把莎士比亚和普希金感受为文学的语言背景是什么"，"也就回避了一个问题：为什么在所有文化现象中，只有文学具备使人淡忘、遗忘现实的功能？这种功能是'意识形态'需要还是'缓解意识形态'的需要？"其实，某位诗人的作品不再被感受为文学了，这是伊格尔顿根据形式主义者的逻辑得到的可能推论，他对此是持批判态度的，当然不需要来证明那种语言背景。即便文学可以使人忘却现实，但这种功能是文学的独家专利么？宗教、音乐、绘画有无此种功能呢？如果说"缓解意识形态"指的是如下内容——"将形象符号作为本体消解人们从作品中直接接受某种意识形态观念的可能"，"从而使人们在现实生活中放松对各种意识形态的紧张感并因此可以从文学视角审视意识形态的局限"——的话，那么，形象自身是否没有携带任何意识形态性的内容呢？它实际上不过是又诉诸于形象、审美来试图超越意识形态罢了；在此意义上，"缓解意识形态"不也是"意识形态"吗？其实，伊格尔顿在《美学意识形态》中就专门谈过软性的意识形态——如宗教、文学等——将硬性的意识形态——如政治、法律等——进行审美化，从而让人们理所当然地予以接受，怎么会忽视了"缓解意识形态"呢？进一步来说，每一种主流意识形态也都不会忽视以审美价值来加固其意识形态的优越性，所以，"一种文化对于美的欣赏，它关于趣味和优雅的观念，它对于艺术的看法，都有可能是其伦理道德价值的反映，这些事项绝非不偏不倚或纯洁无瑕的。"①

如伊格尔顿一样，罗朗·巴特也曾苦口婆心地劝告世人："历史告诉我们，文学的超越时间的本质是不存在的。"②但这并非意味着文学一分钟内可以摇身七十二变，因为我们无法居于荒郊野外、与世隔绝，我们仍然拥有历史感——"这样一种高度文化修养的感觉，它在评价本时代的功绩和勋业时，也

---

① [英]丹尼·卡瓦拉罗：《文化理论关键词》，张卫东等译，南京：江苏人民出版，2006年版，"总论"第5—6页。
② [法]罗朗·巴特：《两种批评》，张小鲁译，见《外国文学报道》，1987年第6期，第15页。

考虑到过去的时代"①。所以，一方面，摒弃了光芒四射的文学本质后不必忧心走向放任自流，我们仍可在臧否文学上达成共识；另一方面，没有必要再苦心孤诣地为文学重新打磨一个新的永恒本质。

---

① ［德］歌德：《歌德文艺语录》，程代熙译，见《文艺理论研究》，1980年创刊号，第173页。

解构的张力

——论托尼·本尼特的反本质主义文学观

一

作为一种思维范式，本质主义易于引发形形色色的大灾小难，这已为人类的历史屡屡证明。有意思却也让人可怖的是，本质主义者绝大多数时候不仅并不认为自己的方式有何问题，而且将由此视域下得出的结论尊奉为神圣不可侵犯的真理。本质主义的危害恰恰正在这里，因为它封闭了"思无疆"的诸多向度或可能性。值得提及的一个例子是，17世纪40与50年代，英国的"保皇派"与"议会派"之间发生了持续而激烈的斗争。在达伯霍瓦拉看来，它可谓一场地地道道的宗教战争。"它之所以爆发，乃因为双方对于'上帝在地上的旨意'都狂热地怀有某种特殊的看法，并相信对方都在毁灭这一旨意"。① 于是,不可避免的冲突在相互恐惧、相互误认中蓄积爆发的能量。结果是两败俱伤:一批新教徒惨遭屠杀,而国王查理一世则背负"暴君"、"叛国贼"、"杀人犯"与"英国人民公敌"等罪名魂散断头台。让人错愕不已的是,血的争斗竟然导源于那光芒四射的上帝,导源于各自心中对其人间旨意的不同理解。如若上帝有灵的话,恐怕也会觉得这令其始料未及。尽管世易时移,本质主义在思想场域中的力量依然不容小觑。它亦并非一无是处,某种程度上可以说,它表征了男男女女对事物确定性及根本性质的强烈渴望与不懈追求。而只有当它成为一个封闭的体系时,才会带来这样那样的问题,才会招致针锋相对的往复论争。随着后现代反本质主义思潮的汹涌来袭,本质主义在人文社会科学各领域不啻于过街老鼠,文艺理论界自不例外。耐人寻味同时也颇具反讽意味的是,很多学者既认为文艺理论的确应该反对本质主义,又坚信无论如何审美本质不应被解构。换言之,审美是反本质主义运动中的重点保护对象或"自留地",是解构不该触碰的底线。不难看出,这其实是一种不彻底的反本质主义。诚如朗西埃所言,"一切旨在为文学赋予一致性的事业,或明或暗,都依赖于一种单一的形而上学"。② 在如何理论式描述文学的问题上,审美形而上学盛行于当前的中国文艺理论界,那些对此提

---

① [英]法拉梅兹·达伯霍瓦拉:《性的起源:第一次性革命的历史》,杨朗译,南京:译林出版社,2015年版,第43页。
② [法]雅克·朗西埃:《词语的肉身:书写的政治》,朱康等译,西安:西北大学出版社,2015年版,第218页。

出异议的学者往往动辄得咎,被指责为陷入了极端化的陷阱。不妨说,审美本质迄今仍是捍卫者抵御反本质主义思潮的最后堡垒,而本尼特"没有审美的文学"有利于突破这道防线。

具体而言,本尼特批评卢卡奇、马尔库塞、阿尔都塞等人"把审美当作一种精神与现实之间关系的不变模式来建构,这很难与作为一种旨在对所有的社会和文化现象进行彻底的'历史化'的历史科学的马克思主义概念相协调"。① 即是说,审美形而上学因为割弃了历史与社会语境,成为西方马克思主义文艺理论的致命缺陷。本尼特指出,从学术背景方面看,由于欧陆的马克思主义受康德的美学影响较深,审美作为一门独立的学科客观上需要一以贯之的独特性。不言而喻的是,这种审美有着明显的哲学化乃至形而上学倾向。正因如此,在本尼特眼里,阿尔都塞与卢卡奇"之间争论的唯一实质问题是涉及马克思主义之前的哪一个认识论和美学(康德式、黑格尔式、斯宾诺莎式的等等)"应该占据支配地位。② 从学术理路上而言,游离历史与社会的缺点与其对美学理论完善化的向往也密不可分。文艺理论史显示,在审美形而上学的营造过程中,形式——特别是语言——备受青睐。譬如,"为艺术而艺术"、贝尔与弗莱"有意味的形式"、俄国形式主义、英美新批评、结构主义等均是如此。这种企图凭借语言来构筑文艺特殊性的意愿跟"艺术的现代主义范式的各种简化方式

---

① [英]托尼·本尼特:《本尼特:文化与社会》,王杰等译,桂林:广西师范大学出版社,2007年版,"绪论"第14页。

② [英]托尼·本尼特:《本尼特:文化与社会》,第35页。

相关联",它"试图在艺术的固有物质性上建立艺术的自主性。因此它迫使人们要求一种文学语言的物质特殊性。然而这种特殊性似乎很难找到。语言的交际功能和诗学功能事实上在不停地相互交织"。① 换言之,语言的多种功能有着千丝万缕的纠葛,想从语言中辟出一块专属于文学功用的做法,注定是空梦一场。这也启示人们:纯洁的审美,纯洁的文学性或文学本体不单并不存在,其本身反倒与政治藕断丝连。需要注意的是,形式主义虽然最终堕入了本质主义的泥沼,但它也参与了文艺界的反本质主义活动,为清除曾经流行的本质主义文学观作出了贡献。本尼特认为,形式主义是一种科学美学,它既反对之前依据天才来诠释文学特征的观念,又有力质疑了一度称雄文坛的文学反映论。令人遗憾的是,形式主义并非对于历史懵懵懂懂,而是在理论上认识到了历史的重要性,却因囿于索绪尔的理论传统而未能贯彻到实践中去,这一问题要等到巴赫金的历史诗学才能真正解决。

一旦回到生生不息的历史,审美形而上学的迷思就会不攻自破。以马尔库塞为例,为了论证"真正的"与"伟大的"作品具有"真正的"和"伟大的"艺术要素,他信誓旦旦地宣称:"在漫长的艺术史中,撇开那些审美趣味上的变化不论,总存在着一个恒常不变的标准"。② 问题在于,既然审美趣味会发生变化,又

---

① [法]雅克·朗西埃:《文学的政治》,张新木译,南京:南京大学出版社,2014年版,第7页。
② [美]赫伯特·马尔库塞:《审美之维》,李小兵译,桂林:广西师范大学出版社,2001年版,第190页。

怎能存而不论,这种变化又怎会不连带影响到所谓的不变标准。20世纪以来,不同的艺术社会学流派合力挑战了形而上的艺术概念。譬如,人文主义艺术史,马克思主义艺术社会史,文化研究、文化唯物主义和后现代主义,分析哲学中的艺术体制理论,土著社会的艺术人类学研究,当代艺术体制的经验研究等等。通过梳理这些方法,哈灵顿强调:形而上的艺术观"试图根据固定的一套标准来界定艺术,而这套标准在社会历史现实中不可能丝毫不差、毫无例外的实现"。① 从社会学的脉络来检视审美,有学者甚至提出更为激进的观点:"'审美对象'不是某种永恒不变的柏拉图式的实体,不是某种超时空、超历史的愉悦,永远存在在那里,专等着鉴赏家全神贯注地去欣赏","世上本没有艺术品,除非有一种解释将某个东西建构为艺术品"。② 照此说来,所谓的审美本质当然也是某个解释的建构物,不可能拥有穿越历史的不变本体。在放弃宏大叙事的前提下,我们应当肯定形而上学式概念在探索艺术特征方面所做出的努力与出示的真知灼见。而且,我们还应该意识到,"在关于艺术及其批评的概括中,不管我们如何否认真正的本质,一定存在某种要义和有效性,即使这些概括不是关于艺术总体的而是关于特定艺术形式或类型的最好概括"。③

---

① [英]奥斯汀·哈灵顿:《艺术与社会理论——美学中的社会学论争》,周计武、周雪娉译,南京:南京大学出版社,2010年版,第26页。
② [美]阿瑟·丹托:《寻常物的嬗变:一种关于艺术的哲学》,陈岸瑛译,南京:江苏人民出版社,2012年版,第136、167页。
③ [美]理查德·舒斯特曼:《表面与深度:批评与文化的辩证法》,李鲁宁译,北京:北京大学出版社,2014年版,第26页。

二

在《形式主义与马克思主义》一著中,本尼特批评阿尔都塞"真正"的艺术——它不是一种意识形态,而是使男男女女察觉到隐藏着的意识形态——未能与资产阶级人道主义意识形态划清界限。"实际上阿尔都塞看重的是,在那些根据文化意识形态国家机器的意识形态符码解读艺术的人身上产生间离效果的作品",因为"我们借以理解世界的意识形态构成了对于那个世界的误认,拒斥这种误认乃是理解并变革这个世界的前提条件"。① 对本尼特而言,阿尔都塞与马歇雷、巴赫金、伊格尔顿一样,有着更为严重的方法论问题。当他们都把文学看成与意识形态相对的意义系统时,存在着一些不可回避的困难。其一,"只有认定文学具有一种恒定的功能和作用,才能获得文学的相对自律性和由此而来的决定自身的能力"。② 显而易见,这必将导致阿尔都塞等人所极力反对的非历史化。我们知道,跟那些执着于探究文学的内部本质的学派不同,阿尔都塞侧重于文学的外部研究,但又绝非庸俗马克思主义社会学的研究路径。看来,需要拷问本尼特提出的质疑能否成立。他从阿尔都塞等人的方法中推论,文学与意识

---

① [澳]卢克·费雷特:《导读阿尔都塞》,田延译,重庆:重庆大学出版社,2014年版,第141页。
② [英]托尼·本尼特:《本尼特:文化与社会》,第32页。

形态是迥然有别的固定本体。问题在于，文学与意识形态之间并非井水不犯河水，互相联系的事物——譬如，它们具有家族相似特征——难道就没办法成功区别开来吗？关键在于，任何区别都离不开特定的时空，不一定非要它们恒定不变才行。否则，不断变化的事物就无以相别。综上可知，本尼特指出的这个困难可谓一个本质主义的"稻草人"。

其二，文学以自己的方式折射意识形态，"在意识形态与文学之间的似乎不可逆转的关系之中，意识形态被视为第一层次的符号化体系，而文学作为第二层次的符号化系统在它之上运转"，然而，"一考虑到相互符号化的复杂网状语境，它是不同符号系统之间关系的典型特征，第一层次和第二层次符号化系统之间的区分就崩溃了"。[1] 即是说，相异的符号系统之间有着错综复杂的联系，而且，它们与历史有着同样的距离。所以，文学与意识形态两个符号系统的区分就自然坍塌。问题是，本尼特自己也在谈论"不同符号系统"，文学与意识形态的区分在逻辑上自然是可行的，至于他是否同意两者之间的关系则是另一回事。

其三，本尼特强调，根据与意识形态的不同来描述文学性还只是故事的一半。更深层的困难是，它还必须根据科学与意识形态在上层建筑中的位置来书写。如此一来，就出现了文学与科学、意识形态之间的双重区分。这种文学自律论"典型地导致了另一种无立场(not-statements)的扩散"，或者说，"互生关系的整个基础太滑动、太流动和太移动"，"某种程度

---

[1] ［英］托尼·本尼特：《本尼特：文化与社会》，第33—34页。

上,马克思主义者所赋予文学的明确特征依赖于那些支配着文学定义方法(文学不是科学,也不是意识形态)的无立场,那么相类似的,明确特征最终也是由一系列否定的限定关系品性所构成的,这些品性被错误地本体化了"。① 对本尼特来说,根据意识形态来定义文学就必须把意识形态视为一种既定状态。否则,文学就不能获得一种明确的参照物,就会陷入没有立足点的尴尬境地。问题在于,即便是既定,也只会是暂定而非永定或本体化。本尼特的指责是在把对方漫画化的基础上施行的,显得无的放矢。重复地说,不同事物之间相互区分不需要把它们都本体化。正因对此存在误判,本尼特才会批评互生关系的基础不够牢靠。有意思的是,本尼特又在他处推崇这种被它批判的研究途径:"历史地研究文学的形式和功能等于在文学与其他同时并存的社会实践之间易变的关系的语境中研究文学自身的特殊性、连续性和可变性,既不多也不少"。② 可以推测,本尼特所言的"其他同时并存的社会实践",应当包含科学与意识形态在内。两相对照,对他者的批判与自我的言说如出一辙。在谈论文本阅读时,本尼特同样强调,无论是文本还是读者都不可逃脱地处于"物质的、社会的、意识形态的、制度的联系"中。③

其四,上述"无立场"的系统导出了文学不是通俗小说或大众小说的结论,这种定义文学的方式使得马克思主义者一直限

---

① [英]托尼·本尼特:《本尼特:文化与社会》,第34、36页。
② 同上书,第124页。
③ 同上书,第79页。

于将通俗小说仅作为主导意识形态再生产的境地。本尼特由此断言,"马克思主义批评内部(或它在处理这个范畴时所用的语言)对通俗文学的忽视不光是马克思主义批评本身的遗憾,也不光是政治的遗憾,而且表明对马克思主义的批判工程的错误理解,结果是损害了构想和进行经典化文本(这种文本一直是马克思主义批评家纵横驰骋的领地)研究的方式"。① 问题在于,虽然臧否有别,但无论是法兰克福学派还是葛兰西与雷蒙·威廉斯等,都对通俗文艺开展了认真的研究。到了伯明翰学派那里,在价值取向上反而是褒扬通俗文学与文化潜在的反叛力。考虑到西方马克思主义批评后来的发展状况,本尼特的总体判断并不十分恰切。另外,对通俗文学的贬低并不起于西方马克思主义批评,本尼特自己也说他们照搬了资产阶级批评的形式等级,是价值问题使得马克思主义批评成为一种扭曲了的唯物主义。"大部分写作形式的否定性定义是根据它们与文学的诸多差异来界定的",通俗文学"不是文学","实际上是一个残存的概念,是对文学进行过描述和解释之后的残余之物。这个概念在大部分情况下似乎表示通俗文学的特定品质是由一系列据说与已经确立的文学特点相区别的属性(如情节的标准化或缺乏性格)所组成的"。② 换句话说,不同的话语构成了

---

① [英]托尼·本尼特:《马克思主义与通俗小说》,马海良译,见[英]弗朗西斯·马尔赫恩编:《当代马克思主义与文学批评》,北京:北京大学出版社,2002年版,第204页。
② [英]托尼·本尼特:《马克思主义与通俗小说》,马海良译,见[英]弗朗西斯·马尔赫恩编:《当代马克思主义与文学批评》,第203页。

一个话语光谱,它们在相互否定与相互联系中定位自身。既然冠以文学之名,那么,在此光谱中,当与其他话语形式相比时,通俗文学就理应属于文学话语。回到文学话语系统内部,又按照惯习分为高低不同的等级。但这种等级不是一劳永逸的,而可能随着历史语境的变换而发生翻天覆地的剧变。回首文艺史,不论是近代以来,小说从"小道"一跃而为"文学之最上乘",还是后现代思潮赋予通俗文学与经典文学平起平坐的地位等事例,都生动地证明了这一点。总之,本尼特所批评的贬抑通俗文学的现象已在其后不断被修正。

三

本尼特否认文学是一种形式稳固的实体,否认文学的独特性在于一系列形式特性——所谓的"文学性"。相反,如果说文学真有什么独特性的话,那么,这种独特在于它是社会实践之所,在于文学的使用。"这样定义的文学,会被看作一系列社会现实和社会手段,在同一层面与其他社会实践领域相互影响。这是要否定那些社会结构的深度模式,因为它们是依据文本表达的潜在现实来译解文学文本的解释工程的基础。这种否定的理由是,所有社会实践在其构成上都同时是制度的和话语的"。① 一俟从形而上学的城堡重回生龙活虎

---

① [英]托尼·本尼特:《本尼特:文化与社会》,第44页。

的社会实践,文学话语就势必与其他实践形式——同时也是话语形式——产生互动,在与它们的关系网络中确定自己的大致方位。本尼特还明确将此命名为"构成主义"观点,并强调它虽然吸纳了反本质主义或反基础主义视角,但有能力抵御习见的"相对主义"指控。① 一个较为流行的误解是,反本质一定会走向怎么都行的相对主义。格里芬指出,它错误地假定"如果我们反对基础主义,我们就不能赞成衡量思想的任何普遍标准"。② 没有了不变的本质,并非意味着从此不再会有任何公认的准则,所有事物都处于不可辨认状态。其实,普遍的标准源于特定的历史语境,源于本尼特所言的社会实践,是关系网络中诸多关系项之间相互磋商的结果。一俟从形而上学的城堡重回生龙活虎的社会实践,文学话语的阐释势必要打破形而上学的深度阐释模式,这也与本尼特对文学性的解构逻辑一致。形而上的文本观常把意义看作文本的私有财产,它不因接受状况的更改而增减;或者,它给予某种意义以特权而打压另一些意义。以此为标靶,本尼特提出"意义是可及现象","是一种只有在阅读型构之中(它调节文本与读者之间的'际遇')才能产生的东西,不可能总是完全相同"。③ 阅读型构涉及到文本与读者的动态关系,正因如此,本尼特甚至不愿采纳"解释"这一术语,而倾向于用"生产性激活"取而代

---

① [英]托尼·本尼特:《本尼特:文化与社会》,"绪论"第22页。
② [美]大卫·格里芬:《复魅何须超自然主义:过程宗教哲学》,周邦宪译,南京:译林出版社,2015年版,第482页。
③ [英]托尼·本尼特:《本尼特:文化与社会》,第74页。

之。因为在允许可变性方面,前者的渠道充其量只是读者个人,而后者则是文本、读者与两者之间的关系。尽管如此,与接受美学相比,它还是凸显了读者对阅读过程的掌控作用,明显增强了读者的主动性。值得注意的是,在阅读型构过程中,本尼特特别强调文本所处的物质的、社会的、制度的、意识形态的语境所起的作用,这当然也是读者置身的环境。也即是说,阅读的历史是多变的读者与多变的文本相遇的历史,所有的意义都来自这种可变的阅读关系。

如果遵从本尼特所言的在关系语境中研究文学的话,那么,似乎没有必要担心阅读型构中的可变性因素。因为不管如何变化,都发生在一定的历史场域之中,历史划出了它们所能伸展的最大半径。而且,任何文学阐释毕竟都受制于相互交错的关系网络,某种阐释如若太过出格就会被自动过滤或纠正。然而,如果遵从本尼特所说的文学的独特在于其使用的话,那么,情况则大为不同。因为使用的目的五花八门,关键在于,它在突出阅读主体的时候不一定与文本协调。在讨论使用问题时,本尼特其实意在张扬文学的介入效果。因而,衡量某个诠释是否有效的标准就不再是文学所处的关系网络,而是是否有利于眼下政治斗争的开展。"马克思主义批评的目的不是制造一个审美对象,不是揭示已经先验地构成的文学,而是介入阅读和创作的全过程","必须开始从策略角度思考什么样的批判实践形式才能将阅读过程政治化"。① 问题是,在使用过程中,

---

① [英]托尼·本尼特:《马克思主义与通俗小说》,马海良译,见[英]弗朗西斯·马尔赫恩编:《当代马克思主义与文学批评》,第222页。

若是完全舍弃文本本身的权威,舍弃文本本应具有的把关能力,那么,过度使用或过度阐释的情形就在所难免。本尼特举出了这个问题,还将其与"生产性激活"相并列,并无贬义。限于阅读政治,本尼特对此并未表现出应有的担心。若是用利科的话来说,阅读的政治无疑是从文本诠释学走向了行动诠释学。然而,"阅读,无论如何,都是把一种新话语与文本话语连贯在一起。话语与话语之间的这种连贯,在文本构建本身上,揭示了一种作为其开放特征的原始复述能力。诠释就是这种连贯和复述的具体结果"。① 比较起来,本尼特有些过于强调新话语,而贬低了连贯性的分量,忽视了新话语是在连贯基础上的创新。没有了连贯性,新话语仍然是由文本衍生出的意义,但却不是可为关系网络所能接纳的意义。为了实现阅读的政治化,本尼特甚至不惜提议:不同的读者群应有不同的创作形式与批评形式。问题在于,它们之间不可能相互封闭,各自为政。而且,文学史在在证明,无论是创作还是批评,都往往是由特定的阶层来承担,都连带着相应的意识形态观念。或者说,一些读者群根本没有能力进行创作,更毋庸说进行批评了。

结　论

迄今为止,审美本质仍是不少学者抵挡反本质主义思潮

---

① ［法］保罗·利科:《从文本到行动》,夏小燕译,上海:华东师范大学出版社,2015年版,第164页。

的最后堡垒,而本尼特"没有审美的文学"有利于破除这种幻想。但本尼特对文学性的解构存在为学界忽视的内部张力:一方面,他从理论上批评西方马克思主义文论依赖一系列否定的限定关系来界定文学;另一方面,又主张应在关系语境中研究文学,两者在方法论上其实并无大异。针对文学诠释过程中文本的形而上学迷思,他提出了阅读型构策略。这种运用式的文学观固然极大地张扬了读者的能动性,却留下了过度阐释的隐忧,也背离了其关系语境论的要旨。

本质主义、反本质主义与美学研究
——当前中国美学界论争的批判性考察

20世纪50、80年代,中国美学界曾有过两次轰轰烈烈的大讨论。在承认"美的本质"的前提下,众多学者分别从不同维度进行论证,形成了蔡仪派、吕荧派、朱光潜派、李泽厚派等不同的美学群落。如今,中国美学界再次掀起了火药味十足的大论争,"美的本质"依然是焦点话题。所不同者,它自身遭到了严重质疑,甚至被斥为"伪命题"。于是,在否弃者与捍卫者之间展开了针锋相对的往返辩驳。应予深入考察的是,对否弃者而言,美学研究走向了哪些不同的路径;对守护者来说,在后现代反本质主义的冲击下,"美的本质"发生了怎样微妙的变化。它们各自又有什么意义与缺陷。

一 "美的本质":一个伪命题

众所周知,作为一门独立的学科,"美学"始于1750年鲍姆加登《美学》一书的出版。回溯起源,古希腊以来诸多思想家有关美的探讨无疑是其产生、建立的理论基础。而自柏拉图以来的两千多年之间,"美的本质"问题就成为一代又一代学人们苦苦寻觅的扰人难题。直至1900年,这种本质主义式的追寻之旅才戛然而止。从此,西方古典美学终结了,现代美学翻开了新篇章。① 值得注意的是,主观目的与实际结果往往南辕北辙——"虽然西方现代美学都在标榜对美本质的否定或放弃,而事实上却又在自觉不自觉地回答着何为'美的本质'"②。譬如,美的直觉说(克罗齐),美是有意味的形式(贝尔),美是客观化的快感(桑塔耶那),美是能激起性感的事物(弗洛伊德),如此等等。到了后现代反本质主义风起云涌时,西方美学才真正抛弃了"美的本质"这一形而上学的旧命题。有意思的是,在同一时段,中国美学界却热火朝天地走在探求美本质的征途之上,各路人马在马克思主义的大框架内开掘出不同的美本质。不过,期间也有学者对哲人们的本质主义取径表示不满:"在美学研究中,本质主义,亦即唯本质论是一种致命的思维癖

---

① 张法:《重新定义1900年以来的西方美学》,《求是学刊》2013年第2期。
② 莫其逊:《西方美学美本质研究的哲学基础》,《思想战线》1999年第4期。

性,它必然导致自以为是的算定论,表面看被陈述的理论很精致,逻辑上似乎十分周延,但实际上谈论的并不是美,充其量不过是美的影子"。但论者又认为"美的本质是一个准科学命题",除了科学方法之外,更须以"悟性体验"去把握"美本身"。① 20世纪末,国内美学界逐渐形成了否定"美本质"命题的气候,李志宏、张法等学者堪称这股潮流中的健将。

20世纪以来,逻辑实证主义哲学与分析哲学相继问世,它们将形而上学的命题贴上了"伪命题"的标签,也为语义—分析美学的诞生提供了哲学基础。在这种美学话语中,"美是什么"是没有意义的命题。李志宏教授肯定了上述观念对国内外美学界的积极影响,又对其"在理论上的软弱性和不彻底性"——后期分析美学就重返定义"美"的不归路——有着清醒的认识。他强调,"在语言长期的发展进程中,表示主观感觉状态的美概念被对象化、客观化,于是其原本的形容词的用法被改变成名词的用法,人们再从名词的一般认识出发,以为这一虚空的名词有着实在的对象客体内容,最终形成对于'美'的误解"。② 换言之,"美感念"是形容词向名词的转化,实际上表达的是一种主观的感受。与天空、大地、河流等不同,"美"与世间任何的实体性事物都无法对应,因此,把"美概念"实体化的"美本身"或"美的本质"根本并不存在。应该说,这是李志宏反本质主义美学观的理论基点。近年来,他对此

---

① 徐宏力:《论美的模糊性》,《社会科学》1989年第2期。
② 李志宏:《"美是什么"命题辨伪》,《吉林大学社会科学学报》1999年第2期。

一再重申。譬如，"'美'概念作为名词并不含有可以直接指代的对象事物，因此，不具备名词的真正性质和内涵，实际上具有的是代名词性。以此为前提而形成的'美本质'及'美是什么'的问题，必然是虚空的伪命题。"①他批评流行的美学体系"仍然把理论大厦建筑在关于美本质和'美'的阐述之上。这一错误的根源在于：混淆了'美'字（即美概念）与'美'（即美事物）的不同，把'美'字的存在当成'美'的存在。世上不存在叫做'美'的事物，不存在美本质或美属性"。② 另外，"'美是什么'命题的形成过程是反逻辑的，是个伪命题，因此无论哪个学派做出怎样的解答都不能成立。"③李志宏不遗余力地抨击着美本质，与实践美学谱系中的诸多学派展开了仍在进行的激烈酣战。正是在这种论辩的过程中，其反本质主义的美学立场愈加鲜明而坚固。

李志宏劝告对方"悬崖勒马"——尽快放弃根本不能成立的"美是什么"命题，不要再在上面枉费心神，而是来一场美学研究范式的根本转换："把'事物为什么是美的'这一问题重新设置为美学研究的根本问题"。具体而言，"美学研究的根本目标是要解释审美现象，揭示审美活动的内在规律。落到具体问题上就是要问，美的事物是从哪里来的？事物为什么是

---

① 李志宏：《美本质研究将怎样终结——再论"美是什么"是伪命题》，《吉林大学社会科学学报》2005年第1期。
② 李志宏等：《根源性美学歧误匡正："美"字不是"美"——兼向张玉能先生及实践美学谱系请教》，《吉林大学社会科学学报》2013年第5期。
③ 李志宏：《"美是什么"的命题究竟是真还是伪？》，《黑龙江社会科学》2014年第1期。

美的？人为什么能形成美感？"①与之前兀兀穷年的本质追寻相比，这种研究理路显得灵活而开阔。乍看之下，它与另一位反本质主义者的如下主张甚为相似："对美学来说，就是要讲清楚，美是如何被建构起来的，又是如何被解构的。具体来说，就是对自人类以来，各个文化、各个时代、各个阶级的美是怎么被建构起来的，人为什么要建构这样或那样的美，建构了这样或那样的美之后，对社会的作用是什么，对心理影响是什么，在文化中有什么功用。同样，这曾经建立起来的美以后又被解构了，变得不美了，也是需要进行理论上的分析和解释的。"②显然，美并非实体性事物，而是卷入了纷繁复杂的意识形态漩涡之中，在与特定时空中的政治、经济、文化、阶级、道德等因素错综的关联中彰显出建构性。如果上述诸多关系项所组成的结构保持稳定，那么，美也将表现出一定的稳定性、继承性。反之，如果这一关系网络发生剧烈变化，那么，美就可能会有或整体或局部的变化，从而体现出明显的流动性、变异性。不妨说，一部美学史，就是美的观念在不同的文化场中"建构"与"解构"持续互动的历史——不难发现，"建构"/"解构"在精神、基调上和反本质主义美学尤为契合。让人有点儿意外的是，当李志宏正面阐述其"认知美学"理论时，以上观点中的政治经济学维度竟变得杳然难觅，而其中社会学的宏阔

---

① 梁玉水、李志宏：《中国美学与世界美学对话的路径与理论建树》，《文艺争鸣》2014年第8期。
② 张法：《为什么美的本质是一个伪命题——从分析哲学的观点看美学基本问题》，《东吴学术》2012年第4期。

视野也在骤然间似乎缩小了。

李志宏认为,事物是"内质"与"外形"的统一体,前者经由利害性需求的满足而引发肯定性情感,是为功利性的快感;后者经由知觉即形式认知而引起肯定性情感,是为美感。表现在审美上,有害事物引发否定性的丑恶感;反之,有利事物则引发肯定性的美感。"在事物有利性的基础上,事物外形已经在人脑中塑造出同好感相连接的认知模块;以认知模块为基础形成内在构造,人才能对相应事物的外形直觉地产生美感"。① 换句话说,事物要能产生美感,其内在价值必须对人有利,好感是第一步。第二步,其外形与已然成型的主体认知模块相吻合,从而引发美感。实际上,这两个步骤都存在一些问题。首先,将事物判然两分为外形与内质两块,并各自关联美感与非美感,不免有些机械。其次,把利害关系与美感/非美感直接挂钩固然可以自圆其说,但可能遗漏了更为重要的方面。譬如,李志宏所举"狼"的例子。他认为,狼长期以来危害人类,形象丑恶,"不能被审美";随着生态恶化,狼成了保护对象,危害变小,在生态环境方面显示出有利性。于是,"狼的形象也可以被审美了"。② 问题是,这如何解释远古时期蒙古民族的狼图腾崇拜?对先民们而言,成群而凶猛的狼无疑是有害的。他们先是恐惧,再是敬畏,并将其视为自己的亲属与同类。成吉思汗时期,甚至将狼视作神兽。退一步说,即便是

---

① 梁玉水、李志宏:《中国美学与世界美学对话的路径与理论建树》,《文艺争鸣》2014年第8期。
② 李志宏:《认知科学美学与审美机器人》,《晋阳学刊》2012年第2期。

有害事物,也仍然可以被审美,成为审美对象。一段时间内,我们的文艺热衷于将"美帝国主义"想象成"豺狼"。而今,"七匹狼"又成为中国消费市场上一个有影响力的品牌。不难发现,仅靠利害关系,难以解释清楚审美史中的"狼"的变化。

再次,关于认知模块,虽然它是"动态发展的,有一定的弹性",但这种弹性指的是其由此及彼、触类旁通的功用,并未涉及其生成的具体环境。李志宏还强调,它是"大脑神经活动自动完成的,不为人的意识所觉察","尽管人的所有认知模块必有其形成的过程和具体的原因,但人们未必都能清醒地认识到、觉察到;人对自己喜欢什么、不喜欢什么的知觉偏好,有的能找出原因,更多的是找不出原因"。① 鉴于美感是事物外形与认知模块共鸣而产生的,因此,在逻辑上,要说清楚美感的产生,就不能在认知模块面前止步,还须追究它是如何形成的。如果说,普通的男男女女不明了自己的知觉偏好,那么,美学研究就有责任把它说清楚。毫无疑问的是,教育是其中举足轻重的角色之一。古今中外,莫不如此。《尚书·尧典》记载:"帝曰:夔!命女典乐,教胄子:直而温,宽而栗,刚而无虐,简而无傲。"柏拉图《理想国》中说:"一个受过适当教育的儿童,对于人工作品或自然物的缺点也最敏感,因而对丑恶的东西会非常反感,对优美的东西会非常赞赏,感受其鼓舞,并从中吸取营养,使自己的心灵成长得既美且善"。② 从中不难

---

① 梁玉水、李志宏:《中国美学与世界美学对话的路径与理论建树》,《文艺争鸣》2014 年第 8 期。
② [古希腊]柏拉图《理想国》,郭斌和、张竹明译,北京:商务印书馆,1986 年版,第 108 页。

看出,美学规范对于教育传承的依赖,美学成规对于人审美趋向的形塑。不言而喻的是,教育跟文化政治之间有着复杂的纠葛。"不管我们是否喜欢,区别性的权力已经侵入到课程和教学的中心"。① 既然如此,审美就绝非在真空中进行,绝不是什么不食人间烟火之事。正是秉持着这种观念,伊格尔顿坦率地说,自己在写作《审美意识形态》一书时,"试图通过美学这个中介范畴把肉体的观念与国家、阶级矛盾和生产方式这样一些更为传统的政治主题重新联系起来",同时,"确实想驳斥这样一些批评家,他们认为,美学与政治意识形态的任何联系都必定是令人厌恶反感的或是让人无所适从的"。② 凡此种种,也都是我们讨论美感时不能刻意回避的话题。

二 "美的本质":美学基石

针对中国当代美学领域中的美本质"伪命题"论调,张玉能教授旗帜鲜明地指出:"美的本质"是任何一种美学体系都不可回避的"核心命题",是美学研究的"灵魂",它规定了一种美学研究的"基本性质、基本导向、基本原则"。换言之,"美的本质"是一个原则问题,大是大非问题,没有了这一环节,美学

---

① [美]阿普尔:《意识形态与课程》,黄忠敬译,上海:华东师范大学出版社,2001年版,"第二版序言"第3页。
② [英]伊格尔顿:《审美意识形态》,王杰等译,桂林:广西师范大学出版社,2001年版,"导言"第8页。

就根本不成其为美学。有意思的是,他还强调"我们当然要反对本质主义,但是不能一概地反对研究和探讨'美的本质'问题"。① 特别需要注意的是,这似乎意味着他与反本质主义者多有共识。但事实并非如此,因为他对中外美学的反本质主义区别对待。就西方而言,他认为分析哲学"美的本质是个伪命题"是合理的,因为它是对传统的形而上学美学的质疑、反思和批判。就中国来说,"伪命题"不过是重复、贩卖"早已被提出者们都疑惑而抛弃的东西"罢了。问题是,如果中国美学界的"伪命题"攻击的也是传统的形而上学美学的话,又有何不可呢? 其实,在反本质主义者那里,张玉能"美的本质"恰是这样的东西。应该说,张玉能自己反对的"本质主义"是传统的形而上学美学,但却又不自觉地陷入了形而上学的窠臼之中。在反本质主义汹涌如潮之时,对于本质主义,学人唯恐避之不及。究竟能否成功避开,重要的是要看美学研究的运思模式与问题设置等等。李志宏批判"美是什么"将"美"实体化,作为回应,张玉能提出:"美"确实并非一个实体或实体对象,否则,就会进入形而上学的死胡同。而"19 世纪中期马克思开始的'现代实践转向'却从实践本体论的社会本体论出发,终结了西方哲学和美学的形而上学的思路,而开启了实践本体论的关系本体论的思路"。即是说,美是一种关系存在。正因如此,他指责"伪命题"论者用实体化的"美"来否定自己关系型的"美",纯属"南辕北辙、驴唇不对马嘴"。关键在于,

---

① 张玉能:《实践转向与美的本质》,《湖南城市学院学报》2012 年第 6 期。

这种关系型的"美"是什么,有否真正关系化。依照其实践的理路,关系应该是社会实践中的关系,是制约"美"形成的关系网络。然而,在张玉能看来,关系或关系存在是"世界上万事万物的性质状态,也就是把万事万物相互区别开来的内在规定性或者外在规定性,也就是现象和本质的性质状态"。① 让人困惑的是,"美"是内在规定性还是外在规定性? 是现象还是本质? 这种现象—本质的二分法不正是本质主义的突出表征吗? 其本质主义的另一个突出表现是,宣称"人们必将在社会实践、审美实践和艺术实践中对美的本质问题不断有所发现、有所认识、有所前进,不断地接近美的本质的绝对真理"。② "美的本质"如同一个先在的宝藏,等待着男男女女去挖掘,美学研究宛然一场永无止境的"寻宝游戏"。令人怀疑的是,世间有否这种光芒万丈的绝对真理? 我们是否需要这种"大而无当"的真理? 离开了特定的时间、空间、条件,真理是否还能成立? 显然,所谓的"关系"并未真正沉入实践,"美"当然也未被置入各种社会关系之中进行考察。

更为令人瞠目的是,一方面,张玉能认为"否定美的本质和'美是什么'的问题的反本质主义立场,是一种鸵鸟策略,不仅无益于美学理论探索和研究,而且还把自己理论的丑陋之处暴露无遗";③另一方面,他又认为"20 世纪 90 年代的'后现

---

① 张玉能、张弓:《为什么"美的本质"不是伪命题?》,《吉林大学社会科学学报》2013 年第 5 期。
② 张玉能:《后现代实践转向与美的本质》,《河南社会科学》2014 年第 1 期。
③ 张玉能、张弓:《为什么"美的本质"不是伪命题?》,《吉林大学社会科学学报》2013 年第 5 期。

代实践转向'则把'美的本质'引向了多层累、多视角、开放性的研究和探索途径,给'美的本质'打开了新思路"。① 殊不知,反本质主义是后现代主义的主要特征、核心精神,正是在反对宏大叙事的前提下,才有开放性研究的诞生。"美的本质"与"后现代"有着迥然相异的思维模式,它们根本就是格格不入的。一边儿责斥反本质主义的丑陋,一边儿却又汲取其营养,为"美的本质"极力辩护。张玉能倒并不觉得这有什么荒诞之处,他甚至从德里达的"意义异延论"得到启发,推论说:"美的本质"并非固定不移、一成不变,而是一种不确定性,有的只是不断"异延"的"美的本质"的"痕迹"。在德里达那里,文本的意义最终也没法确定下来。相比之下,对张玉能来说,本质虽在延异,形成相对真理的痕迹,但它们积累到一定程度,就可以重演从量变到质变的传奇,接近绝对真理。问题是,回头来看,所谓的"绝对真理"不就是那个稳如磐石的本质吗?它又何尝"延异"过呢?而且,经历过"后现代实践转向"的美学,怎能容下"绝对真理"?因为"从哲学上说,后现代思想的典型特征是小心避开绝对价值、坚实的认识论基础、总体政治眼光、关于历史的宏大理论和'封闭的'概念体系"。② 不难发现,在张玉能美学话语的内部,聚集了一些"旧瓶"与"新酒"之间尖锐的龃龉与冲突。这自然源于他对长期从事的美本质探寻工作依依不舍,却又

---

① 张玉能:《后现代实践转向与美的本质》,《河南社会科学》2014年第1期。
② [英]伊格尔顿:《后现代主义的幻象》,华明译,北京:商务印书馆,2000年版,"致中国读者"第1页。

试图撷取勃然兴起的反本质主义为我所用。结果必然是，反本质主义就像一颗"不定时炸弹"，不知何时就会引爆其辛辛苦苦建立起来的美学大厦。同是主张本质的流动性，另一位学者指出："不存在任何超历史、超现实的先在本质，所有的本质都属于流动的、不断生成的东西，美的本质随着主体审美与艺术实践活动不断展开，它总是指向于一种符合历史及现实的'整体性诉求'（歌德）。并在这种诉求中获得合理性。在这个意义，人类美的本质的探索历史与人类文明史同步"。① 与张玉能不同的是，这里没有一个与众不同的"绝对真理"，所有"本质"——美学观念、规范、趣味等——都不能超越历史与现实，而是处于历史与文明的结构之中。拯救"本质"的类似做法还有，提倡本质不是绝对的、而是相对的，不是永恒的、而是发展的。② 这些无疑已经倾向于放弃本质主义，只不过囿于惯性，仍对"本质"一语恋恋不舍而已。

杨春时教授也对"美的本质"问题情有独钟。他认为，传统美学依据的是实体本体论，"美"成为实体，而非对象。所以，"美的本质"问题不合理。应该转向存在本体论，"由研究美的本质改为研究审美的本质，而把美的本质问题从属于审美的本质问题"，"我们不谈论美是什么，而先考察审美的性质，作为审美对象和审美意义的美的本质问题就迎刃而解了"。③ 也即

---

① 邹诗鹏：《美的本质：消解、追问与回归》，《求索》1995 年第 3 期。
② 孙伟科：《"美本质"的思辨》，《南都学坛》2000 年第 5 期。
③ 杨春时：《关于美的本质命题的合理性问题》，《中文自学指导》2005 年第 2 期。

是说,放弃了美的本质,树立了审美的本质,两者并非一物,后者的解决为前者的解决打开了大门。蹊跷的是,在探寻审美本质的过程中,杨春时干脆不再区分,又将它们一锅煮了:"所谓美的本质实际上就是审美的本质,而审美的本质也就是审美的意义"。① 那么,如何"发现"审美的本质呢?杨春时认为有三步:先要采用现象还原的方法,进入审美体验,获得审美意象;继而一度反思审美体验,获得具体的审美意义——审美范畴;再是二度反思审美体验,获得更根本的、最一般的审美意义——审美本质。从对现实意识和现实观念的排除,以保证审美体验的纯粹性,到主体能动性的备受重视,丢弃制约主体的外在因素,再到时间停止、空间消失的大化境界,杨春时一步步构建起了一个超凡脱俗的形而上审美王国。问题是,"人们不能轻易地将审美体验从所有非审美体验那里划分出来,也不能轻易地将审美体验与所有非审美体验断然割裂开来"。② 即便区分了,也须铭记"康德给我们准确描述的美的经验具有康德所不知道的经济和社会的可能性条件"。③ 获取审美意义,反思不妨算是方式之一,但完全仰赖它就明显欠妥。毕竟,男男女女可以直觉把握的审美体验是历史的产物,"是艺术的体制领域和反复灌输的审美沉思习惯这两个方面相互支持的结果",而它们都需花费相当长的时间方能确

---

① 杨春时:《审美本质的发现》,《学术月刊》2014年第5期。
② [英]舍勒肯斯:《美学与道德》,王柯平等译,成都:四川人民出版社,2009年版,第20页。
③ [法]布尔迪厄:《实践理性:关于行为理论》,谭立德译,北京:生活·读书·新知三联书店,2007年版,第208页。

立,①远非关起门来闭目反思那般简单。诚如布尔迪厄所言,追求纯粹的学者们往往"把自己的经验(一个来自特定社会背景的有教养者的经验)当作反思主题,但是,并未聚焦于这一反思的历史性,以及反思对象(即对艺术品的纯粹体验)的历史性。因此,纯粹的思想家不知不觉地把这种单一经验确立为适合于任何审美感知的超历史性标准"。② 当杨春时将审美的本质定格在"自由"上时,超历史性就更为显眼。自由并非一个不证自明的词语,而是涉及到谁的自由、怎样的自由、多大程度上的自由等等棘手的问题。

另外,如果说审美的本质就是自由,那么,审美与自由还有什么区别吗?说审美是通向自由的桥梁是不是更为合适?一旦将自由作为审美的最高阶段,所有审美体验的"二度反思"必然如出一辙——坚持不懈地朝着自由的目标进发。关键是,纷繁复杂的审美体验需不需要这样一个居高临下的本质性规定?它们是否一定要进行所谓的二度反思?就同一个审美对象而言,当这个标杆指引下的审美体验与其他的审美体验之间并不完全相同时,如何处理?譬如,杨春时以《红楼梦》为例,指出:一度反思得出了它的具体的审美意义——一个人生的悲剧,二度反思就可以让我们在人生命运的痛苦体验中,领悟对自由的追求。问题是,它如何看待其他对《红楼

---

① [美]舒斯特曼:《生活即审美:审美经验和生活艺术》,彭锋译,北京:北京大学出版社,2007年版,第25页。
② [法]布尔迪厄:《纯美学的历史起源》,见《激进的美学锋芒》,周宪译,北京:中国人民大学出版社,2003年版,第47页。

梦》的审美体验,譬如,自叙传,人情小说,阶级斗争,着意于闺中,彻头彻尾之悲剧,揭清之失、悼明之亡等等。

三 "美的本质":折衷与回避

如若"美学基石"与"伪命题"是看待"美的本质"问题的两个极端,那么,还有一些较为温和的意见与做法在此间游移。譬如,朱立元教授的实践存在论美学。他认为过去美本质的讨论往往把追问"美(的本质)是什么"作为美学研究最核心的问题,这对美学研究起到了一定作用,但提问方式和思考理路本身就是二元对立的,易于陷入本质主义泥沼。所以,他认为"美的本质"不是不能讨论,而是不应将其实体化、固定化、抽象化。在实际的研究中,"美的本质"风光不再,被"美是怎样生成并呈现出来的"所替代,"人对世界的审美关系及其现实展开——审美活动、审美实践"成为美学研究新的重点。除了研究对象,更为重要的是研究范式的转换:从现成论到关系论和生成论:"从根本上说,美学所遭遇到的一切哲学问题都导源于人生在世这一人与世界存在关系的总问题。因而美学的哲学基础应当从马克思以实践为中心的存在论及关系生成论出发,突破主客二分的现成论思维方式,深入到人与世界一体的本真关系中,深入到人的生存实践即人生实践中,深入到人与世界双向生成的境域中,体悟、反思和探讨人类无限丰富和永恒变动的审美关系和审美现象。这就是人生在世的关系论所展示出来的美学研究的哲学视野,这也就是实践存在论美学所依托的哲学基础。"①显而易见,"关系"是生生不息的人类实践活动中的关系,是男男女女与大千世界之间相互影响、相互形塑的关系,是在复杂变动中不断生成与发展的关系。与张玉能区分现象-本质的"关系"相比,这种对"关系"的定位当然十分到位。简而言之,所谓"关系",就是特定历史时空、特定关系结构。在这样的关系网络中,美是不断被建构与解构的东西,永恒的"美本质"就是一个没有意义的话题。"美"如此,"文学"亦然。遗憾的是,朱立元并未把这种精神贯彻到文学中去,转身又对文学的"审美本质"呵护有加。他表示赞同如下说法:"在过去千百年中外文学史上,无论文学的形态和概念怎样变,作为文学'质的规定性'的东西并没有根本改变"。② 即是说,审美本质足以跨越历史时空,成为界定文学、解释文学不变的标准。问题是,审美果真是文学不变的本质的话,那么,为什么汉代竟将《诗经》的《关雎》篇当成"后妃之德"的赞歌,而现今我们却会把它视为一曲爱情的吟唱?很明显,至少在汉代,审美并非解释文学的标杆。当人们固执而徒劳地自闭于"审美本质"的脆弱堡垒时,有必要重温比格尔的告诫:"审美理论家们也许会竭其所能,以求获得超历史的知识,但当人们回顾这些理论时,就很容易发现它们清楚地带有它们所产生的那个时代的痕迹。但如果审美理论具有历史

---

① 朱立元:《略论实践存在论美学的哲学基础》,《湖北大学学报》2014 年第 5 期。
② 赖大仁:《当前文学面临的危机不容忽视》,《学术月刊》2006 年第 6 期。

性,那么,我们也必须认识到,那种企图阐明这种审美理论的作用的艺术批判理论,本身也是具有历史性的。换句话说,它必须将审美理论历史化。"①有意思的是,朱立元也强调不应寻求永恒不变的本质,还明确说"中国古代有诗、文、赋、词、曲、小说、戏曲等等文体,19世纪末、20世纪初才逐步被以审美为共同特质的'文学'概念统摄为一个整体"。② 那么,又如何能说"审美本质"是亘古不变的呢? 审美能够有效概括从古到今的文学,并非它没有改变过的理由,因为审美是一个回溯性的标准。

此外,叶郎教授早就不满于陈陈相因的美本质研究,认为作为美学研究对象,它太过形而上了,"必然超越归纳与综合,而进入纯粹思辨的王国,因此会忽略许多重要的研究课题"。③ 所以他转向审美活动,着重探究审美形态、审美意象、审美感兴、审美文化、审美体验、审美发生等组成部分。换句话说,他将"美"置于历时与共时的多重关系网络中进行研究。他还另辟蹊径,借助探讨中国传统美学"美"在意象的命题——"审美活动就是要在物理世界之外构建一个情景交融的意象世界",它能够"照亮一个真实的世界",④强调并不存在什么实体化的"美","美"既与人的审美活动息息相关,同时

---

① [德]彼得·比格尔:《先锋派理论》,高建平译,北京:商务印书馆,2002年版,第79页。
② 朱立元:《后现代主义文论是如何进入中国和发生影响的?》,《文艺理论研究》2014年第4期。
③ 叶郎主编:《现代美学体系》,北京:北京大学出版社,1988年版,第3页。
④ 叶郎:《美是什么》,《社会科学战线》2008年第10期。

又并非纯粹主观的。从研究理路上看,叶郎的美学既接续了传统美学,又有能力与西方美学形成对话关系,堪称有中国风格、中国气派的美学。

目前为止,美学界的反本质主义成效显著,即便是那些曾经的本质主义者也放弃了美本质的宏大叙事,退而主张美本质的多元化。值得警惕的一个现象是,一些学者口上说着要摒弃本质主义,但一俟遇到具体的研究,却又时不时地回到本质主义的老路。总起来看,反本质主义的目的是要解构形色各异的对美学问题的形而上学玄思,转向特定历史语境中的美学问题,转向生龙活虎的美学实践,转向美学与现实的复杂纠葛。正因如此,美学才会接纳商品美学、生态美学、身体美学等诸多新的课题,成为一门开放的学科,一门富有活力的学科。事实证明,没有了永恒不变的美本质,美学学科不仅并未垮塌,反而在实现了问题式转换之后,开辟了新的研究领域,焕发了新的勃勃生机。

第二辑
关系的博弈

审美:参与及超越

一

稍稍留意一下即可发现,无论是我们自身,还是我们生活的世界,都正在被前所未有地美化。精益求精的装饰,与潮落潮起的时尚,遍布大街小巷。这股"全球性的审美化倾向"的最佳演员,无疑是魅力四射的都市空间中往来穿梭的宝马香车,衣着时髦的俊男靓女,流光溢彩的购物中心,琳琅满目的各式商品,如此等等。审美化的飓风刮过了城市的每个角落,既深刻改变了通衢大道,同时也波及至穷乡僻壤。所以,才有理论家不无夸张地断言,如若发达的西方社会可以随心所欲的话,那么,结果就是都市的、工业的与自然的环境一股脑儿地被改造成一个"超级的审美世界"。① 这虽然是针对异域社

---

① [德]沃尔夫冈·韦尔施:《重构美学》,陆扬、张岩冰译,上海:上海译文出版社,2006年版,第91页、4页。

会发言,但作为一种现象与可能,它在情理上一样适用于非西方社会。因为上述审美的泛化或泛审美化/泛艺术化,也使中国的学者焦虑不已:面对令人痛心的当下现实,他们或批判审美的祸端,或哀叹审美的沉沦,或呼吁审美的救赎。但他们的分歧在于 pan-aestheticization 究竟是译为"泛审美化"还是"泛艺术化"、"审美化"是不是"艺术化"。① 因此,应该先弄清楚两者之间的关系。

谈论"审美"与"艺术"的关系时,我们不能想当然地以为"审美"有一个稳固不变的本质性内核,因为"从哲学上说,或者更确切地从美学理论上说,一心给出、或想宣布一个单一的终极审美概念,是错误的,也是不合时宜的。一个词的意义不是那些理论家心迷神醉的东西,也不是理论家们颁布的内容。"② 审美一词的意义是它在所处语言网络中的使用,如果武断地圈定合法意义的范围,就必然会将那些不合自己心意的部分排斥在外,从而在概念的高地上自得其乐,而将复杂的问题舍弃一旁。有鉴于此,韦尔施告诫我们:审美语义含糊不清到简直就与美学学科本身同样古老,而且不同美学家的说法有时还针锋相对。如何走出令人迷茫的困境? 韦尔施指出,维特根斯坦的"家族相似"理论是较为可取的坦途,当"审美"在多种词义的众

---

① 详见赵毅衡:《都是"审美"惹的祸:说"泛艺术化"》,刘旭光《"审美"不是"艺术化"——关于"审美"的沉沦与救赎》,高建平《"审美"是"审美"! "艺术"还是艺术! ——关于"跟着走"与回到"硬译"的几点思考》,《文艺争鸣》2011 年第 3 期。

② [德]沃尔夫冈·韦尔施:《重构美学》,陆扬、张岩冰译,上海:上海译文出版社,2006 年版,第 24 页。

声喧哗中难以抉择其一时,它恰恰以这种方式建构了自身。具体而言,"审美"有如下一些义项:经过培育的感性,优雅的趣味,主观的,协调的视野,美,形式优美的设计,根据审美的理论,情感的,美学的,虚拟性。除此而外,其中一个重要的含义当然是艺术,又因为与艺术相关的意义几乎将前述审美的要素全部涵盖,所以很多时候"审美"就特指艺术。显然,"审美"的内蕴较为宽泛,"艺术"则是其中的核心成员,如此看来,审美化与艺术化必然会有较多的重叠部分,两者在这个意义上就自然可以通用,泛审美化与泛艺术化也是如此。可以看出,"审美"既有较为精神性的超越追求,又有停留在物质层次的设计之意。所以,当韦尔施说整个世界被"审美化"时,自然可以理解为"泛艺术化"——以艺术为手段达到装饰的目的,但这并非什么"作贱"审美,也不见得就是什么审美的"沉沦"。

值得重申的是,艺术虽是审美的贵宾,但并不意味着全部。每当有人指斥那些用艺术化与审美化指称的现象,"根本就不配用这两个词来概括",并疾呼须保卫"审美"与"艺术"时,就有意无意地把审美锁进了艺术的铜雀台内,审美与红尘俗世因而如同"河汉女"与"牵牛星"一般,"盈盈一水间,脉脉不得语"。这种传统的美学观念,早就受到现代艺术的挑战,变化万端的当代艺术更是使之愈加窘迫。当美学不再热衷于寻求一个永恒的艺术本质后,就会转而注目丰富的艺术实践——尽管一些艺术作品还会与过去占主导地位的观念相见甚欢,但它不再需要时刻挖空心思去迎合某种普遍的艺术观念,而是致力于创造新的艺术模式和新的艺术观念。传统美学正是由此被迫一步步走到了重新组构的十字路口。另外,无论是当今现实的审美时尚化,还是对当代现实的理解,都敦促美学的扩展。这即是韦尔施所构想的"超越美学的美学",它包含三个板块:一是传媒美学导致的现实的非现实化,二是其他感官的崛起质疑了先前视觉的中心地位并引发了感官重构,三是非电子经验的重新确认。韦尔施还特别强调,"如果美学拱手将这些课题交由社会学家、心理学家或报纸专栏去讨论的话,将是对自身的犯罪。"再具体些说,美学的扩张与重构要求"作为审美的反思权威,美学必须在诸如日常生活、政治、经济、生态、伦理和科学等领域里,来寻找今日的审美方式。"[①]我们可以对上述领域内审美泛化的现象有保留意见,但不能坐视不管,不去具体分析参与其中的审美扮演了怎样的角色。否则,美学必然会显得过于轻飘而苍白无力。

二

接下来的问题是,当异口同声地讨伐泛审美化时,有否将其复杂的含义及层面简单化? 我们发现,讨论泛审美化问题时,学者们的依据是本文开首列举的那些现象,韦尔施将之概括为"现实的审美装饰",这里的审美化意味着"用审美因素来

---

① [德]沃尔夫冈·韦尔施:《重构美学》,陆扬、张岩冰译,上海:上海译文出版社,2006年版,第100页、92页。

装扮现实,用审美眼光来给现实裹上一层糖衣"。其中充斥着最为肤浅的审美价值——"不计目的的快感、娱乐和享受",它的最终目标往往是为了获取经济利益,审美不过是哄抬身价、引诱消费者的花招。这是一种广受批评的"表面的审美化",当我们加入到批评的大合唱中时,不妨听听韦尔施的抱怨:"不幸的是,在'审美化'的标题之下,人们经常光是言及它的肤浅含义,而未能思及深层次的审美化。"① 多少有些反讽的是,当有的学者义正词严地指责韦尔施把审美浅表化时,却忽视了后者对这种浅表化现象同样持批判态度,忽视了他所论述的审美化不止这一层含义,还有经常少人问津的深层审美化。

依照马克思经济基础与上层建筑的经典区分来衡量,本应呆在上层建筑院子里的审美,此时就不安分地溜出来了,刺眼地站在经济基础的队列中。与这一物质的审美化并行的过程是非物质的审美化,由于传媒尤其是视听媒介的卖力表演,现实中兑入了渐趋增多的审美因素,现实的虚拟性、建构性与可操纵性淋漓尽致地突显出来,而这极大地影响了现实的存在方式及世人对现实的认识。如果对此不能明了,那么,让·鲍德里亚惊世骇俗的言论——"海湾战争不曾发生"——就会轻易地沦为惹人嘲讽的笑料。实际上,对鲍德里亚来说,这场战争与以往战争的最大不同在于:其所有的战略战术早已被传媒倾情演绎,CBS、CNN 等组成的传媒工业团队,借助铺天盖地的

---

① [德]沃尔夫冈·韦尔施:《重构美学》,陆扬、张岩冰译,上海:上海译文出版社,2006 年版,第 4 页。

报道事先就已发动了一场虚拟战争,而且,通过传媒展现的被剪辑过的真实战争片段看起来与电子游戏或好莱坞枪战片没什么两样。更为重要也更为隐蔽的是,它们喋喋不休的叙述,诱导着大众按照他们划定的线路图来关注、认识、评价这一事件,大众传媒对当代社会公共空间和私人空间的深刻影响不言而喻。从物质的及社会的现实转向主体的现实,除去显而易见的浅层审美化,也有易于略过的深层审美化:"美学人"成为新的时代模范,他们精于赏鉴、不去争辩趣味,潇洒地伴着生活的任一机遇翩然起舞,而伦理的、道德的标准或规范却四顾茫然,不得不面对自己原本就是人为建构的事实。

进一步来说,我们已经、正在经历"最激动人心、也最深刻的审美化"——"认识论的审美化"。众多的理论资源——"无论是符号学还是系统论,不论是社会学、生物学还是微观物理学"——都启示我们:"没有最初的或终极的基本原理,相反恰恰是在'基本原理'的范域之中,我们陷入了某种审美的建构。"[1]因此,真理不再因为拥有永恒的本质而熠熠发光,它不得不黯然神伤地接受美学范畴的新身份。韦尔施将此一反本质主义追溯到康德《纯粹理性批判》中审美对认识至关根本的言说,尼采极力拓展了这种思想,到了20世纪认识论审美化不只延伸到所有的学术领域,而且渗透至男男女女们心灵的缝隙。考虑到它对打破唯理性崇拜、科学崇拜、神权崇拜、威

---

[1] [德]沃尔夫冈·韦尔施:《重构美学》,陆扬、张岩冰译,上海:上海译文出版社,2006年版,第27页、31页。

权崇拜等等的汗马功劳,这的确堪称人类认识历史上一次革命性的巨变。韦尔施特别提出了审美文化能够为政治文化做出贡献,哪怕只是间接地、潜移默化地。他以宽容为例来说明,尽管宽容的堂皇言辞一再被慷慨激昂地宣扬、确认,然而实际生活中不宽容乃至残酷的事件络绎不绝,更滑稽的是两者往往竟还能在同一主体身上泰然相处。导致这种错位的根源在于,我们对宽容谈论太多,并且投入的情感太少,而没有感同身受的宽容到头来只能是梦境一场。"审美化通过它的情感效应,可以干预社会进程。在这样的审美化中我看到了不少机遇,这是经常出现在前台的华丽修饰的趋势中所见不到的。"①毋庸置疑,不宽容还有更为深刻的其他原因,单靠审美化的孤军奋战远远不够。

不难想象,认识论的审美化定会激起担忧甚至恐慌:一往无前的审美化摧毁了真理,践踏了科学、启蒙、理性,世界陷入一片混乱。其实,这是一种杞人忧天式的误解,因为审美化的要义在于揭示本质或实体的建构性,提醒人们不必再对某一先在的东西顶礼膜拜,识破那些奉行本质主义者所玩的把戏,转而思考它的独断专行屏蔽了哪些丰富的情节。审美化也并不是说就不要理性、没有标准了,美学仍然有好坏、优劣之别,仍然可以应用审美的理性对甚嚣尘上的审美化进行批评,不过,这里的标准是特定历史时空中诸多关系项历经充分的博

---

① [德]沃尔夫冈·韦尔施:《重构美学》,陆扬、张岩冰译,上海:上海译文出版社,2006年版,第37页。

弈后达成的相对平衡。以上的分析显示，泛审美化是波及社会方方面面的复杂现象，是把双刃剑，有利有弊，不能草率地反对或赞同了事，而应该具体问题具体分析。为了有针对性地趋利避害，需要认真梳理、辨别泛化的原因，譬如机械复制、消费社会、全球化、后现代主义等等。

三

泛审美化遭受指责的关键点在哪里？这就要提到费瑟斯通"日常生活审美化"的著名命题，它包括一个双向的过程：审美与艺术大量涌入日常生活而被日常生活化，日常生活的一切均被审美化。不管是艺术转换为生活还是生活转换为艺术，结果都是艺术与生活之间距离的消解。问题就出在这里，从理论上说，世间万物终有被美化之日，美的艺术将遍地开花，如果审美只知道一味地锦上添花，美的艺术必然会过剩、泛滥。这里总让人觉得少了点东西，因为审美给出的全是人间烟火味，而没有一丝世外桃源的气息，全是参与而没有超越。所以，韦尔施提议必须有"审美化的中断"，须要有一部分艺术不再随波逐流，主动担当起"公共空间中的艺术的真正任务"——"挺身而出反对美艳的审美化"，反对漫无涯际的审美化。它可以采取多样的措施，譬如或奇异，或激忿，或拙朴，或抗拒等等。总之，必须引起"震惊"，因为"如果今天的艺术品不能引起震惊，那它多半表明，艺术品成了多余的东西。即使艺术品的表现不是富丽堂皇的,它们非同寻常的、抗拒的因素,但依然应该非常强大,只有这样,艺术品才能避免自身被日常生活审美化所吞并"①换言之,艺术不能满足于一直尾随生活的脚步,还应有与日常生活不尽相同的元素,以此启发世人思索另一种生活的可能;或者敏锐地指明、放大日常生活中某种仍在孕育的动向、无形的潮汐,譬如,"一种时尚或者美学观念的悄悄流行,怀疑、厌倦或者怨恨暗中弥漫,政治无意识形成的内在冲击,懒洋洋的惰性或者不满的冷嘲热讽口口相传"。② 由于艺术的提前传达,当有一天这些细小的紊流积聚到喷薄而出时,我们才不会那么讶异、手足无措。

可以进一步追问的是,当我们说艺术需要超越日常生活时,它暗含了怎样的立场或判断?为什么另一批人却热衷于为日常生活辩护,他们又从中发现了什么?人类的早期历史显示,艺术与日常生活并非截然对立,而是后者不可分割的组成部分。这不仅意味着"审美思维方式的前提条件和原初模型""内在于日常思维的异质复合体"③,而且意味着审美体验亦总是以某种形式在该复合体中现身。社会的进程导致了日常生活的慢慢分化,先前镶嵌于日常生活中的艺术与哲学、科学等渐渐专门化、专业化,与此相关的是一批分门别类的专家群体

---

① [德]沃尔夫冈·韦尔施:《重构美学》,陆扬、张岩冰译,上海:上海译文出版社,2006年版,第141—142页。
② 南帆:《经验、理论谱系与新型的可能》,《文艺争鸣》2011年第3期,第80页。
③ [匈]阿格妮丝·赫勒:《日常生活》,衣俊卿译,哈尔滨:黑龙江大学出版社,2010年版,第104页。

相继诞生,他们都创造了相对独立的符号工具与专业知识。因为手握文化资本、象征资本赋予的权力,艺术家同其他知识分子一道"以不同方式大力倡导变迁、教化和文明化,修补和治愈那些被认为是日常生活的缺点的地方"①,而这其实就是现代性开展的过程。随着后现代主义的异军突起,日常生活尤其是男男女女的世俗生活、多元的民间文化得到了更多青睐,面对理性化、商品化造成的日常生活同质化现状,一些理论家试图发掘出日常生活中赖以对抗的成分。譬如,哈贝马斯就希望以日常生活"开启沟通潜能的能力"来控制系统世界的入侵,马菲索里认为日常生活足以抵抗理性化的侵蚀,德赛都则强调日常生活对主流文化与技术理性的对抗与颠覆,古德纳更是鲜明地张扬日常生活是以英雄生活为对手的对抗式概念。②

被委以重任的艺术终归要靠艺术家这个主体来践行,遗憾的是,消费社会的号角吹响之后,金钱与名誉的诱惑汹涌袭来,太多的文艺工作者难以扎扎实实地创作,数量而非质量成了首要的衡量指标,因此,流水线上的匆忙生产演变为自我的因袭,不可避免地给人"在哪里见过你"之感。搞笑的是,如此的艺术家居然罩上了"大师"的光环招摇过市,还听不得内行人的良言相劝。不管怎么说,艺术家总要凭作品说话,在这个机械复制的时代,有追求的艺术家不必在日常生活的审美化上助纣为虐,而是要好好把持住自己,并潜心思考如何重新寻

---

① [英]迈克·费瑟斯通:《消解文化——全球化、后现代主义与认同》,杨渝东译,北京:北京大学出版社,2009年版,第80页。
② 同上,第81页。

回艺术的"灵韵"——这当然不是指文艺的膜拜价值,而是指文艺尤其是严肃的文艺应该带给世人以启迪与震撼,引领其对社会重大问题进行深度的、有分量的思索,至于那些仅仅盯住消费、娱乐的作品,不妨顺其自然。

从另一个逆向的过程来看,生活被审美化了有什么不对吗?赫勒精辟地指出:"可以将美向日常生活总体的扩展视作文化价值。但是,对同事物的非实用主义的'欣赏'作为特定社会阶层日常生活中的一种态度,也可以是那一特殊社会阶层的寄生本性的表达。"① 也就是说,审美生活很多时候是特殊阶层的专利,② 虽然芸芸众生也有享用的机会——享用前

---

① [匈]阿格妮丝·赫勒:《日常生活》,衣俊卿译,哈尔滨:黑龙江大学出版社,2010年版,第106页。

② 对原始时代的先民们来说,审美与生活不见得能够清晰地剖开,这从他们对日用器具的加工、藏身之所的装饰等都可以看出。但随着私有制的发生与阶级的分化,一批人开始多愁善感地沉吟诗词歌赋,另一批人则一辈子面朝黄土背朝天,审美逐渐成为特殊阶层的权力与象征,虽然两者间有过一些良性的互动,但想要填其中巨大的沟壑无异于天方夜谭。长期以来,历史延续着这一不变的程式。相比之下,当今的审美状况多少突破了精英与大众之间的人为屏障,大众不再需要全副心力地谋求如何填饱肚皮,他们有了更多的余暇与能力借助文艺作品来体验审美。更为重要的是,审美已经悄然渗透至社会的方方面面,譬如日常生活、商品生产与消费风尚等。因此,"(泛)审美时代"才与"消费社会"、"读图时代"、"微博时代"等等一道成为当下的靓丽标签。从构成上看,当今的审美颇为繁复:既有官方的,又有民间的;既有知识精英的,又有市场大众的;既有传统的,又有现代的及后现代的;既有严肃的,又有娱乐的;如此等等。这些因素相互间或联合、或对立、或妥协、或交融,呈现出驳杂多样的审美样式。审美的多元化与分层化意味着被动或主动的审美宽容,意味着对复杂万端的审美现象的默许或有保留性的认可。这在审美史上具有非凡的意义,它打破了以往某种审美范式或审美风格的一元独尊,使审美释放出更多能量与变量。正因如此,审美才会具有蓬勃的活力而非僵化不堪。于是,人们看到如下生硬的区隔与褒贬出现裂痕以至瓦解:歌颂与暴露、理性与感性、崇高与优美、大我与小我、灵魂与肉体等等。这就为文艺"百花齐放,百家争鸣"的真正实现奠定了坚实基础。

者已经瞧不上了的要求不高的审美生活,因为他们已经有了要求更高的审美生活。"仓廪实而知礼节,衣食足而知荣辱",所谓的"要求"其中很大一部分是指财富基础。问题在于,当一帮人在警卫森严的豪宅内惬意地品鉴"一丛深色花"时,不应忘记"十户中人赋",同样,飘香的朱门酒肉也掩饰不了路有冻死骨的惨象。而当今那些"官二代"、"富二代"猖狂地炫富、趾高气扬地展示自己的审美生活,也将另一个尖锐的问题逼上台面:财富的来源是否正当?如果整个社会在追逐审美生活的轨道上高速滑行,贫富差距就会以几何级数雪上加霜,社会的安定和谐必然堪忧。是悬崖勒马的时候了。因此,赫勒就针对"贵族"式的审美生活提出了"民主"式的"有意义的生活",它们的差别在于:前者往往将日常生活转变成仅为一己的存在,很少虑及他人的感受;而后者的规范可以一般化,拓展到他人乃至全人类。"那些今天过着有意义生活的个体自觉选择和接受的任务,是创造一个异化在其中成为过去的社会:一个人人都有机会获得使他能够过上有意义生活的'天赋'社会。"[①]理所当然,允许这种生活的世界不可能唾手而得,而是需要男男女女们艰苦地去争取、去创造,需要他们勇于挑战、持续地超越过往。

[①] [匈]阿格妮丝·赫勒:《日常生活》,衣俊卿译,哈尔滨:黑龙江大学出版社,2010年版,第258页。

罗蒂与关系主义文论

哲学史以浓墨重彩记载了一批理论家对一度高踞西方哲学传统中的本质主义——本质与偶然、本体与属性、表象与实在之间二元对立——持久地围攻：实用主义、存在主义、解构理论、整体论、过程哲学、后结构主义、后现代主义、维特根斯坦主义、反实在论与解释学等等。当然，无论是本质主义还是反本质主义，它们的内部都并非铁板一块；在反本质主义的大队人马中，新实用主义的领军罗蒂无疑是其中卓尔不群的一位。他谆谆告诫世人：我们将迎来一种"后哲学文化"——"在这里，没有人，或者至少没有知识分子会相信，在我们内心深处有一个标准可以告诉我们是否与实在相接触，我们什么时候与（大写的）真理相接触"[①]，我们根本没有什么镜式的本质抑或真理可以作为最终的依靠。

---

① ［美］理查德·罗蒂：《后哲学文化》，黄勇编译，上海：上海译文出版社，2004年版，第14页。

破除了本质的神秘之后,罗蒂提出了自己的"泛关系论"①,他举数字 17 的本质这个问题为例来予以说明。不难理解,对 17 可以做出多种多样不同类别的描述,而且它们谁也不比谁更接近 17 本身;即是说,17 无法离开与其他数字的关系、没有一个 17 性存在,怎么对它进行描述完全取决于你要干什么。对于数字不能以本质主义态度去把握,对于其他事物亦是如此:"我们反本质主义者还愿意使你相信,对桌子、星星、电子、人类、自然科学、社会制度或任何其他事物都不能从本质主义方面给予考虑。我们建议你从如下方面把所有这些客体看作数字的相似物:除了一个极其庞大的、永远可以扩张的相对于其他客体的关系网络以外,不存在关于它们的任何东西有待于被我们认识。能够作为一条关系发生作用的每一个事物都能够被融入于另一组关系之中,以至于永远。所以,可以这样说,存在着各种各样错综复杂的关系,它们或左或右,或上或下,向着所有的方向开放:你永远抵达不了没有处于彼此交叉关系之中的某个事物。"②换言之,唯有当成为一个关系中的关系项时,一个客体才能成为一个知识客体;自然,这个关系项周边的诸多关系项就成了锁定它的因子,研究者也必须将其纳入自己的视野之内,否则的话就难免堕入"只见树木、不见森林"的窠臼之中。

焦万纳·博拉多里在访谈罗蒂时说,"后哲学文化"因为

---

① [美]理查德·罗蒂:《后形而上学希望》,张国清译,上海:上海译文出版社,2009 年版,第 30 页。

② 罗蒂:《后形而上学希望》,第 31—32 页。

既在理论层次上又在制度层次上重提了跨学科问题而饱受争议;罗蒂就此指出该问题是对"使哲学成为科学"的观念的回应,哲学不是一门准科学学科。[①] 那么,文学呢?文学——特别是文学理论——应不应该科学化呢?文学理论这门学科安身立命的基点是不是如有的研究者所说的所谓"科学本性"呢?有没有这种科学的本性?时至今日,还有不少的研究者不停地埋怨:我们的文学理论中很多概念或范畴内涵不够清晰甚至混乱,在借鉴其他学科成果时却将学科界限抛诸脑后,学科的独立性被严重忽视,如此等等,这都是缺乏科学性的铁证。实际上,上述"影响的焦虑"背后隐约透露出的问题是一种根深蒂固的科学崇拜情结。众所周知,西方以其在自然科学发展中的领先地位铸就了其傲视群雄的合理性;这种合理性暗示人们:比起自己对物质微观结构的探索与发现,美轮美奂的绘画作品、锐意进取的政治改革、文学作品的精到阐释等等都应当甘拜下风。通过合理性——非理性、科学的——神秘的二元对立,科学将自己推上了人类精神生活等级系统的宝座之上。在罗蒂看来,这种对立是认识非西方文化的障碍。罗蒂认为"我们不应问科学家、政治家、诗人或哲学家是否高人一等。我们应当按照杜威实用主义精神不再去探求一个精神生活类型的等级系统。我们应当把科学看作适用于某些目的,把政治、诗歌和哲学(不被看作一门超级学科,而是看作根据过去的知识对目前思想倾向的一种明达的批评

[①] 罗蒂:《后形而上学希望》,第 393 页。

活动)都看作是各有其目的。我们应当摒弃西方特有的那种将万事万物归结为第一原理或在人类活动中寻求一种自然等级秩序的诱惑。"①换言之,科学、政治、文学、哲学等都是有其特殊目的的人类精神活动,社会的进步有待于这些领域内的有志之士共同努力,它们之间并无高低优劣之分,并没有高踞它们之上的任何大写真理享有最高裁判权。既然如此,文学从业者似乎就不必因为当今的文学失去了曾经振臂一呼、天下云集的轰动效应而整日悲叹文学的没落。文学不宜妄自菲薄,当然也不能盲目自大。罗蒂对后者进行了犀利的批判:在他看来,德·曼的反本质主义因为迎合了文学学生的需求而使得反本质主义变味了,或者说,"德·曼把反本质主义哲学转变成一种文学崇拜","这种文学崇拜替换了先前的科学崇拜。我们听到的不再是:只有接受了自然科学家的态度和习惯,生活和政治才可能变得更好;而是:只有接受了文学批评家的态度和习惯,生活和政治才可能变得更好。"②在德·曼的影响之下,文学系成了政治激进分子的聚集地、左派活动的主要舞台,他们企望自己的政治或文学批评的天赋能够直接为政治服务,而在罗蒂看来"对政治有用或为人类自由服务,我们甚至无须在哲学上成为一个反本质主义者。哲学对于政治并不是那么重要。文学也是一样。"③科学崇拜以为自然科

---

① [美]理查德·罗蒂:《哲学和自然之镜》,李幼蒸译,北京:商务印书馆,2003年版,第10页。
② 罗蒂:《后哲学文化》,第142页。
③ 同上书,第151页。

学应当成为文化或政治思考的标尺,这是一种本质主义;当德·曼操着解构的利刃锐不可当时,不料却在最后关头被文学崇拜的本质主义缴械。究其根源,罗蒂认为这还是太把哲学当回事了,太着迷于本质主义了,总是在不知不觉中又期待着哲学能引领我们穿透重重迷雾、到达光明之彼岸。

正如罗蒂所说的那样,文学、科学与政治相互关联,并且以不同的方式满足人们的需求;而在后哲学文化之中"无论是牧师,还是物理学家,或是诗人,还是政党都不会被认为比别人更'理性'、更'科学'、更'深刻'。没有哪个文化的特定部分可以挑出来,作为样板来说明(或特别不能作为样板来说明)文化的其他部分所期望的条件。"[①]就是说,诸种不同学科的评判应该以各自内部的学科标准为准绳,它们并没有跨学科、非历史、非文化的标准可以分享。利奥塔对此亦有精辟之见,他认为后现代性的一个重要趋势就是"科学玩它自己的游戏,它不再能证明其他语言游戏合法。"[②]换言之,在后现代浪潮的冲击下,连科学自身的合法化也岌岌可危,又如何奢谈为他人提供信誓旦旦的保证呢?我们每个人都随身携带着一批词语,我们用之于表达离合悲欢、书写壮志豪情,但我们无法超越这些词汇。其实,从某种意义上来说,各个不同学科门类就是由各不相同的一批词汇所组构。罗蒂提醒我们铭记的是,"词汇可以分为有用的和无用的、好的和差的、有所助益的和

---

① 罗蒂:《后哲学文化》,第14页。
② [法]让-弗·郎索瓦·利奥塔:《后现代状态:关于知识的报告》,赵一凡译,见《后现代主义》,北京:社会科学文献出版社,1993年版,第67页。

误导的、敏感的和粗略的等等,但是,它们并不分为'更客观的'与'不那么客观的',或'更科学的'与'不那么科学的'。"①文学当然也是描述世界的一种词汇,明乎罗蒂的意思,我们就不必再斤斤于文学理论的科学性,也不会那么痴迷于捍卫文学理论的边界;而是将注意力转移至我们的描述能够阐明哪些问题、同时会否遮蔽另一些问题。不言而喻,那些善于解决错综缠绕关系中问题的男男女女理应成为世人艳羡的对象。面对文学,当我们放弃将科学高悬头顶时,实质上也就是放弃了将科学本质化,放弃了本质主义的思维方式。这个问题还可以从关系主义的角度来进行考察,有学者将处于关系网络中的文学研究形象地比作头顶竹竿骑在独轮车上的杂耍演员,在这种困难的平衡中我们再也无法找到最初的起点;有鉴于此,他委婉地指出,"如果承认这是关系主义可能抵达的前景,我们多少会对捍卫学科稳定的信念进行一些理论的反省。"②

　　罗蒂指出,20世纪中"文学批评"一词的外延一再扩展:从起初的作品评价到涵盖过去的批评再扩大到一切书籍;这种粗线条的概括不见得多么恰切,但确实点中了文学批评范围不断扩张的现象。当文学批评的触角越伸越远时,必然会带来如下问题:它还是不是文学批评呢?罗蒂对此回答说,

---

① 孙伟平编:《罗蒂文选》,孙伟平等译,北京:社会科学文献出版社,2007年版,第228页。
② 南帆:《文学研究:本质主义,抑或关系主义》,《文艺研究》,2007年第8期。

"一旦将文学批评的范围延伸到那么遥远,再称呼它文学的批评便愈来愈没有意义。然而,由于一些偶然的历史因素——与知识分子如何祭出学术专业的幌子以便在大学任职有关——这名字倒是固定了下来。所以,我们不把'文学批评'一词改为像'文化批评'一类的名称,反倒将'文学'(literature)一词扩大到文学批评家所批评的一切东西。"①其实,这里暗含着"文学批评"向"文化批评"(文化研究)的转向,照罗蒂的意思,只是因为学术体制的原因名字才没有更动。那么,这种研究范式在后哲学文化中是怎样的一种情形呢?这些"现代西方的'文学批评家'感到可以自由自在地评论任何东西。他是一个后哲学文化的全能知识分子的雏形,是一个放弃了对(大写的)哲学的要求的哲学家。……他的专业是理解宏伟图景之间、以及想弄清楚事物如何关联的各种努力之间的相似和差别。他是一个告诉你事物相互关联的各种方式本身如何相互关联的人。但是由于他没有那种超历史的阿基米德点,他是注定要变得过时的。"②这样的知识分子"骑着文学的——历史的——人类学的—政治学的旋转木马",他们拥有多样的知识背景而且兴趣广泛,以理解诸种事物怎样关联为要务,试图解开文化中纠缠的千头万绪。这是地道的文化研究,它既符合后哲学文化的要求,而且与罗蒂所倡导的关系主义深为契合。

---

① [美]理查德·罗蒂:《偶然、反讽与团结》,徐文瑞译,北京:商务印书馆,2003年版,第116—117页。

② 罗蒂:《后哲学文化》,第17页。

聚焦到文学上来，批评家们就不宜坐井观天，而是应该高瞻远瞩、将文学周边的关系项尽收眼底。罗蒂曾经多次谈及这个意思。他认为哲学不是文学的基础、文学有其自己的基础，但完全摆脱哲学影响的文学亦不可能，"一种文学如果与一切均无联系，没主题也没有题材，没有有效的寓意，欠缺一种辩证的语境，那它只不过是胡言乱语而已。"① 既然如此，解读文学时自然就会旁涉哲学，考察其中的寓意；不过，这个寓意不是本质性的、独一无二的东西，而是读者带着自己特有的目的"使用文本"时解读出来的。在罗蒂看来，当新批评在排除了历史和哲学的意义上审视文学时，就不再能看到整个欧洲的文化，文学形式的意向结构也自然被忽略不计；因此，厚重的、立体的文学变得清浅而单薄。罗蒂强调文学与道德密切相关：一方面，文学的语言依赖日常的道德语言，文学的兴趣依赖道德的兴趣——"想要创造一个历久弥新的人物，同时又不要向读者提出行为的道德建议，乃是不可能的"②。正因如此，他才批评哈贝马斯过于强调科学、法理与文艺批评三者的自律，尽管这种自律顺应了自由社会的目的并能避免如前苏联日丹诺夫在文学界炮制悲剧的可能，然而当三者形同陌路时就会忽视"文学与道德之间，及社会道德与个人道德之间密切的关系"。可见，罗蒂是把文学置入社会、文化的大脉络中予以考察、定位的，所以他无法接受哈贝马斯对文学（关心

---

① 罗蒂：《哲学和自然之镜》，第 416 页。
② 罗蒂：《偶然、反讽与团结》，第 229—230 页。

的是"情感表达的适切与否")与文学批评(关心的是"品味的判断")的说法,因为"这些观念都无法中肯地掌握(尤其像)小说在社会制度的改革、年轻人的道德教育和知识分子的自我意象形成等方面所扮演的角色"。[①] 这种看法与瓦特那本久负盛名的著作《小说的兴起》可谓不谋而合,就是说,一种文学形式的问世及演变并非在历史真空中完成,而是需要一系列社会历史背景的陶冶,举凡哲学、宗教、经济、政治、科技等因素都参与其中;同样,这种文学形式在特定历史时刻起着不容忽视的作用。当考察文学的视野打开之后,我们就不会再固执于艺术与道德的虚构而老套的二元对立,不会执拗于"美感主义"(美感只是形式与语言之事,而与内容和生命无关)这样的坏概念,不会再问"艺术是为了艺术吗"这样的坏问题。有必要赘言的是,这并非是抛却美感或将艺术与道德不加区分。

当焦点继续收缩至文本解读时,罗蒂反对如下观念:文本具有某种本质,只要我们坚持不懈就可以将其揭示出来——这种本质其实是一种根据文本内在连贯性而得出的特殊诠释。罗蒂既不相信这种揭示"文本机制"的结构主义做法,也不相信文学批评是揭示抑或颠覆形而上学等级秩序的在场这样的后结构主义观点。这些使得他的诠释策略既与众多的本质主义者也与诸多反本质主义者(当然,在罗蒂看来有些反本质主义者并不彻底)分道扬镳。具体而言,罗蒂认为"对一个文本的阅读首先是参照其他文本、其他人、其他的观念、其他

---

① 罗蒂:《偶然、反讽与团结》,第 231 页。

的信息,或你所具有的其他任何东西而进行的,然后你才会去看一看究竟发生了什么事情。"照此推理,这种阅读首先就要理清文本内外的诸种关系,或者说它们都是进行文本诠释应该考虑的背景。罗蒂又说"有什么样的目的和需要才会有什么样的方法,我们不应超越于特定的目的和需要去寻求不必要的精确性或者普遍性",换言之,上述的各种关系或解读背景只不过是供诠释主体选择的种子选手,至于花落谁家还要最后取决于主体的何种目的与需要。当诠释决定于主体的目的,当诠释并不以精确性或普遍性为追求之时,这就必然会打碎"使用文本"与"诠释文本"之间的疆界。① 罗蒂这种将文本诠释仅仅归结于不同人出于何种目的来使用文本的做法确实"更为简单",但也未免把问题简单化了,而且在学术上带有过河拆桥、卸磨杀驴的嫌疑;更关键的问题在于,罗蒂如何平衡文学阅读的诸多参照与阅读主体目的之间的关系?如果关系主义无法对主体肆意膨胀的野心构成丝毫规约的话,意义的生成会否走向随心所欲与放任自流呢?至少,罗蒂的批评者将其斥为"相对主义"并非空穴来风。

当文化研究踌躇满志地一路开疆拓土时,曾经隐匿在文学周围的多种关系亦随之浮出水面,其锐利的目光、开阔的视界、批判的精神都让人为之击节;但文化研究也使一些批评家寝食难安,激起了剧烈的反对声浪。新马克思主义者、新女权

---

① [美]理查德·罗蒂:《实用主义之进程》,参见[意]安贝托·艾柯等著:《诠释与过度诠释》,王宇根译,北京:生活·读书·新知三联书店,2005年第2版,第112—114页。

主义者、新历史主义者等等居然想抹杀莎士比亚的地位,这些"憎恨派"居然会认为莎士比亚受历史与社会文化的制约,他们的文化批评将文学研究搞得一塌糊涂,文学经典的意义与价值都被他们破坏了——布鲁姆为此愤愤不平。① 罗蒂坦言尽管他不喜欢布鲁姆所用的"憎恨"一词,但对此问题的看法与他完全相同。布鲁姆担心文化研究最后只教会了学生如何用行话发泄不满情绪,罗蒂深以为然并进而指出,文学系内的文化研究与哲学系中逻辑实证主义有着同样的不良结果:失去了浪漫与灵感而只剩下专业能力与复杂的思维。文化研究造成的恶劣后果是对文学经典启迪价值的漠视,因为在罗蒂看来,"一种方法、一门科学研究、一个学科和一种职业产生不了启迪价值。只有非职业的先知和占卜者的个人色彩才有启迪价值","你对一部作品了解得太透彻,你就不会受它的鼓舞了"。归根结蒂,文学研究生产的是知识,枯燥乏味,没有热情,没有魅力,缺乏想象力,不能给人以激情与希望。铿锵有力的批驳之后,罗蒂为了实现给人灵感与希望的目标甚至郑重地宣布要"建立文学的宗教"。② 这里的问题是:启迪价值是否是某些事物的专利?透彻了解作品与不再受其鼓舞之间有否必然的关系?建立文学宗教是否也是另一种自己曾批评过的文学崇拜呢?应该说,罗蒂激情四射的言辞并非全无道

---

① 参看[美]哈罗德·布鲁姆:《影响的焦虑》,徐文博译,南京:江苏教育出版社,2006年版,第5—7页。
② [美]哈罗德·布鲁姆:《影响的焦虑》,第93页、97页、98页、99页、100页。

理,的确也指出了学院派研究偏执的一面。然而,当罗蒂毫不犹豫地为布鲁姆摇旗呐喊时,是不是不在意自己是一个大刀阔斧的反本质主义者?是不是将自己说过的"反本质主义者又是会转变为本质主义者"的告诫丢在一旁?是不是也将自己关系主义的思维方式忘得一干二净呢?文化研究不再局限于文学经典的研究,但文化研究确实可以丰富经典的涵义、带给人们新的认识维度,不能以文化研究损害了经典的启迪价值这个借口将其打入另册。无可否认,庸俗化的危险与文化研究如影随形,"为了避免重蹈覆辙,文化研究必须保持一个微妙的分寸:援引社会、历史或者意识形态解释文学的时候,批评家不能颠倒过来将文学叙述为社会、历史或者意识形态的简单例证。文化研究负责揭示它们之间的复杂关系网络,而不是将文学作为一个现成的包裹塞入已经贴上工具论标签的方格。"①

文学、哲学与政治,谁都不会比谁更有理由拥有一个本质,尽管如此,它们都拥有自己的历史。② 站在罗蒂反本质主义的立场,他对历史叙述的看法听来就比较顺耳:"我们需要彻底抛弃无所不在的目的论和进步论。我们需要放弃大写历史的努力,不再把历史看得像自然或上帝一样宏伟强大。"③ 大写的神圣历史被拽下神坛,不再有自明的合法性,如果用利

---

① 南帆:《深刻的转向》,《当代作家评论》,2008年第1期。
② 参看[美]理查德·鲁玛纳:《罗蒂》,刘清平译,北京:中华书局,2003年版,第25页。
③ 罗蒂:《筑就我们的国家》,第90页。

奥塔的话来说就是大叙事垮塌了,破碎成诸多的小叙事。线性的、执着奔向进步的历史观念被抛弃了,历史也不再被叙述成有着单一崇高目的的进程。回顾文学史,我们曾经有过极端目的论式的认识,所有的文学作品被判然劈作两个阵营——现实主义与被剥削阶级、反现实主义与剥削阶级——它们之间存在着永无休止的斗争①;我们也曾一度在或政治、或审美的倾向中左摇右摆,唐弢主编的《中国现代文学史简编》与夏志清的《中国现代小说史》是各自的代表作。② 今天,它们都成了历史书写者前行的镜鉴。何谓历史? 诚如罗蒂所言,"历史是无穷无尽而又变动不已的关系网络"③,文学史亦是如此。对于文学史写作者而言,必须着力考察、理顺并重新编织的是文学史中诸多剪不断、理还乱的关系,应该意识到的问题是:"按照自己的目的想象文学史的时候,人们常常慷慨地遗弃了另一批重要的材料。这时,众多关系的描述有助于恢复历史纹理的丰富性,诸多关系显示的是:一个结构内部具有多少活跃的因素持续地活动。发现这些因素,亦即发现当代文学史写作的各种隐蔽的空间。"④反之,如果文学史家一意孤行地仅仅按照自己的审美趣味来选取并安排文学事实而

---

① 参见茅盾:《夜读偶记》,天津:百花文艺出版社,1958 年版,第 32—33 页。
② 分别参见唐弢主编:《中国现代文学史简编》,北京:人民文学出版社,1984 年版;[美]夏志清:《中国现代小说史》,刘绍铭等译,香港:香港中文大学出版社,2001 年版。
③ 罗蒂:《筑就我们的国家》,第 89 页。
④ 南帆:《当代文学史写作:共时的结构》,《文学评论》,2008 年第 2 期。

不考虑其中繁复的关系的话,就会造成一系列弊病——或者对事实沉默不语,或者对事实刀砍斧削,或者无法解释清楚审美风尚的流变。新鲜出炉的、洋洋45万言的德国汉学家顾彬的《二十世纪中国文学史》对此作了生动的证明:该著在择取文学事实上明显有些视野狭窄——一批在一代人的精神上留下深刻烙印的红色经典竟然整体沉默——有些仅仅在注释中列名而已。红色小说的缺席显示出顾彬过于陷入个人喜好的牢笼之中,当然,文学史家个人的偏好自然不可避免;即便如此,如果一大批作品在一个时代有过重大的影响,乃至塑造了整整一代人的集体记忆的话,而无论怎么以当今的审美趣味来看它们有着多少的缺陷都不该置之不理。而且,在承认自己这种遴选文学作品的偏好与拒绝的同时却又说这"肯定也要归咎于中国在20世纪所处的那种复杂的政治形势"就多少有些强词夺理了。①

罗蒂并非那种囿于小圈子内的哲学家,他兴趣广泛、关注面较宽——诸种非哲学的思想流派都是他自觉对话之对象。总体来看,他虽未专论文学,但其反本质主义的、关系主义的思维方式及以这种方式对文学的零敲碎打确实有助于我们考察文学理论的一些基本问题——诸如文学学科的定位、文学批评与阐释、文学史写作等。但我们在借鉴罗蒂的同时要注意罗蒂文论内部也存有一些与其洞见相悖之处。

---

① [德]顾彬:《二十世纪中国文学史》,范劲等译,上海:华东师范大学出版社,2008年版,"前言"第2页。

关系的博弈
——南帆文学观简评

一

南帆先生的文学研究论著表述很独特,然而,更让人驻足的是文字中渗透的绵密思想,它们以自己的容量与重量带来了不懈的撞击力。这种南帆式风格与其秉持的文学观念息息相关。如果勉强一言以蔽之的话,不妨说,反对文学有一个光芒四射的不变本质、坚决主张将文学置于多重文化关系的网络中评价是南帆文学观念的核心。

南帆最近明确指出过反本质主义的众多理论资源,譬如尼采、福柯、罗蒂、德里达、利奥塔、布迪厄等等。[①] 实际上,很早的时候,南帆的文学研究就已经有意识无意识地将文学的

---

① 南帆:《文学研究:本质主义,抑或关系主义》,《文艺研究》2007年第8期。

本质搁在一边,转而集中精力考察众多因素在一个共时的结构中有着怎样的纠葛。这种对关系及结构的兴趣鲜明地体现在《艺术分析中多重关系的考察》(南帆1984年读研究生时所写)这篇文章中。这种学术兴趣在南帆此后的研究中得到了更为充实的延续,汇聚成一系列著作:《冲突的文学》(1992)、《文学的维度》(1997)、《隐蔽的成规》(1999)、《双重视域》(2001)、《文学理论新读本》(2002)、《后革命的转移》(2005)等。可以说,南帆的反本质主义思想有西方哲学家的启示,但更多的还是来自对宏大理论与鲜活历史之间龃龉的敏锐洞察:高踞的不变本质固然炫目,然而每当触及文学的地面之时往往就会面临解释失效的尴尬。宏大的理论概括每每无法圆满解释琐碎的文学实践,因为无限丰富的文学历史对文学本质来说总是一个面目怪异的挑战者,它会持久地促使人们将其奉若神明的文学本质毫不吝惜地丢在一旁。

抛弃了本质的理论幻影,文学的理解须要回到复杂的关系网络之中。那么,具体来说应将哪些关系纳入文学研究的领地?在谈及小说的理解时,南帆列出了时代、审美情感、叙述方式、读者这些因素。如果说这很大程度上还是形式的文本分析的话,当南帆谈及修辞的意识形态时可谓是一次视域的突破。借鉴福柯的权力观,南帆考察了文学史上的一系列"修辞革命"——五四时期新文化运动中的"八不主义"、"大众文艺"论争中的"新文言"问题、五十年代至七十年代的"新民歌"运动、八十年代知识分子话语的重新恢复,这些都共同提醒人们"修辞在权力网络之中微妙的交换、汇拢或者争夺"。① 就是说,修辞远远不是纯洁无瑕的美玉,而是隐藏着诸多代代相传的意识形态及政治权利密码,人们在日复一日的使用中甚至可能对之毫无察觉。这一思想具有强大的颠覆力量,使我们无法再无动于衷地固守英美式的"新批评",无法痴痴地守望于韦勒克式的文学内部与外部的边界之上。对修辞的话语分析使得我们从审美出发之后不能仅仅囿于审美之中,而应继续前行、挖掘审美背后的丰富内涵;这其实就是《文学的维度》一书的关注要点:"从话语的成规之中发现了权势与意识形态",从而"揭示出这些机制背后的动机、意图和历史无意识",这样的文学批评就会成为"犀利的现状怀疑和社会批判"。② 需要指出的是,意识形态批评并非将文本分析抛诸脑后,南帆强调的是通过文本分析这个不可跨越的入口研究特定形式的文本与社会历史、意识形态之间的复杂纠葛,进而揭示出当历史对意识形态提出要求时经由作家兑换成合适文学形式的转化机制。

南帆喜爱探究文学周边复杂的关系,他在"文化研究"遭受批评时大力声援,因为在他眼中"文化研究"可以帮助我们"开启新的视域"。③ 性别、身份、民族、种族、阶级、性别、意识形态都是文化研究中的高频词汇;不光文本分析,心理考究、历史考据甚至田野调查都为文化研究拿来所用;除了李白、《红楼梦》,李宇春、《鹿鼎记》乃至流行歌曲、洗衣

---

① 南帆:《修辞:话语系统与权力》,《上海文学》1996 年第 1 期。
② 南帆:《文学的维度》,上海:上海三联书店,1998 年版,第 63—64 页。
③ 南帆:《理论的紧张》,上海:上海三联书店,2003 年版,第 60 页。

粉广告等都成了文化研究的素材。南帆认为当文化研究打开新的视域之后，文学与社会历史之间的多维关系就自然浮出水面，这可以帮助人们领略文学丰富的魅力。文学与人们生活之间千丝万缕的联系理应看作文学的光荣、力量而非文学的耻辱，文化研究恰恰就是要将这种联系告知人们，这是无可厚非的。而且，既然文化研究能够"揭示文学与市场、资本以及意识形态的复杂联系"，[1]那么，在我的理解中，文化研究就吸收了话语分析的诸多优点，从探究问题的复杂性这个角度来说，文化研究确实堪称关系主义研究的范本。当然，文化研究必须直面强烈的谴责声音或者潜在的危险——"庸俗社会学"。很长的一段时间内，我们都被这个词给折腾坏了、折腾怕了，因此，"为了避免重蹈覆辙，文化研究必须保持一个微妙的分寸：援引社会、历史或者意识形态解释文学的时候，批评家不能颠倒过来将文学叙述为社会、历史或者意识形态的简单例证。文化研究负责揭示它们之间的复杂关系网络，而不是将文学作为一个现成的包裹塞入已经贴上工具论标签的方格。"[2]就是说，将文化研究与庸俗社会学区分开来的要义在于出发点、落脚点与途经之地各在哪里：前者的出发点、落脚点均在文学，而社会历史及意识形态只是途经地；后者则不同，途经地是文学，而出发点及落脚点都是意识形态。

---

[1] 南帆：《理论的焦虑》，《文艺争鸣》2008年第5期。
[2] 南帆：《深刻的转向》，《当代作家评论》2008年第1期。

二

今天的文学的确失去了曾经振臂一呼、天下云集的轰动效应,但文学并不会如有些人所担忧的那样走向终结,因为文学有其不可替代的意义。南帆先生对这些意义进行着不断地追问与强调,进而捍卫文学在经济、政治、法律等学科繁盛的时代赖以存在之合理性。当经济学家公布了全国工资增长的百分比后,没有功夫搭理为什么某一个单位之内的巨大悬殊以及由此引发的勾心斗角。当政治家设计了一个宏伟的蓝图并带领人们奋力拼搏时,管不了为什么既然我们都有一个共同的大目标了,而张三和李四居然还会因为一些鸡毛蒜皮的小事而大打出手。当庄严肃穆的法官依照刑律宣判时,罪犯服刑后其家庭必然面临的悲欢离合基本不在考虑范围之内。所有以上社会科学的大理论没有兴趣或者解决不了的问题,所有那些一丈之内的问题都可以交由文学来处理。如何处理?这就必须诉诸文学的感性,也正是依靠这种感性,文学才能打破大理论抽象而均质的概括。正如南帆在《冲突的文学》中所指出的那样,文学的审美性质使得文学充满着悖论:既激进又保守、既清醒又蒙蔽、既高瞻远瞩又目光短浅,而这决定了文学常常喜欢唱反调、常常与其他的文化门类有些格格不入。譬如,当众多的人们面朝黄土背朝天时,文学声嘶力竭地呼唤经济的繁荣;而当商品经济对人们朴素而真挚的感情悄然蚕食时,又是文学率先发难、抨击金钱的罪恶。审美的感性注定了文学与其他文化门类之差异,文学正是在这些与他者的关系丛中定位自身。

既然文学与诸多的文化门类剪不断、理还乱,所以我们似乎就没有必要固执地认为只有一个窗口可以眺望文学,诸多的理论资源只要有助于对文学的理解就都可以拿来为我所用。那种迷信文学有什么本真的解释、敌视文学理论的想法应该扔进历史的垃圾堆了,在风起云涌的理论激荡之后,我们不能奢望再返回文学解释的世外桃源,以为那里没有任何让人厌烦的理论。实际上,即便能够返回也不能保证那儿没有理论,因为那些被迷信的解释本身实质上无异于一种文学理论。文学意义的叩问在文学阅读过程中再自然不过了,过去我们往往满足于提问并知晓文本有什么含义。在文化研究的视野下,复杂的关系得到批评家的青睐,所以会提问更多的问题,譬如,"它总是有这种含义吗?"或者"它对某一种人意味着什么?"、"为什么它会有这样的含义?"、"谁希望它有这种含义、什么原因?"[1]这些问题都在提醒人们文学意义背后的权力问题及意识形态规约,它们不会贬低文学,反而会使得文学更为重要。明白文学意义的不稳定性,我们就能很好地理解文学经典的流动性;同时,就不会雄心勃勃地构想一个能够包打古今中外文学的经典秘方。南帆多次强

---

[1] Hans Bertens, *Literary Theory: the Basics*, Landon and New York: Taylor & Francis, 2008: 8.

调,有些文学经典历经岁月长河之冲刷在今天依然被人们视为经典,这不应该成为文学拥有神秘本质的力证。相反,应该懂得的是它周围的诸种关系,如教育制度、权力机制、经典体系等等,暂时还没有发生根本性的变革。如果某日维护该部经典的关系项松动或断裂的话,它完全可能会被挤出经典之列。

　　文学经典构成了文学史写作的主角,南帆针对当代文学史写作提出了自己的批评与期待。① 南帆认为现有的当代文学史著作大多还囿于以历时为主来组织文学事实,这种做法的缺陷在于只是顺时的告知一个又一个文学事实,而缺乏对何以如此的关注。换句话说,它没能解释为什么这个事实后接着的是那个事实以及它们之间的关系。因此,南帆提出应该将诸多的文学事实从历时之轴上转化至共时的平面上,从而在相互关系的网络纠结中找出特定的结构或者在特定的结构内部对各种文学事实之特征进行分析。在这种共时转化过程中,尤其要避免这样的做法——把一种特征奉为一个结构的本质,因为这只会导致在本质的裁量下那些不如人意的文学事实被无情地淘汰。令人遗憾的是,我们的文学史书写轻易地就会陷入这种本质主义的牢笼之中,这即是南帆所批评的要么审美、要么政治、要么自由主义、要么激进主义的"钟摆式文学史"。所以,人们看到大量这样的文学史就完全不必讶异了:一

---

① 南帆:《当代文学史写作:共时的结构》,《文学评论》2008年第2期。

段时间内,张爱玲、钱锺书、沈从文等作家成了文学史中的失踪者或被几笔潦草带过;而另一段时间内,他们又大红大紫、被文学史家慷慨地给予巨量的篇幅。相应地是,先前风光无限的作家及作品在这里被有意地忽略乃至不置一词。与这种范式的文学史形成鲜明对比的是关系主义式的文学史,它认为一个特征是由网络结构中诸多关系项的对比与制衡而形成的,并非本质性的、而且不是孤家寡人——须在对比之中方能显示。所以,如果谈论文学的现代性问题就不能忽略它与中国文学传统之间的角力过程,如果谈论20世纪中国文学"悲凉"之美感就不可无视欢快风格的消退,刨除了后者的文学史只会使得前者给人以突兀感,或者说,会使这样的文学史失去应有的历史重量。有鉴于此,南帆强调众多关系的描述对于修复文学史细密肌理之重要性。

不应引起误解的是,提倡文学史的共时写作不是反对历时研究,而是说不能只有历时研究,如果将历时转化至共时平面上就可以发现历时考察难以看到的东西。正因如此,南帆坦陈自己特别喜欢艾略特的关于新旧之间"相互"衡量、"相互"调整的观点,这暗示了南帆所谈"结构"的一个重要特征:它始终具有向历史敞开的可能,始终拥有对历时之轴接纳的潜力,这迥异于结构主义者所构想的闭合无间的结构。南帆也由此暗示人们,不必对传统的突然休克或者主张全盘复古杞人忧天,因为这样的危机都完全可以在历时之轴向共时之轴的转换中有效避免。

三

文学周围复杂关系的存在使得人们无法一劳永逸地抓住一个本质就可以万事大吉,但反对本质主义并不是说它一无是处,其有限度的合理性应该予以首肯。南帆先生提出的"关系主义"是另一种看待问题的理路:致力于揭示中国经验与中国问题的复杂性,从而凸显本质主义的盲点所在。南帆特别重视中国问题的复杂性,所以他对喧嚣一时的"大概念迷信"提出过严厉的批评。[①] 在他看来,无论是以"后"还是以"新"打头的那一批概念都低估了中国问题的复杂性,仅仅迷醉于命名暴力的快感之中,而缺乏梳理其时文化环境中多重关系的耐心。"漫长的古代社会,剧烈的历史转折,辽阔的版图和巨大的文化落差,这造就了中国历史某些独有的复杂性。"[②]熙熙攘攘的理论术语特别是外来理论固然可以带给人们审视中国问题的崭新视角,但必须警惕的是大理论对实际问题的简单化。具体到文学上来、从吸取教训的角度说,我们不能拿西方的文学理论体系来硬套中国古代的文学理论,这必然会使某些无法纳入设定框架的文学思想惨遭遗弃,刘若愚的《中国文学理论》可以说在这方面提供了一个警示的案例。我们

[①] 南帆:《90年代文学批评:大概念迷信》,《天津社会科学》1997年第5期。
[②] 南帆:《本土的话语》,济南:山东友谊出版社,2006年版,第184页。

也不能用西方的文学术语简单地劈开中国文学史,这是现实主义、那是浪漫主义,几千年的文学史就是被剥削者与剥削者两方的生死搏斗,茅盾《夜读偶记》的做法今日看起来太过夸张。仅就外来术语这一点而言,南帆先生以自己的批评实践展示了它们本土化过程中复杂的变异,譬如,"典型"概念的兴衰(《典型的谱系》),现代主义传入中国后遭遇的追捧与抵抗(《现代主义:本土的话语》、《现代性、民族与文学理论》、《现代主义、现代性与个人主义》),后现代主义在中国的模仿与复制(《无厘头:喜剧美学与后现代》、《后现代主义、消极自由和负责的反讽》)等等。凡此种种,才是一个负责的理论家应该很下功夫的,反之,仅是将外来的理论拿来装点门面而毫无将其在中国问题上加以检视的自省能力,或者以"失语症"为由对外来理论盲目地排斥皆非妥帖之举。

否弃了耀眼的本质,没有了总体论乌托邦,我们没必要惶惶不可终日。因为无论是文学、文学理论还是更大范围之内的文化、社会及历史,都是诸多关系博弈之结果。南帆先生曾风趣地举例说,一些人总是信心十足地热衷于教导人们历史的航向,而历史的底牌一旦掀开,结果只能是一次又一次的傻眼。我们每个人都可能以为历史会按照自己的想法运行,但结果却与我们每一个所想的都有差别,但这并非说我们的设想没有任何的作用;我们的思想实际上都参与了历史设计的博弈。这就如同人体自身的生长一样,有数亿个细胞在不停地死亡与新生,它们都起着不可替代的作用,哪怕这种个体的作用很微弱,人体健康的状况从某种程度上看就是这么多细胞共同博弈之结果。回到文学上来,南帆认为文学凭借自己的"美学形式""有效地卷入而不是退出这个时代的核心问题"。① 具体而言,南帆认为各种各样的话语——经济话语、政治话语、军事话语、法律话语等等,组成了一个"话语光谱",它们的光谱波长并不一致,如果说前述话语关注的基本单位是"社会"的话,那么,文学话语关注的基本单位是具体的个人。尽管文学话语在整个话语地带中处于弱势,但不可否认的是它仍然参与了整个社会历史的设计,这种设计是通过与经济、政治、军事、法律等等话语的博弈而达成的:经济管理提倡的是竞争、按劳分配,文学喜爱关注竞争中的失利者,而法律崇尚的是分配中的公平与公正,最后的结果就是上述因素等共同博弈来完成的。也正如南帆在《优美与危险》后记中所言:"经济冲动提供了历史的巨大驱动力,政治制度提供了社会活动的框架,宗教提供了精神信仰的指向而伦理道德提供了日常生活的基本规范——最高意义上的文学有资格和这些举足轻重的领域并驾齐驱。历史不是一个空洞无物的抽象概念,历史是由无数的人物、事件按照一定的经纬线编织起来的。文学可以参与历史坐标的设计。"不难明白,没有了乌托邦之后,我们的意见会更切合实际,因为我们每个人都在历史之中,都带着自己的局部理解,它并非来自乌托邦,而是一种微型政治——参与历史,正是诸种关系的博弈决定了我们的社会历史想象——当然,文学带着自己审美的微型政治参与其中。

---

① 南帆:《后革命的转移》,北京:北京大学出版社,2005年版,第262页。

同样的道理，当今的文学观实际上就是多重美学观念博弈的结果，这也显示出关系主义文学理论的结局不是此亦一是非、彼亦一是非，而是繁复交错的关系博弈。

在"关系主义"的词典里，复杂的关系取代了不变的本质。一批复杂的关系形成了一个网络，南帆将其命名为"结构"——它是一批关系经过博弈之后暂时取得的相对平衡。从根本上来说，这种关系之间的博弈将永不停歇，最后的结果谁都无法准确地逆料，我们也没有什么稳固的本质可以依靠。让人仰视的宏大理论溃败之后，起作用的是关系的博弈。这种看待文学的方式拒斥了文学先在的本质、拒绝了文学的目的论，但这并不导致以后的文学研究会是一次"理论的黑暗旅行"。解构了文学本质的神话也并不意味着对文学的悲观不已或虚无主义，而是显示了面对文学必将在多重关系网络中通过博弈来定位的自信与坦然。

结　语

南帆认为文学没有一个亘古不变的本质，文学研究——无论是文学的定位、文学意义的诠释还是文学史的写作等，必须回到文学内部与外部多重文化关系的互动之中进行考察。"关系主义"重视将历时转化至共时的平面上予以考察，致力于揭示中国经验与中国问题的复杂性。"关系主义"认为没有了总体论的乌托邦之后，诸种关系的博弈决定了我们的社会历史想象。

关系主义视野之下的文学理论写作

与股市的风云变幻、政坛的权力更迭、军事的武器揭秘、明星的绯闻逸事乃至于美容的技巧心得相比,当下的文学话语风光不再,变成了话语光谱中的弱势群体。吊诡的是,在文学波澜不惊之时,人们又往往比较乐于亲近这个曾经神圣而令人高不可攀的女神——这可以算得上一个不争的事实:无数人通过轻击鼠标而在网络上圆了自己的作家梦。这样的对比激发我们思考如下问题:既然文学似乎已经垂垂老矣,人们究竟还想从她那儿寻求什么?文学还能在这个高度重视经济、政治、军事等的世界中继续存活下去吗?在纷繁复杂的社会之中,文学的位置又在哪里?而这些追问又渐渐都汇聚到"何谓文学"这个问题的麾下。很大程度上可以说,南帆等的新作《文学理论》就是在回应这些问题。

天马行空的虚构,生动的人物形象,典型的人物性格,跌宕起伏的情节,区别于日常生活的特殊语言,如此等等,它们都曾充当过定义文学的优秀人选。从逻辑上讲,这是把从部分文学中抽取出的一些特征当成了所有文学必须具备的普适性要素,其中的逻辑漏隙显而易见。从理论上说,这种对文学的认识隐藏着严重的"本质主义"倾向——因为这种视域下文学被迫离开了它赖以生存的营养源;换言之,文学被剥离了具体的历史语境。而"关系主义"的理论模式则重在将文学置于多重文化关系网络中进行研究,如此,文学研究的历史维度就受到了应有的关注;同时,试图还原文学的某一特殊本质的做法自然就得以避免。这即是本质主义与关系主义的重大差别之一,也是南帆先生在《文学研究:本质主义,抑或关系主义》这篇论文中阐释的核心论点。

显然,在南帆的文学思想中,"关系"或"网络"是值得特别关注的词语。这应该与他对围棋的酷爱不无关系,更可以追溯到他研究生时期发表的论文《艺术分析中多重关系的考察》。关系主义轻而易举地消解了亘古不变的本质之后,一些人觉得寝食难安,他们被下述严重问题所困扰:既然关系主义认为一切皆有条件、皆为暂时,那么,文学研究的稳定性何在?边界又在何处?南帆先生认为,文学研究的稳定性并非因为某种恒定的本质,而是因为该学科既有的各种相对关系仍然有效。实际上,这也就是南帆在考察文学周边复杂关系时启动的另一个关键词——"结构"。在他看来,结构内部相互制约的诸种关系相对稳定,而文学的功能恰恰就寄身于这个相对稳定的结构之中。当然,倘若其中的关系不再有效运转,原有的结构也会如土委地。在这种结构解体的过程中,个别关系若是仍具活力的话,就会被吸纳进新的结构之中而成为新家族的一员。

在上述关系主义的视野之下,我们可以刷新大量文学理论书籍加诸我们头脑中的自信而乐观的文学界定,从而深入领会南帆先生何以并未在《文学理论》中给出一个明确的、公式化的文学定义。毋宁说,他不是将对文学的理解简单化,而是将其复杂化,因为他倾向于将文学置入诸种相互制约的关系之中:作家、文本、文类、叙事与抒情、修辞组成了文学是什么的第一部分,文学与历史、宗教、民族、地域、道德及性别之间的诸种联系组成了文学的第二部分。熟悉文学理论资源的人不难看出,这似乎带有韦勒克"内部研究"与"外部研究"二分的影响。但人们也不会忘记,作为"新批评"干将的韦勒克极力主张的是所谓的文学的本质研究——文学研究的形式主义方法,而将"外部研究"统统打入另册,因为它们成了文学研究-非文学的研究这个二元对立项中被贬抑的"他者"。这无疑是将文学周边的各种关系断然割弃,使得文学被封闭于真空之中;而这恰恰是关系主义所极力反对的做法。尽管如此,"内部研究"与"外部研究"并不妨碍、依然有助于我们对文学的理解。事实上,我们不妨将上述两个部分大致看作文学的"内部关系"与"外部关系"。问题的关键在于,如何将这两部分衔接起来、着力点又在哪里。

回顾文学理论史,形式主义与社会学、历史学批评构成了相互对立的两极,它们各自的缺陷也展露无遗:如果说前者缺乏历史感,而后者则是某种程度上将历史感庸俗化了。如何超越两者之间的静态的无谓对立并吸取各自有益的方面,就成为摆在理论家面前的问题。在这方面,詹姆逊的理论构想与批评实践对我们有一定的启发意义:他努力改变美学与政治批评的怒目相向,而倡议从审美的、形式的问题出发,然后在分析的终点与政治相遇。这就既反对了庸俗的社会学批评,又凸显了形式分析的重要性,可谓两全其美;但詹姆逊形式理论在实际操作(指其在《政治无意识》一书中所提出的广为人知的"三个同心圆"框架)中又带有经济决定论的强制性逻辑,另一些深刻影响文学形式的因素可能就会在此逻辑下湮没无闻。

针对内部与外部关系如何对接问题,南帆在《文学理论》中强调指出"各种历史文化信息都是包含在文学形式之中,而不是作品对外部现实进行模仿或反映的结果。"[1]就是说,历史与文学形式并非被铆接得严丝合缝,两者之间有着开阔的空间。谁是这个空间的主人?谁将使历史与文学形式把酒言欢?意识形态无疑是最佳选手:它负责将历史的要求转告作家,由作家兑换成适宜的文学形式。意识形态在这里充当着中介的角色,它的这种隐秘的转换机制是南帆提醒我们认真关注的。明乎此,文学对历史的复杂呼应就不会被简单化约,回到具体、回到历史就成为进行文学探究的必然要求。经由意识形态转换之后的文学成品,不管是认同还是反抗既有的统治秩序,都是在生产(或加固,或颠覆)着意识形态——以审

---

[1] 南帆、刘小新、练暑生:《文学理论》,北京:北京大学出版社,2008 年版,第17页。

美形式这个隐蔽的手段进行生产,而这种生产方式恰是文学藉以与政治、哲学、新闻等等区分的筹码,事实上文学也正是在这多种区分中得以衡定自己的相对位置。

正是因为文学处在横纵交汇——横向指与文学并列的其他社会意识形态,纵向指文学处于在特定的历史时期——的漩涡之中,所以关系主义要求研究者应该转移研究的焦点,不必再将大量精力枉费于字斟句酌地推敲普适的文学定义上,甚至于可笑地宣称自己发现了"新大陆"——文学的最佳定义,而是应该以一种开放的心态进行开放的研究。如果说这是关系主义模式对文学研究的宏观指引的话,那么,具体要求不妨说是研究者应该聚焦于如下的类似问题:何以特定历史阶段孕育出特定的文学特征?何以同一历史阶段孕育出不同的文学特征?不同阶段文学特征之间有着怎样的关联?这种特征在既有的学科大背景之下又是如何得以确证的?文学形式与社会、历史及意识形态构成了怎样的复杂纠葛?作家、作品与读者在文学批评中的权重又经历了怎样的起伏消长?从中国的先秦、西方的古希腊以降至今,众多的文学理论资源构成了怎样的呼应与联系?它们在 PK 时又经历了怎样的整合?而它们最初出现时是为了阐释哪些文学现象又引发了哪些困难?面对当今的文学格局,先前的理论究竟还有多大的阐释效力?我们又该如何评判那些黯然失色的理论?它们的价值又该在哪一个层面上予以确认?……《文学理论》对上述具体问题一一作出了精彩的解答。

读者可以发现,与南帆先生 2002 年主编的《文学理论新读本》相比,在这部《文学理论》之中,来自西方的古典主义、浪漫主义、现实主义、现代主义与后现代主义等概念仍然占据了四章的篇幅。从古典主义至后现代主义看起来是一个线性的发展过程,而在线性的时态学中过去、现在、将来是一种上升的进步趋势,这竟然使得有人误以为南帆是在崇尚后现代理论。实际上,作为对文学理论史的一种绍介,按照历史发展的轨迹予以编排是再自然不过的事情。尽管时间之矢不可逆行,但它并不能从逻辑上得出必然进步的结论;况且,文学能否与科学共享同一种进步标准?更重要的是,南帆提醒应该从以下几个方面对待这些术语:其一,概念与对象之间存在裂缝。因为前者是稳定的而后者往往复杂多变,因此上述术语的界定从未令人信服;这就暗示研究者决不能将概念予以本质化。其二,注意这些概念在文学史上发挥的实践功能,因为被确认后的概念可以介入、规约乃至于限制文学的走向。其三,理清各个概念的来龙去脉,在具体的关系语境中来理解这些术语具有哪些相对稳定的特征。其四,分析它们解决了哪些问题,又带来了哪些理论难点。

以上其实也是南帆对待理论/术语的一贯姿态,对他来说,特定理论既会带来开阔视域的洞见,也会产生遮蔽视野的盲点。这也是他常说的,不要天真地以为某种理论如同"葵花宝典"一样能够天下无敌。每当面对文学理论中的概念时,让我们牢记沃勒斯坦的谆谆告诫:"概念总是关系性的,这意味着除非在完全的背景中,否则,概念就没有意义。然而全部的背景处在永久的、突发性的扰动中。"①这与南帆对概念的认识异曲同工,因而,如果说南帆真的有什么崇尚的话,应该说他崇尚的是在复杂的关系中以批判的眼光来考量具体的文学问题,进而做出自己独到的分析。而这种理论兴趣在其《大概念迷信》一文的结尾处有鲜明而集中的体现:"少谈些'概念',多研究些问题。"②

　　南帆所言的少谈些概念是指不能空泛地谈论一些大概念,迷恋于控制话语制高点及命名暴力,特别是不能机械地搬用西方的理论术语武断地不加论证地套在中国文学身上,而并不是否认概念的功用。在文学理论的历史图谱中,一批概念拱出历史地表、另一批概念沉入地下的状况屡见不鲜。这究竟缘何而起呢?沃勒斯坦的一席话对我们不无启发:"也许只有当世界发生更多的变化之后,学者们才会有能力建立更有用的理论。但是我深信如果我们要重建历史社会科学,我们就必须将'建立有用理论'这一难题摆在最重要的位置。"③"变化"及"有用"是其中的关键点,对文学理论而言亦是如此:当旧有的理论范式达至其阐释极限而对新的文学变化捉襟见肘之时,新理论的创造就势在必行。这本是颇为肤浅之理,但若当这种新的理论卷入跨语际实践时问题就骤然变得复杂起

---

　　① 伊曼纽尔·沃勒斯坦:《否思社会科学——19世纪范式的局限》,刘琦岩、叶萌芽译,北京:生活·读书·新知三联书店,2008年版,第301页。
　　② 南帆:《理论的紧张》,上海:上海三联书店,2003年版,第182页。
　　③ 伊曼纽尔·沃勒斯坦:《否思社会科学——19世纪范式的局限》,"导言"第5页。

来：理论家不得不面对中国文论"失语"论者的愤慨与谴责,而《文学理论》对此进行了正面迎击。早在《文学理论新读本》中,南帆先生就对"失语"说进行了批评；在该著后记中,他还明言自己意识到如何处理中国古代文论的巨大资源这一问题。这里有两个问题：一是"失语"说问题,一是古代文论资源问题。

南帆把"失语"论放在后殖民批评与民族主义文论的大背景下进行考察,他将之追溯到近现代中西文化论战时期的文化保守主义思潮。在他看来,"失语"论不过是一种文化保守主义的历史余绪罢了。"失语"论显露了这些理论家"影响的焦虑",他们为了抵制西方的文论话语,催生了中国古代文论的"现代转换"。南帆认为,在全球化世界中文学理论必须恢复民族的自我叙事能力这一意义上来说,"转换"的确是一个重要的命题。然而,衡量"现代转换"成功与否的标准在于古代文论能否成功应对当今文学的挑战。他还善意地忠告转换论者,不要夸大古代文化的意义、不能迁就浅薄的民族自尊心。这些鞭辟入里的分析,无疑是对"失语"及"现代转换"两个命题的洞见卓识。中国古代文论对现当代文学的整体失效并不代表其所有的命题都一无是处,至少它对古典文学依然有其特殊的阐释效力,而且其中的一些命题至今还发挥着作用。与《文学理论新读本》相比,《文学理论》显然整合进了更多的古代文论资源,它们甚至与西方文论达成了某种程度上的默契与沟通。这里的问题是,怎样看待诸多在当今文学语境中保持沉默的古代文论资源的价值。南帆认为这种价值的考量应该诉诸于学科内部。其实,这也是不少其他人文学科的命运,譬如,甲骨文研究似乎无法解释变幻莫测的现实世界,但这不能证明它就没有意义,它的意义在于这个学科本身。

经典文论满怀忧伤地掩面而去,经典文学作品会不会也难逃同样的厄运?南帆先生在《文学理论》中从多个视角——经典的认定、经典的传承与反叛、经典体系与大众文学、经典与文化研究等——对经典问题进行了分析。历经时间的淘洗依然被视为不朽之作,这样的作品就是经典;南帆认为这种经典不证自明的遴选方式是理想化的。他提醒人们应该追问如下的问题:究竟是谁的经典?谁生产了经典?谁又在守护着经典?这些咄咄逼人的问题引领人们思考知识与权力之间的关系,文学身后的社会文化/权力机构渐次浮出水面。"经典的认定无疑是至关重要的权力——经典的生产或经典化与某种公理的确立密不可分。许多时候,个人无法独享这样的权力;经典的最终确认是一个文学制度共同运作的结果。"①换言之,经典是文学机构中种种复杂因素共谋的产物;而这个负责制造经典的文学机构又受到来自国家政权机构或隐或显的支持。既然如此,新出炉的经典就并非如人们曾经想象的那么纯洁无瑕,而是与其时的政治意识形态有着万缕千丝的关联。另一个使得经典神秘面纱滑落的因子是市场经济时代如

---

① 南帆、刘小新、练暑生:《文学理论》,北京:北京大学出版社,2008年版,第225页。

幽灵般无处不在的资本,在一个消费至上的时代,资本往往对何谓经典拥有更多的发言权。

  无论以何种方式,一部作品一旦荣登经典的序列无形中就会分享经典体制莫大的权威,这种权威又通过国家的人文教育得以代代相传。也就是说,教育、文学批评、学术圈子、文学奖项等等使得经典得以延续,经典正是在这些众多的守门人看护之下承续着一个国家或民族的人文传统。经典的权威对后来作家而言既是榜样也是压抑力量,因此,作家的反叛在文学史上比比皆是;然而,作家个人的叛逆往往是戏剧性地收场——始于反叛而终于被体制收编。相对来说,真正能够大规模地撼动经典序列的是特定的历史契机。漫长的文学史上,权威的经典更多地是对大众文学形成压抑。但在当今商业社会的猛烈冲击之下,经典文学的堤防还能够依然固若金汤吗?对大众文学而言,鬼魅的历史似乎给了它们一个以牙还牙的机会。在《红楼梦》与《鹿鼎记》之间,在李白与李宇春之间,没有多少人会搞不清哪一个更有市场。然而,这种角力的结果并非如自然科学中"日心说"取代"地心说"一般:对自然科学而言,旧的一经被淘汰就会被扔进历史的垃圾堆;人文学科的经典则不然,而是依然有其特有的魅力所在。就《红楼梦》与《鹿鼎记》来说,宝玉生活于大观园中众多爱他的美女之间,但依然感觉自己异常痛苦,最后竟然绝望地出家了;而韦小宝则是来者不拒,那么多老婆,乐在其中。那么,两者的差距又在哪里?诚如南帆所言:它们"揭示人物的深度存在明显的差异。这是两个作家之间的距离,也是经典小说跟通俗作品之间的差距。发现人内心的复杂性,发现人的复杂的感情,甚至矛盾的感情,这是经典小说的拿手好戏。"①

　　大众文学(文化)不单抢夺了经典的一般受众,而且也让经典的守护者——一些文学教授——青睐有加,"文化研究"崛起了。无论是就研究对象还是就研究方法而言,这不啻于说是一场新型的学术革命。经典并非被文化研究弃若敝屣,恰恰相反,文化研究开启了更多的解读经典的视域。问题是,文化研究如何抗击曾经肆虐文坛的"庸俗社会学"的卷土重来?运用文化研究的核心范畴——阶级、种族、性别——分析文学文本时,要想让人判定确实是在研究文学问题,那么,它的落脚点又在哪里?实质上,这依然是如何处理好文学的内部关系与外部关系的问题,选择两者契合点的问题。南帆强调,"文化研究可以放大考察的半径,但是,文本和形式始终是一个不可摆脱的圆心。即使在文化研究的名义下,文学批评也仍然要坚持对文本和形式的研究。某种程度上可以说,文学批评考察的是意识形态施加在文本和形式之上的压力。"②

---

　　① 南帆:《文学老了,我们还需要她的慰藉吗》,http://culture.zjol.com.cn/05culture/systerm/2008/07/01/009683100.shtml
　　② 南帆、刘小新、练暑生:《文学理论》,第335页。

走火入魔的"close reading"

——与张旭春先生《全球化时代的文学理论?》一文商榷

2009年第1期《文艺争鸣》上张旭春先生的《全球化时代的文学理论?——评〈文学理论新读本〉》一文让人见识了什么是close reading,但令人颇为遗憾的是张先生的这种细读功夫用力太偏,结果使他只见树木而不见森林。

张先生不厌其烦地引出卡勒的原文并给出了自己的翻译,他还谆谆告诫我们"如果英文阅读水平允许的话,最好阅读英文原著"。他花了很大篇幅在英文与中文对比中得出了一个结论:南帆先生误读了卡勒,《文学理论新读本》(以下简称为《新读本》)在引用时是断章取义的。"误读卡勒"在张先生看来是一个很重要的问题,因为这关涉到南帆先生为《新读本》寻找知识对象的问题。在评价张先生的上述观点之前,有必要先看一下他很自信的英文翻译:

we can think of literature as the product of conventions and a certain kind of attention.（卡勒原文）

我们也可以将文学理解为一系列程式以及关注的产物。（张先生译）①

我们也可以把文学看作程式的创造，或者某种关注的结果。（李平译）②（本文中着重号均为引者所加）

将两人的翻译比较一下就可以发现，"a certain kind of attention"被张先生译作"（一系列）关注"了——按照汉语语法，"一系列"是"程式"与"关注"共享的定语，在"关注"之前没重复出现是承前省略。这样一来，卡勒原文中的单数在张译下就"变脸"为复数了，这算不算误读卡勒了呢？连在这种单复数问题上都没有弄清楚，那么，在此基础上所建立的种种信心满满的推论就很可能是话语的幻影。

张先生的汉语水平同样也令人不敢恭维，在我看来，他对《新读本》的细读走火入魔了，有点不找出点毛病誓不罢休的架势；但在吹毛求疵的过程中往往自己先就断章取义了。为了说明问题，我们也不得不不厌其烦地征引。南帆先生在《新读本》导言第四部分说：

---

① 张旭春：《全球化时代的文学理论？——评〈文学理论新读本〉》，《文艺争鸣》2009年第1期。以下凡言及该文均不另注。
② 参看［美］乔纳森·卡勒：《当代学术入门：文学理论》，李平译，辽宁教育出版社、牛津大学出版社，1998年版，第29页。

文学是什么？文学理论又是什么？对于乔纳森·卡勒说来，这种问题必须置于福柯式的"系谱学"视域之中分析。理论必须负责揭示出人们如何将种种历史和文化的产物乔装打扮为"自然"的事物。在这个意义上，文学当然并非天生的。乔纳森·卡勒与伊格尔顿的观点相近——"文学就是一个特定的社会认为是文学的任何作品"。他与伊格尔顿共同借用了一个比拟——解答"什么是文学"如同解答"什么是杂草"一样。"杂草"并没有固定的植物学特征；如果花园的主人不提出一套他们的鉴别准则，没有人明白什么是"杂草"。相同的理由，文学的认定取决于历史语境提出的指标体系。①

显然，第一处着重号的内容不过是行文中的设问而已，而这在张先生眼里居然是"突然发问"；他还就第二处着重号的内容大做文章——引出英文并自己翻译来证明它是伊格尔顿而非卡勒的观点。如果张先生愿意继续耐心地细读卡勒《文学理论》的中文版的话，就会看到如下文字："所谓'文学'，即一种约定俗成的标志。"(《文学理论》，第28页)而这与伊格尔顿的观点不是相近的么？其实，上引南帆先生那段话的核心意思是说文学并非天生的，而是在特定历史语境中进行认定的。而在这一点上，伊格尔顿与卡勒确是相近的。

---

① 南帆主编：《文学理论新读本》，杭州：浙江文艺出版社，2002年版，第8—9页。

《新读本》中引用了卡勒所介绍的文学的五个特征:文学是语言的"突出"、文学是语言的综合、文学是虚构、文学是美学对象、文学是文本交织或者自我折射的建构,然后得出结论:"显而易见,乔纳森·卡勒的概括中已经隐含了结构主义与后结构主义的一系列基本观念。这时也可以说,乔纳森·卡勒对于语言的特殊重视本身即是二十世纪文学理论史演变的产物。"(《新读本》第9页)张先生针对以上内容做出了让人费解的质疑:

> 作者的语气透出显而易见的自信(对于一个没有接触过西方文论的大学中文系本科生而言,"显而易见"传达出的则是一种不容质疑的权威),但笔者却不知道作者的自信来自何处。首先,这五点都"隐含了结构主义与后结构主义的一系列基本观念"吗?比如"文学是虚构"与"文学是美学对象"这两点所隐含的是结构主义/后结构主义哪种"基本观念"呢?这两点能够被划入语言论、从而证明卡勒"对于语言的特殊重视"吗?

至少,上述五点中有三点"已经隐含了结构主义与后结构主义的一系列基本观念"吧。因此,当南帆先生说卡勒的概括中"隐含"了时是没有问题的,而且,"隐含了"明显是说其中存在而非五点都隐含了。这本是很简单的语意逻辑,而张先生没有搞清楚,纠缠于此,甚至在此基础上做出离谱的揣测——这简直要迫使人怀疑张先生是初学中文了。张先生继续质疑说:

任何一个对西方文论和卡勒稍微了解的人读到这段话可能都会产生一丝狐疑:这真是卡勒的观点吗？卡勒真的可能这样笼而统之、不着边际、不负责任地概括文学的"特征"吗？要弄清楚这个问题,还是让我们回到卡勒的原文中去。

是要回到卡勒的原文,中文版就足以使答案水落石出了:卡勒在概括上引五点之前时说"我介绍五点理论家们关于文学本质所做的论述。对每一点论述,你都可以从一种视角开始,但最终还要为另一种视角留出余地。"(《文学理论》,第29页)在概括之后说:"在这五种情况的每一种中,我们都会遇到上面提到过的结构:我们面对的是有可能被描述成文学作品特点的东西,是那些使作品成为文学的特点。不过,我们也可以把这些特点看作时特殊观照的结果,是我们把语言作为文学看待时赋予它的一种功能。"(第37页)根据上下文的语境,说上引五点是卡勒概括出的五个文学特征是完全可以成立的,但我们必须记得的是卡勒追加的强调——要为另外的视角留出余地来。而张先生却舍近求远,跑到引文八页之前的地方去为自己找理由,只是为了证明这五点不是卡勒所概括的特征,真有些枉费精神了。——必须赘言的是,汉语中"特点"与"特征"这两个词是可以通用的。

张先生的疑惑或振振有词往往都是仅仅盯住某一句话、某一个词,而根本不去考虑它们的上下文,这样的例子还有很多。譬如,《新读本》导言第二部分的标题是"文学观念的确立",张先生面对该标题"立即产生疑虑和警惕",阅读完后"疑虑和警惕变成了迷惑和失望";在他看来,恰当的标题应该是"文学观念的历史演变"或"文学:一个确立的观念?",否则的话就违背了"开放"研究的宗旨、陷入文学本质论。有必要提醒张先生的是,开放的研究确实反对文学有一个固定不变的本质,主张应该放宽眼界;但这不是说文学就无法把握了,特定历史语境下人们依然可以确立文学观念。而且,既然能看出"文学观念的确立"这节本身蕴含着文学观念的变迁,又怎能简单地将"文学本质论"的大帽子不分青红皂白地硬扣到一个标题上呢?这节的开头第一句是"历史主义与文学理论普遍性的相互交织制造了双重复杂的关系",这本是紧接着上一节"两条线索"说的,而张先生居然质问道:"'文学理论的普遍性'又指的是什么?是对某种普适性文学理论的认可吗?"或许,张先生有些健忘吧;或许,是未明其意。当《新读本》中说"话语分析是文学理论的焦点",张先生就质问说"为什么说它是'文学理论的焦点'而不是'焦点之一'?"当我们说某某教授是水平很高的学者时,按照张先生的逻辑,他是否会马上跳起来说应该说是其中之一呢?

还是第二节,《新读本》中说:

> 按照乔纳森·卡勒的观点,西方文化中的 literature 晚近二百年来才具有"文学"的含义。但是,西方文化中文学形式与美感的联系早已形成,并且使某些理论家深感不安。显而易见,文学的美感正是柏拉图将诗人逐出

理想国的首要原因。**文学是一种意识形态,但是,隐藏于文学之中不驯的能量又有可能破坏既有的意识形态体系。**

针对加着重号的内容,张先生说这是"突然提出了一个肯定判断";如果回到这句话的语境之中,联系上句话一看就明白哪里有什么突然呢:不过是紧接着理想国容纳不下诗人这个意思,说文学属于意识形态中的一种,但它又会对这种意识形态进行颠覆。张先生质问"文学是一种意识形态"的说法是"作者对文学下的终极性定义吗",并认为这与《新读本》导言第五部分第一句话"话语分析的提出证明,文学理论已经没有多少兴趣答复'文学是什么'"相矛盾。这里的问题是:什么是下定义?下定义是不是需要有一定的排他性?说"文学是一种意识形态"有没有否认政治、法律、思想、道德、艺术、宗教、哲学等等也是意识形态呢?否认了亘古不变的文学本质不等于我们对文学就无法言说了;话语分析揭示了文学与社会历史之间是复杂互动的,正是在这个意义上,它反对一劳永逸地答复"文学是什么"这个命题,它对给出一个本质性的文学定义不再感兴趣了。显然,张先生的细读只是着眼于字面,割裂两句话所在的有机语境,所以才会得出两者相矛盾的结论来。关于话语分析,《新读本》说"现在,话语分析正在成为文学理论的又一个入口——这是文学、语言与社会历史之间的交会之地",张先生针对这句话质疑道:

"正在成为"仍然有不顾事实之嫌——自从1983年伊格尔顿提出这个概念以来,它好像还没有引起太多的关注:在过去的23年里,这个术语本身似乎也并没有在理论界流行开来。

张先生盯住了四个字不放,认为有违事实;问题是,张先生自己又说"好像"、"似乎",看来也不是有十分把握,用这种猜测性的意见去斥责他人不符事实是不是有些滑稽呢?再说了,"话语分析"有否在学界流行开来是不难验证的,当在CNKI上输入"话语"时,几千篇的文章就蹦出来了,不知道这算不算流行开来了呢?

张先生还说:"综观全书,对于当代国外大学相应课程的教学和教材的编写,编者没有任何参照框架方面的论述;对于国外那么多的文学理论新的研究专著和教材,作者也只仅仅参考了伊格尔顿和卡勒的两本书,但客观地说,这两本书还不足以勾勒出一个全球化框架的。"不言而喻,南帆先生编写的《新读本》并非来自文化的真空,只不过他所参考的框架张先生没有看出来罢了;不用综观全书了,仅仅看看《新读本》第14页就会明白是否仅仅参考了两本国外教材或专著了。张先生认为《新读本》"没有完全体现出当代世界范围内文学理论的新思想、新发展、新动向",这是一句实话——因为一本文学理论教材不可能将所有新的东西都网罗净尽,似乎也没那个必要;再说了,"新"的标准是什么?如果像"作者之死"这样的理论命题在张先生看来不过是"故弄玄虚"的话,那么,究竟什么样的文学理论才是新思想、新发展、新动向就需要张先生不吝赐教了。

张先生的"阅读障碍"不但导致他在细枝末节上打转,还使得他的建基于它们之上的看来具有理论水准的问题成了阳光下一闪而过的肥皂泡。当张先生指责《新读本》"指导思想模糊,立场不明确,缺乏一个统摄全书的中心思想或核心原则"时,不知道有否想过假若是自己根本就没有读懂《新读本》的导言部分呢?我想,张先生是应该了解一下文学理论界的本质主义与反本质主义论争了,这会有助于对《新读本》指导思想的把握。其实,再退一步说,即便对这些新的核心命题了无所知,单就导言来说也足够明白《新读本》的定位或指导思想:所谓"开放的研究",就是不要固执于亘古不变的普遍性、本质性文学定义,而要在诸种复杂的网络中考察文学。对这些内容总是感到隔膜,所以难免会有如下举措:痴迷于在《新读本》中寻找一个文学的定义并多次责问为什么没有给出定义来,斤斤于给文学理论教材归纳几个模式,然后就企望把现有的所有文学理论著作给框住,这不知不觉中陷入了一种本质主义——本质主义的文学理论编写模式——之中。可以看出,张先生有极强的归类情结,总想把国内国外的文学理论一网打尽;当《新读本》无法被纳入其设定的理论框架时就被贬为"混杂",并进而责怪"主导思想不明确"。当自己的理论无法解释复杂多样的现实时,应当反省的是这种理论,而不是去责怪现实——这时候,为什么不想想标题"文学理论:开放的研究"?为什么一定要把本来复杂的问题弄得简单化呢?为什么因为自己读不懂就斥之为模糊与混乱呢？——这让学理依据容身何处？

一个意味深长的事实是，在张先生细读《新读本》导言部分时，有意无意地回避了第三部分——语言与社会历史。而这对整个导言举足轻重，因为它铺垫了第四部分——话语分析，换言之，它具体阐述了我们为什么需要话语分析。在那些执迷于文学内部研究的学者看来，文学理论不就是谈韵律、节奏、意象，论反讽、张力、肌理吗？问题的关键是，不管"文学理论如何专心致志地锁定文学语言，文学语言都无法摆脱社会历史的纠缠"。① 文学的语言与形式是否能够圆满自足地自我解释呢？如若不然，就必须诉诸于社会历史；无论如何，社会历史都是"抽刀断水水更流"的，也正是在文学与历史的复杂互动中，话语分析显得顺理成章，它使得文学周边的一批关系浮出水面。而张先生对这些似乎都是不明就里的。回避语言与社会历史更重要的原因在于这威胁到了张先生的立足点——英美新批评，张先生特别强调要教给学生以文学批评的技能，并认为这是大学的宗旨所在；那些形形色色的主义——譬如"作者之死"——在他看来不过是"故弄玄虚的理论话语"。我们认为，说到底，学习文学理论主要是培养理性思维及概括能力、将理论运用于实际作品的能力；当然，这其中就包含着基本技能的训练，在所谓"内部研究"（譬如诗歌的韵律、节奏、意象、文体等）基础上还必须打开视野，将文学置于更复杂的外部网络

---

① 南帆主编：《文学理论新读本》，杭州：浙江文艺出版社，2002年版，第7页。

中进行考察,否则就难免会坐井观天或只知其一不知其二。张先生以为目下我们文学理论的目标迷失了,他为此深感困惑与焦虑,并倡言应该着力培养有技能的学生而不是高深莫测的精英。在我看来,这种设想是一条腿走路,技能与思想在此怒目相向、发誓老死不相往来。我们不反对在文本中精耕细作,揣摩韵律、沉吟意象,但我们却无法在这里一直停住。时代的车轮轰隆向前,如果在今日反本质主义的语境之下,学者还仅仅停留在"新批评"的圈子里扑腾、说什么"作者之死"是"故弄玄虚的理论话语",那只能说是闭上眼睛、坚决不看世界的理论无知;若以此教育学生的话也只能是误人子弟、害莫大焉了。托多洛夫就在最近的一篇文章中对那种只是专注于内向研究法的中学教育方式提出了严厉批评,并特别强调:"在我看来——无论当年还是现在,内向研究法(研究文学作品各要素的关系)应当辅之以外向研究法(研究作品的历史、意识形态和美学上的创作语境)。"①这是值得张先生深思的。

坦率地说,以上内容很大程度上都不是在与张先生商榷文学理论问题,而不过是指出他在理解汉语时的障碍与偏执及建基于此的无力判断。我愿意诚恳地劝告张先生有时间读一读汉语语法——尤其是须在上下文/语境中把握句意——方面的书,这样就会自然消除阅读时滋生的许多不必要的困惑、迷惘与质疑。

---

① 参看[法]茨维坦·托多洛夫:《文学的作用》,张晓全译,见王宁主编:《文学理论前沿·第5辑》,北京:北京大学出版社,2008年版,第9页。

分歧的取向
——"后理论"景观扫描

新批评,俄国形式主义,读者导向理论,结构主义,马克思主义,女性主义,后结构主义,后现代主义,后殖民主义,酷儿理论,如此等等,20世纪见证了文学理论走过的繁荣历史。不过,20世纪末期以来,理论遭到了愈来愈多的质疑与批评,"后理论"迅速蹿红,成为炙手可热的关键词。其中,麦奎伦等人的《后理论:批评理论的新方向》(爱丁堡大学出版社,1999)与伊格尔顿的《理论之后》(企鹅图书,2003)等对于"后理论"的风行助益颇多。经过理论的旅行,中国文艺理论界也掀起了讨论"后理论"的热潮,而且形成了相关话语生产的醒目景观。值得注意的是,无论是在域外还是在国内,关于"后理论"的内涵都是众说纷纭,而正是这些分歧的取向需要进行认真检视。

一

理论终结或理论死亡是后理论较为流行的内涵之一。譬如,一直高扬"后理论时代"旗帜的王宁先生就指出:伊格尔顿的《理论之后》一著"为'理论的终结'或'理论的死亡'之噪音推波助澜"。① 当然,他本人并不赞同这一点。另一位学者张箭飞教授则认为《理论之后》"敲响了理论的丧钟",明确认同理论本身终结了,并强调"理论之死与其说是简单地死于对手的正面进攻,不如说是反讽性地死于理论家的自负和学理的内伤"。② 其后,金惠敏教授也认为伊格尔顿在《理论之后》中"宣布了'理论的终结'——'文化理论的黄金时代已经结束很久了'"。③ 他较为准确地强调伊格尔顿其实一贯忠诚于"理论",并批评了伊格尔顿对后现代"文化理论"的误解。问题是,他们把《理论之后》与理论终结挂钩的做法并不完全妥当,因为伊格尔顿明明在该著的第一章中说"如果这本书的书名表明'理论'已经终结,我们可以坦然回到前理论的天真时代,本书的读者将感到失望"。在全书的结尾,伊格尔顿再一次重申:"我们永远不能在'理论之后',也就是说没有理论,就没有

---

① 王宁:《全球化、文化研究和当代批评理论的走向》,《天津社会科学》2005年第5期,第99页。
② 张箭飞:《文化理论在西方的死亡》,《学术研究》2005年第9期,第45、48页。
③ 金惠敏:《理论没有"之后"》,《外国文学》2009年第2期,第78页。

反省的人生"。① 显然,伊格尔顿明确否定了理论终结的说法。因此,不宜再把理论终结的帽子牢牢地戴在他头上。有鉴于此,有学者干脆宣称:"宣扬理论终结完全是一个伪命题",而这个伪命题恰恰建立在对伊格尔顿《理论之后》误读的基础上。② 就张箭飞而言,她谈论《理论之后》的文章题目——"文化理论在西方的死亡"——也存在瑕疵。伊格尔顿固然在全书中驳斥了文化理论的诸种错误与不足,但他并未一笔抹煞它所取得的成绩。譬如,凸显了性别与性、大众文化的存在,使其成为合法的研究对象;使男男女女意识到阐释文艺作品唯一正确论的错误,除了作者之外还有其他因素参与了艺术品的创作等。③ 这些成就已然成为文艺阅读与研究的常识,并不属于"死亡"之列。所以,不能一概而论,笼统地宣称文化理论在西方的死亡,更不能将这一观点强加于伊格尔顿头上。就金惠敏来说,缺陷是逻辑上的。伊格尔顿的确在开篇就谈及文化理论"黄金时代"的结束,但这并不意味着理论的终结。毕竟,兴盛衰败、消长盈虚,万物皆然,这是无可逃遁的命数。问题在于,衰败并不等于彻底终结。

有意思的是,具体到某一理论,伊格尔顿倒是说过类似终结的话:"随着新式的全球资本主义叙事的亮相,以及所谓的

---

① [英]特里·伊格尔顿:《理论之后》,商正译,北京:商务印书馆,2009年版,第3、213页。
② 张伟:《理论之后的理论建构》,《文艺评论》2011年第1期,第12页。
③ 参看[英]特里·伊格尔顿:《理论之后》,商正译,北京:商务印书馆,2009年版,第5—6、92—93页。

反恐战争,众所周知的后现代主义思维方式很有可能正在走向终点。不管怎么说,正是后现代主义的理论使我们确信:宏大叙事已经成为了历史。也许,我们在回顾往事之际,能看到这种理论是它本身热中的小型叙事。"①换言之,关于宏大叙事,伊格尔顿与后现代针锋相对,认为活生生的现实证明它不仅并未消亡,反而是世界各国正在面临的严峻课题。因此,他断言"后现代主义思维方式"的终结。沿着伊格尔顿的行文逻辑,严格说来,终结的是宏大叙事而非整个后现代主义思维方式。即便如此,这个判断仍有问题。因为后现代否定的宏大叙事是现代性的一种看待世界、阐释历史的方式,它往往以高瞻远瞩或高屋建瓴的视角回首过往、总结规律、展望未来、绘制蓝图,从而为男男女女指出前行的方向。在后现代主义者眼里,这肯定遮蔽了太多异质与多元性的内容。相比之下,伊格尔顿肯定的宏大叙事——无论是全球资本主义还是反恐战争——实际上是世界范围内的重大问题。即是说,两者并不是在同一个层面上使用宏大叙事这个概念。伊格尔顿的这种无的放矢或强词夺理还体现在他对后现代主义关于进步的误解上:"后现代主义者被宏大叙事弄得心烦意乱,因而拒绝接受进步的观点。他们假设:对进步抱有信念就必须承认,历史作为一个整体,从一开始就不断地在改进。他们非常自然地认为这种观点是错觉。如果他们对宏大叙事不那么入迷,他

---

① [英]特里·伊格尔顿:《理论之后》,商正译,北京:商务印书馆,2009年版,第213页。

们也许会采纳自己的标准,对进步有一个更务实的态度,得出正确但使人厌烦的结论:人类历史在某些方面有了改善,而在另一些方面却恶化了。"① 果真如此的话,利奥塔、福柯等一批后现代主义者何必枉费口舌。其实,很大程度上,后现代批评的进步的大叙事是一种书写历史的主导范式,一种历史认识论。它"是一种完满的设想,是一种对于人类历史发展进程有始有终的构想形式","隐含着使某种世界观神化、权威化、合法化的本质","由于这种设想无法证实,反而常常会遭到现实的打击而破灭,因此,不免带有神话的色彩"。② 不难发现,历史的霸权模式尤其是那种线性的历史进步论与目的论才是这种批判的矛头所向,它打开了解读历史的视域与空间,为更多不同历史叙述的面世铺平了道路。

不妨说,以上的辩驳说明了特定理论模式的失效。这也启示人们,谈及理论终结时,需要分辨究竟是在怎样的意义上使用理论一词。里奇认为,理论至少有六种含义:一是"当代学派与运动的总和,再加上它们在文化研究里的分支";二是"所有文学和文化研究领域所应用的总体原则和步骤——即方法——以及自省";三是"工具箱,承载了灵活、有用和可以应急的手段与概念";四是"行业常识";五是"结构主义和后结构主义";六是"对一种历史上崭新的后现代话语模式的命名"。他

---

① [英]特里·伊格尔顿:《理论之后》,商正译,北京:商务印书馆,2009年版,第172页。
② 程群:《宏大叙事的缺失与复归》,《史学理论研究》2005年第1期,第53页。

强调:"从最口头的意义上讲,人人皆有一套理论,哪怕是潜意识的。如此定义的话,就无所谓理论的完全消亡了;消亡只是独立身份的丧失,某些功能的消失,一次重组或重新命名"。① 正是在这个维度上,里奇认为随着理论与实践的重新结合,消解或终结的是纯理论,而后理论时代的理论散布于多个研究领域,不仅并没终结,反而借助"其根茎的改造、嫁接、杂交"取得了显著成功。② 换句话说,理论不再如过往那样孜孜以求神圣的总体性或整齐的统一性,相反,却尽力链接周围的事物,融入诸种不同的关系项之中,从而实现自身的生产与繁殖。在这个错综复杂的过程中,理论洗心革面,获得了新生。

二

回归文学是后理论又一流行的内涵。具体说来,不同理论家主张回到文学的理由并不完全一致。有的理论家提出"回到被理论'抛入外圈黑暗之中'的文本细读的传统",③伊格尔顿对此不以为然。在他看来,尽管理论没有能力开展细读是颇为常见的抱怨,但这种指责大而不当,并不符合事

---

① 王顺珠主编:《当代文学批评:里奇文论精选》,北京:北京大学出版社,2014年版,第209—213页。
② [美]杰弗里·J. 威廉斯编著:《文学制度》,李佳畅、穆雷译,南京:南京大学出版社,2014年版,第25页。
③ [英]拉曼·塞尔登等:《当代文学理论导读》,刘象愚译,北京:北京大学出版社,2006年版,第330页。

实——无论是阿多诺、本雅明,还是布鲁姆、德·曼、巴特、德里达、詹姆逊等人,都有十分出色的文本细读案例。在有些理论家眼里,理论隔开了读者与作品,破坏了两者之间的自由交流,扮演着"横插一杠子"的角色。因此,理论应该有自知之明,卷铺盖走人。问题是,"没有某些先入之见,我们压根儿辨认不出何为艺术作品。没有可供我们任意使用的某种批评性语言,我们压根儿不知道该探讨什么,正如如果没有表达我们内心世界的词汇,我们连反思都不可能一样"。① 另一种观点倒是承认了理论的价值,但这种价值以足够解释文艺作品为前提条件。伊格尔顿就此评论道:"这种想法背后潜伏着的是清教徒的信念:即任何无用的、不会马上产生现金价值的东西都是一种罪恶的自我放纵"。阐述文艺作品确是理论的重要功能,但理论必须与实践直接结合是一种想当然,因为"理论可以凭自身能力使人大开眼界"。② 接下来,伊格尔顿以文化理论来证明这一点。其目的是捍卫文化理论本身的价值,问题在于,此种辩护方式逻辑不通。因为文化理论并非没有能力阐释文艺作品,亦并非没把理论与实践紧密结合——大量的文化研究实例可以为此作证。问题的关键在于,文化理论对作品的诠释引发了艾布拉姆斯、布鲁姆般文艺守护者的焦虑与不安,他们认为那不是纯文学式、纯美学式的文艺批评,与庸俗的社会学分析并无两样,简直是在亵渎、糟蹋经典。换

---

① [英]特里·伊格尔顿:《理论之后》,商正译,北京:商务印书馆,2009年版,第91页。

② 同上书,第84页。

言之,文学性与文化理论怒目相向。对前者来说,文学性驻守在一批代代相传的经典作品之中,它既是界定何谓文学至高无上的准则,又是文学批评马首是瞻的旨归。相反,对后者而言,不变的文学性并不存在,"我们永远也不能这样来谈'文学',譬如把文学说成一个一成不变的经典作品系列、一套独特的技巧,或者一个固定不变的形式和类型的结合体。赋予一个客体或一件人工制品审美价值的尊严是一个社会行为,终究与占主导地位的意识形态密不可分"。① 在文化理论的视野下,文学性得以生成的奥秘展露无余:它并非不食人间烟火,而是与意识形态之间有着复杂的纠葛。文学之所以成为文学并非因为固有的内在本性,文学是意识形态的建构。伊格尔顿甚至认为,一段文字完全可能从文学变为非文学,然后再次返回文学之域。还应心中有数的是,"某些文本生来便是文学,有些是后天获得了文学性的,还有一些文本的文学性则是人为强加的"。② 那些坚守文学性的学者——譬如英美新批评、俄国形式主义等——无一例外地高度珍视形式,因为形式是文学性的寄身之所,而其余所有非文学性的东西都被一并打包扔进了内容的篓筐中。这种形式-内容截然两分的运思方式陷入了形而上学二元对立的窠臼,与之直接对应的是,内部研究与外部研究横眉冷对。其实,形式本身有其历史。

---

① [英]拉曼·塞尔登等:《当代文学理论导读》,刘象愚译,北京:北京大学出版社,2006年版,第44页。
② [英]特里·伊格尔顿:《沃尔特·本雅明》,郭国良、陆汉臻译,南京:译林出版社,2005年版,第162页。

而且,它也承担着意识形态,"文学形式是意识形态的"。① 因此,无论如何,经历过理论轰炸的二十世纪之后,回归文学无论如何不能也不应是回归一尘不染的文学性,而是对文学性生成的机制胸有成竹,明了特定的时空中如何界定文学与批评文学,它与意识形态的其他组成部分有着怎样千丝万缕的联系,特别是充分利用文化理论提供的诸多独特的视域去审视、理解文学的丰赡与魅力。

归根结底,回归文学的诸种误解源于未能正确认识理论的效用,未能正确把握文学理论与文学批评之间的关系。作为专门知识,理论中不乏合乎常识的内容,但更重要的是,理论对常识的批判、解构乃至颠覆,"理论追求的目标是常识的崩盘"。② 譬如,古人普遍认为地球为宇宙之中心,所有其他星球都环绕它而运行,是为"地心说"。而哥白尼提出的"日心说"则打破了这种居于统治地位的思想,实现了天文学的范式转换。需要注意的是,在自然科学方面,理论经常完胜常识,更改男男女女对大千世界的认知偏差。在社会科学方面则不然,理论的大家庭不断迎来新的成员,它们走马灯般地你来我往,持续地挑战常识。即便理论可以一时间锐不可当,但时过境迁之后,常识可能卷土重来。不言而喻的是,随着男男女女的接受,新的理论也在络绎不绝地成为常识。反观文学史,从

---

① [英]特里·伊格尔顿:《马克思主义与文学批评》,文宝译,北京:人民文学出版社,1980年版,第28页。
② [法]安托万·孔帕尼翁:《理论的幽灵——文学与常识》,吴泓缈、汪捷宇译,南京:南京大学出版社,2011年版,第243页。

古典主义到现实主义,从现实主义到现代主义,再从现代主义到后现代主义,在这个从未止步的更替过程中,旧的思潮似乎耗尽了曾经先锋的能量,疲态渐显,缺陷毕露,于是新的思潮应运而生,成为积极回应时代的宠儿。然而,无论如何,新的文学思潮难以完全推翻旧的文学思潮,前者尽可以大风大浪,后者依然可以涓涓细流。文学理论史亦是如此,譬如,"作者之死"消解了作者对文学作品的主宰者形象,极度彰显了文本的游戏性与读者的能动性,但作者的话语功能仍然存在,仍然在文学作品诠释的进程中占有一席之地。

依照理论批判常识的志趣,孔帕尼翁直言:"理论的有趣与真意主要不在于其神乎其神或精致严密,也不在于实践或教学方面,而在于它对文学研究中固有观念的充满活力的抨击,以及固有观念对它的顽强抵抗"。不应误解的是,这并非否定理论的实践能力,因为"理论与文学实践(即文学史和文学批评)形成对照,理论对实践进行分析、描写,阐明它们的预设,总之就是对其进行批评(批评即鉴别区分)"。[①] 这更多地凸显了理论是对实践总结的一面:生生不息的实践刺激、呼唤新的理论产生,进行回溯性的确认、认可。"新的理论挑战、扩展或者修正了之前的理论。当旧的理论无法对相应艺术界中有见识的成员广泛接受的作品的价值给出充分说明时,新的理论就出场了。当一种现存的美学无法将其他方面已经合法

[①] [法]安托万·孔帕尼翁:《理论的幽灵——文学与常识》,吴泓缈、汪捷宇译,南京:南京大学出版社,2011年版,第7、13页。

化的作品逻辑地论证为合法时,就会有人建构一种可以这么做的理论"。① 理所当然的是,这种回溯性的标准一旦确立,随即又具备了示范性与导向性。实际上,抨击文学研究中的固有观念,必然带来研究观念的更新,而这种更新也必然会体现在具体的文学研究之中。相比之下,这突出的是文学理论对文学批评的指导与引领作用。或许,正是秉承着后一方面的精神,在绍介20世纪与21世纪的重要批评流派时,布莱斯勒迄今已经出至第五版的《文学批评》教科书有意识地采纳了一种整齐划一的模式:每一种流派都依次设有"理论假设"、"方法论"、"问题分析"、"批评与回应"部分。这固然有便于教学的原因在内,但不容否认的是,这种理论与实践一一对应的做法的确提供了快捷的入门指南。还需注意的是,关于文学理论,布莱斯勒还有更高的追求:"通过接受文学理论,我们不仅可以学习到文学,而且更重要的是,我们还被教导去宽容别人的信仰。如果拒绝和忽视理论,我们就会陷入将自己加冕为文学圣人的危险之中,以为自己拥有神授的知识,可以为一个给定文本提供唯一正确的解释。当我们反对、轻视和无视文学理论时,我们就有可能盲目地接受通常未经质疑的偏见和假设。通过拥抱文学理论和文学批评(理论的实际运用),我们就可以自愿加入到那个看起来无穷无尽的历史谈话之中——一个关于文学中表达的人性本质和人类关切的对话。

---

① [美]霍华德·S.贝克尔:《艺术界》,卢文超译,南京:译林出版社,2014年版,第132页。

在这个过程中,我们可以开始质疑我们关于自我、社会、文化的概念,以及文本如何帮助界定和持续不断地重新界定这些概念"。① 换言之,宽容、对话与反思是文学理论的更高境界。

三

理论终结的喧嚣声中,反思与多元成为大势所趋,成为后理论的突出特征。那种无所不包的宏大叙事终结之后,各种微型叙事纷纷涌现。这一后理论"更强调多元性和具体性",而且,"更加注重自身的反思性"。② 显而易见,多元意味着解除先前的霸权,意味着共存与同在。诚如王宁教授所言:"在'后理论时代',没有任何一种理论可以说君临一切,甚至都很难说能持久地占据主导地位,它和其他理论实际上呈一种共存和互动的状态,因此'后理论时代'又是一个没有主流和中心的时代,每一种理论都能在'众声喧哗'的氛围中找到自己可发挥作用的有限空间。"沿着这一逻辑自然可以推论:长期以来处于边缘地带的非西方文学和文化理论终于等到了出头之日,它们可以"步入理论的中心进而和占据主导地位的西方理论进行平等对话"。③ 因此,他完全有理由对"中国文化和

---

① [美]查尔斯·E·布莱斯勒:《文学批评:理论与实践导论》(第五版),赵勇等译,北京:中国人民大学出版社,2014年版,第14页。
② 周宪:《文学理论、理论与后理论》,《文学评论》2008年第5期,第86页。
③ 王宁:《再论"后理论时代"的西方文论态势及走向》,《学术月刊》2013年第5期,第107页。

文学理论"走向世界信心满怀,对打破西方中心主义的局面寄予厚望。值得注意的是,当他强调非西方理论"步入理论的中心进而和占据主导地位的西方理论进行平等对话"时,至少默认了西方理论(现存的)强势的主导与中心地位,而这恰恰背离了后理论时代无主流、无中心的精神志向。既然如此,人们不免生疑的是:如果非西方理论和西方理论"对话"时保持着一种朝圣般的态度,又何来"平等"？目前为止,后理论时代是不是西方理论界的专属物？换言之,在后理论这个话题上,我们会不会一直都在谈论着别人的故事？当它跨越重洋来到中国后,会不会水土不服？另外一个问题是,中国文论也是一个大词,"在不同的使用者那里,往往有不同的所指。因此有必要深入追问的是:中国文论的具体内涵是什么？走向世界的追求有哪些不同的境界？其中又有怎样的问题？它走向世界的动力来自哪里？它又凭借什么优势走向世界？"[①]事实上,在很多研究者那里,中国古典文论、现代文论与当代文论所赢得的待遇差别很大。由于现当代文论深受西方思潮影响,所以,在原创性与独特性方面远远不若古典文论。有研究者甚至断言,只有中国古代文论才有资格走向世界。然而,面对现代以来纷繁复杂的文艺现象,古典文论的阐释能力明显欠佳。如此看来,中国文论走向世界并非想象地一帆风顺,它必须妥善处理好中国立场、理论创新与阐释效力之间的关系,还应力

[①] 王伟:《"中国文论"走向世界的几个问题辨析》,《学术评论》2014年第3期,第38页。

避身份焦虑与民族主义的陷阱。

伊格尔顿的《理论之后》也被有的学者视为理论多元化的典范,因为他的"'后理论'其实是'更多的理论',在一种更宏伟、更负责的层面上,向后现代主义逃避的那些更大的问题敞开胸怀"。① 关键在于,对于真理、道德等重大问题,后现代主义究竟是一言不发,还是在新的视域下重新审视,并给出了不同以往的观念。在并未对后现代主义阵营中的理论家较为具体的分析之前,就将其贴上"逃避"的标签不免太过冒失。埃里克·格里菲斯曾在《泰晤士报文学副刊》上撰文,批评伊格尔顿这一方法论上的缺陷,他的很多结论并未经过逻辑论证,因而导致《理论之后》一书被理论赝品塞得满满当当。尽管伊格尔顿对格里菲斯之流及《泰晤士报文学副刊》十分厌烦,但他不得不承认:"《理论之后》肯定存在种种瑕疵,其中一些反映了我那段时间过分的自信和放松,对某些见解没有进行充分的论证也是症状之一。因此,我在写作方式上流于浮浅"。② 无独有偶,戴维·洛奇也直言不讳地指出:《理论之后》"有的地方纯粹像粗制滥造。有些句子在电脑屏幕上第一稿就不应该通过,更不用说印刷出版。"③ 对于研究者——尤

---

① [英]拉曼·塞尔登等:《当代文学理论导读》,刘象愚译,北京:北京大学出版社,2006年版,第338页。
② [英]特里·伊格尔顿、[英]马修·博蒙特:《批评家的任务:与特里·伊格尔顿的对话》,王杰、贾洁译,北京:北京大学出版社,2014年版,第249—250页。
③ [英]戴维·洛奇:《向这一切说再见——评伊格尔顿的〈理论之后〉》,王晓群译,《国外理论动态》2006年第11期,第53页。

其是那些因盲目崇拜伊格尔顿而视其言说为金科玉律者——而言,这些批评的声音值得思之再三。另一些关键问题是,如何处理那些所谓被回避的问题,有否接受后现代主义的启发或质询来反思自身,从而明了洞见与盲点所在。令人遗憾的是,在讨论那些问题时,伊格尔顿多数时候采取的是一味拒斥文化理论的立场,并未正视、吸收其卓识。不难明白,这又跟其前述方法论的重大弊端息息相关。

  以真理问题为例,伊格尔顿认为,"一些后现代主义者声称不相信任何真理——但这只不过是因为他们把真理等同于教条主义,并在摒弃教条主义的同时将真理也一并摒弃了。这是一种毫无意义的花招"。① 问题是,后现代主义者否弃的是宏大叙事式的绝对真理,是高居云端的救赎真理,是把真理小写化而非彻底丢弃。在屡遭伊格尔顿奚落的罗蒂看来,传统的认识论就是希求如同镜子忠实映现一般,能够把握住实在、本质、真理、理性、客观性等等,这样的愿望其实是对"限制"——一种可以找到并能够终生依靠的基础——的愿望。与此迥然相异的是,罗蒂倡导一种"认识论的行为主义"(epistemological behaviorism)②,将抽象的认识论行为化、具体化、语境化、对话化。换言之,真理是建构出来的而非发现的。反讽的是,伊格尔顿仍然大张旗鼓地为"绝对真理"辩护,但这

---

  ① [英]特里·伊格尔顿:《理论之后》,商正译,北京:商务印书馆,2009年版,第99页。
  ② Richard Rorty, Philosophy and the Mirror of Nature, Princeton: Princeton University Press, 1979, p. 315.

种绝对真理却又跟后现代主义者的主张大致吻合。"绝对真理并不是脱离了时间与变化的真理","绝对真理并不意味着是非历史的真理:它并不意味着那种从天而降的真理,也不是犹他州的哪个假冒预言家恩赐给我们的。相反,绝对真理是通过争论、证据、实验和调查发现的"。① 需要指出的是,伊格尔顿虽然仍在说真理"被发现"(discovered),但这种"发现"实则是一个建构的过程,与后现代主义者仅是在用词上有别。有意思的是,伊格尔顿又矛盾地强调:"事实上,并不存在世俗的、随着历史发展变化的真理,也不存在高人一等由你相信或不信的绝对真理,就好像有人相信天使的存在而有人不相信一样","但有很多真理是绝对的"。譬如,如果说"这鱼尝着有点坏了"是真的,那它就是"绝对真实"的。② 在此,伊格尔顿暴露的不仅是自相矛盾、令人无所适从的弊病,他在谈论真理时还把自然与人文(意义领域)混在一处,这致使他对后现代主义真理观的理解有偏差,时时发出一些看似诙谐幽默、尖锐泼辣实则了无意趣、煞是无谓的辩论。又如,"并不是人们认为是真的事情最后就确实是真的。但是有一点仍是肯定的,那就是下雨不可能只是在我看来是如此"。③ 更致命的纰漏是,伊格尔顿从"真"直接推到"真理"、"绝对真实"/绝对真理,错误地把"真"与"真理"、"绝对真实"与"绝对真理"等同起来。

---

① [英]特里·伊格尔顿:《理论之后》,商正译,北京:商务印书馆,2009年版,第104—105页。
② 同上书,第100页。
③ 同上书,第101页。

站在这样的层面或立场上,伊格尔顿自然难以理解并正确评价罗蒂等后现代主义者的重大革新意义。有学者将包括罗蒂在内的后现代主义者的真理观命名为"认识论的审美化",并对这种思潮由衷地赞美道:"现实的审美构成不仅仅是少数美学家的观点,而且是这个世纪所有反思现实和科学的理论家的看法。这是一个洞见,它确实是洞察幽微的。"①

结　语

　　无论是文学理论、理论还是后理论,都涉及到理论与文学研究的关系这一根本问题。近年来,中外文学理论界围绕"后理论"掀起了讨论热潮。不应忽视的是,后理论有着诸多不同的取径:以为理论终结乃至可以弃绝理论者有之,主张理论因散布而取得成功者有之,强调理论回归文学者有之,张扬理论的反思与多元者亦有之,如此等等。对于后理论存在分歧的多重意味及各自的内部构成,应予具体分析、区别对待。

---

①　[德]沃尔夫冈·韦尔施:《重构美学》,陆扬、张岩冰译,上海:上海译文出版社,2006年版,第29页。

第三辑
结构的剖析

文学、日常生活与意义调配

"日常生活"在今日文论界可谓焦点词汇,从理论上说,"新世纪中国文艺学美学范式的生活论转向"[①]至少跟以下因素的催动关系密切:宏大叙事的日益衰微,线性历史观的渐趋瓦解,反本质主义的逐步纵深化,消费社会的蓬勃发展,等等。正是这种大的时代氛围孕育出文学向多种维度敞开的可能,从而使得先前被部分遮蔽的日常生活得以展露风采。讨论日常生活话题时不应忽视它与文学的关系这个看似老生常谈的问题,因为唯有弄清该基本问题我们方能既深入明了文学又透彻理解日常生活。具体而言,它包括这样几个层面:日常生活要否进入文学,充当了怎样的角色,如何进入文学。

文学与日常生活之间其实早就如胶似漆,所谓"饥者歌其食,劳者歌其事",这脉传统一直绵亘不绝。即便如此,也不应

[①] 张未民:《想起一些与"生活"有关的短语和诗句》,见《文艺争鸣》2010年第5期"视点"。

想当然的以为所有的日常生活都能领到进入文学作品的凭证,那些有违"诗教"兴观群怨、事父事君①精神者首先就会被作家主动撵走,而少量幸存者往往以反面教材的面目成为后人的镜鉴。"文以载道"此刻是考量日常生活能否踏入文学的标准,到了现代中国"道"的内容又被不断更新,启蒙、救亡、民族、国家、革命、政治等等陆续进驻,日常生活虽然随之升沉起伏,乃至被限制到极为褊狭之范围——其中的差别只是在于谁的日常生活、哪一部分日常生活得以现身,但却从未于文学之中销声匿迹。因此,文学史可以证明如下结论并不夸张:文学从未能、也不可能离开日常生活。当然,不同文类对日常生活的吞吐量有很大差异。大致说来,诗歌此方面的能力就不如散文与戏剧,更远远不及小说。

一个眼神,一部手机,一盘青菜,一首情歌,一件上衣,一把躺椅,一阵思绪,一位陌生人,如此等等,这些日常生活在文学园地里普普通通。借用沃洛希诺夫的区分,这些带有种种属性的客体对象实际上都是"信号",而文学就是对它们进行反复认识并进行意义创造的"符号"。② 罗兰·巴尔特则将上述日常生活的信号称作"记号",他认为整个世界充满了这些看似自然的、意义相对稳固的记号,那么,当它们进入文学文本后必然会发生意义的相互联合、敌对与碰撞,对于作家来说

---

① 《论语·阳货》,见郭绍虞主编《中国历代文论选》(第1卷),上海:上海古籍出版社,2001年版,第17页。
② [英]雷蒙·威廉斯:《马克思主义与文学》,王尔勃、周莉译,郑州:河南大学出版社,2008年版,第40页。

给哪些日常生活颁发通行证就显得举足轻重,因为这关涉到文学之"意义的调配"。① 换言之,没有什么日常生活能够逃脱意义,我们生活的世界永不停歇的进行着意义的整合与搏斗,不过,很多时候这种运作都悄无声息、并不显山漏水,而文学则积极参与到这场调配意义的斗争中并将其中的刀光剑影凸显出来。既然文学是通过符号进行表意的行为,是借助语言对于日常现实的一种把握,那么,文学文本作为这种行为或把握之结果就不宜仅仅视为单纯的反映抑或表现社会现实——它们导向文学理论中颇有影响力的"表现主义":"或简单地呈现为'心理现实主义'或'个人经验'写作,或隐蔽地出现为自然主义与单纯现实主义(即所谓真实地表现所观察到的情境或事件)。"②当它们都醉心于静态的表现时,意义总是被生产出来的这一动态事实无形中就被搁置一旁。不言而喻,文学的意义生产决非孤立进行,而是处在由政治、经济、科技、历史、新闻、宗教等等所构成的日常话语光谱中且与其他话语有着千丝万缕的难解纠缠。而且,文学的意义生产必然依赖于已然成型的意义,进而在此基础上进行意义的重组与刷新。这种对文学的认识既可以打破那种以不变的概念套牢文学的本质主义企图,亦可祛除文学总是"苟日新,日日新,又日新"③以至于无法把握的相对主义隐忧。文学也正是在此

---

① [法]罗兰·巴尔特:《符号学历险》,李幼蒸译,北京:中国人民大学出版社,2008年版,第166页。
② [英]雷蒙·威廉斯:《马克思主义与文学》,第172页。
③ 《大学》,见朱熹《四书章句集注》,济南:齐鲁书社,1992年版,第3页。

意义上可被视作恒久与变化的结合体。

日常生活一般意味着碎片化,琐屑细节,私人经验,这些人所周知的不起眼现象一旦进驻文学就常常生发出不羁的能量。卢卡契曾不厌其烦的规劝作家,面对丰富的日常生活时一定要选择那些与本质相符的东西,要能够将所有的细节根据等级妥帖地安排在总体俯瞰下的各个方格之内。否则,"细节可能闪烁着最艳丽的光彩,但从整体来看,它却像污水泥潭一样——在暗淡之中存在着一种毫无生气的暗淡,纵然其组成部分呈现五光十色。"①对细节肥大症高调批判暗藏着棘手的忧愁,也从侧面默认了日常生活对整体不可小觑的冲击力。文学经常执着于从日常生活入手揭示它与宏大目标或叙事之间的差距,敦促人们在仰望星空之同时亦应放眼大地。回到中国文学史,丁玲的《在医院中》、王实味的《野百合花》等就是这类作品,但遗憾的是,日常生活的描绘给他们招来了火力猛烈的批判甚至灭顶之灾。因为其时对延安的主流叙述无疑是无数热血青年梦寐以求的革命圣地,这里的阶级兄弟们人人平等,沐浴在幸福与光明之中。而陆萍却以女性特有的敏锐感觉顽强的显示了日常生活的另一面:唯一藏身的窑洞是阴冷的、幽暗的,里面的白木桌与凳子都是残废的,晚上睡觉时竟还有老鼠在被子上跳过;延安的日常生活在王实味笔下则是吃得不够好、许多青年找不到爱人、生活枯燥无趣,而且,这

---

① [匈]卢卡契:《卢卡契文学论文集》(二),北京:中国社会科学出版社,1981年版,第18页。

里的衣食住都分三等。毛泽东高屋建瓴的将此类问题纳入人民群众与黑暗势力、歌颂与暴露、光明与黑暗、资产阶级文艺家与无产阶级文艺家等关系项的二元对立图谱中,并严厉质问"对于人民,这个人类世界历史的创造者,为什么不应该歌颂呢?无产阶级,共产党,新民主主义,社会主义,为什么不应该歌颂呢?也有这样的一种人,他们对于人民的事业并无热情,对于无产阶级及其先锋队的战斗和胜利,抱着冷眼旁观的态度,他们所感到兴趣而要不疲倦地歌颂的只有他自己,或者加上他所经营的小集团里的几个角色。这种小资产阶级的个人主义者,当然不愿意歌颂革命人民的功德,鼓舞革命人民的斗争勇气和胜利信心。这样的人不过是革命队伍中的蠹虫,革命人民实在不需要这样的'歌者'。"① 显然,丁玲、王实味们类似的日常生活在上述逻辑下自然难以立足,它被与"小资"直接挂钩而成了人们唯恐避之不及的禁忌;不仅如此,这种逻辑很大程度上还主导了此后几十年间的中国文艺界,直至拨乱反正后它才被邓小平予以彻底纠正。曾经屡遭批判的一批作品随之如鲜花般再度重放,曾被苛刻限制的日常生活也向文学再度敞开了大门。

真正负责的文学并非随波逐流、跟在其他学科后头人云亦云,毋宁说,它热衷于以日常生活为突破口扮演着一个不合时宜的角色:当经济不发达、人民生活水平亟需提高时,文学

---

① 毛泽东:《在延安文艺座谈会上的讲话》,《解放日报》1943 年 10 月 19 日。

展示的是对商品经济下日常生活的美丽想往;当商品经济已经降临时,文学却又通过日常生活揭示出它对世人精神道德的不良侵蚀;当全社会都在铆足了劲儿追求高效率时,文学又借由小人物的日常悲欢呼吁公平与正义……或勇立潮头振臂一呼,或居于马后冷静反思,不管怎样,文学始终急切的努力提醒人们注目那些易于被忽视的一面。或许,这就是何以尽管我们从未在日常生活之外,但文学却每每示人以"生活在别处"之感觉。因此,处理日常生活的能力,或者说将日常生活置于怎样的意义之网中进行调配的本领,就成为鉴别优秀作家的因素之一。鲁迅的很多作品在这方面堪称典范:当青年女性勇敢地冲决封建伦理的束缚、争取自由的爱情婚姻在"五四"时代蔚为风潮时,《伤逝》则着眼于子君与涓生的激烈爱情如何被柴米油盐酱醋茶的日常生活一点点消磨殆尽,爱情要否有所附丽、娜拉出走之后怎么办就成了读者面前无以回避的问题;而《阿Q正传》中则展示了阿Q对造反后自己日常生活的想象——元宝,洋钱,洋纱衫,秀才娘子的宁式床,钱家或赵家的桌椅,盘算赵司晨的妹子、邹七嫂的女儿、假洋鬼子的老婆、秀才的老婆、吴妈这些女人自己最中意哪一个等,轰轰烈烈的辛亥革命与底层民众的脱节于此可见一斑。处理日常生活的才能不仅可以彰显于整体,亦可体现在局部。譬如,李安执导的电影《卧虎藏龙》中有一个细节就很出彩:满怀憧憬闯荡江湖的玉娇龙在一饭馆点菜,花雕蒸鳜鱼、干炸头号里脊、溜丸子、翅子白菜汤、二两玫瑰露——报过后,莫名其妙的店小二说这得大馆子才有,而没明白过来的她竟还催促小二快点去。那随口报出的美味珍馐早已成为这位千金小姐的日常生活,但这种日常却与深宫大院之外更为丰富的日常生活太过隔膜,这多少表征着她虽步入江湖而根本不知江湖之复杂诡谲,所以也就难以明白一代大侠李慕白为何会有归隐江湖之举。因此,点菜这一日常生活的局部顺利铆进了新江湖与老江湖之间充满张力的意义生产链。

多数时候,日常生活看起来不仅其貌不扬,而且透着一股熟悉的平庸,好像再难惊起些微之波澜。来自社会学家的洞察告诉我们,这是因为"在日常生活中,社会行动者借以建构社会世界的分类操作,倾向于在分类操作产生的社会单位中实现,让人忘记了其本来面目,这些社会单位,即家庭、部落、地区、国家,具有事物的所有表象。"① 就是说,已有的诸种社会单位与分类操作持续地"自动化"我们的意识,使之形成对现有日常自然而然之印象。与布迪厄的上述判断英雄所见略同,什克洛夫斯基指出动作如果成为习惯就会自动完成并进入无意识的自动化领域,如此以来日常语言中的词语就不会被全部听见,我们周边的事物渐渐枯萎,自动化蹑手蹑脚地吞没了我们的生活。布迪厄认为打破自动化必须要靠"历史批评"这个反思性的主要武器,而什克洛夫斯基则信心十足的在《作为手法的艺术》这篇名文中开出了艺术的方子:"正是为了恢复对生活的体验,感觉到事物的存在,为了

---

① [法]皮埃尔·布迪厄:《帕斯卡尔式的沉思》,刘晖译,北京:生活·读书·新知三联书店,2009年版,第215页。

使石头成其为石头，才存在所谓的艺术。艺术的目的是为了把事物提供为一种可观可感之物，而不是可认知之物。艺术的手法是将事物'奇异化'的手法，是把形式艰深化，从而增加感受的难度和实践的手法。"①"奇异化"或"陌生化"有多样的方式，但归结到一点即是形式系统受到了前所未有的重视，此即起初被贬称的"形式主义"。它宣称艺术就是对事物的制作进行体验的一种方式，而制作的结果相比之下倒显得不那么重要。这实际上在大力强调文学的表意过程，提醒人们更多的关注文学手法如何把琐碎的日常生活重新排列组合，如何把它们有序的纳入文本的符号系统之中，形式化是怎样一步步得以实现的，意义的生产或调配又是怎么完成的。不难看出，形式主义文论有力的摧垮了那种认为文学就是对现实生活的消极、被动、机械反映的偏见，雷蒙·威廉斯将此誉为形式主义的最大贡献。在这个意义上，成为一名作家就决非易事，它不是将日常生活随随便便捣鼓在一起就能万事大吉，而是需要出色的形式化能力。这又是一个衡量优秀作家的标准，伟大的作家在这方面提供了不胜枚举之例证。譬如，在什克洛夫斯基看来，列·托尔斯泰《可耻》中对鞭笞概念的诠释、《霍尔斯托密尔》中通过一匹马的眼光来讲述私有制、《战争与和平》中对所有战斗的描写、《复活》中对城市与法庭的描绘、《克莱采奏鸣曲》对婚姻的认识等等都凸

---

① ［苏］维·什克洛夫斯基：《散文理论》，刘宗次译，南昌：百花洲文艺出版社，1994年版，第10页。

现了其杰出的陌生化叙述方式。

在如此的背景下重提20世纪90年代文坛盛行一时的"新写实主义"应该不无裨益,它与日常生活那么的亲密无间,以至于有批评家断定新写实是原色原汁原味的并达到了毛茸茸的程度。当新写实主义津津有味于记录庸常的现实生活时,叙事这个问题根本就不在其视野之内。忽视叙事的结果是很多新写实主义小说就如同记流水账一般,语言松松垮垮、絮絮叨叨。另一方面,尽管新写实小说中的小人物及平庸现实确能体现出生命之坚韧及世俗生活之乐趣,但作家不应在此停步、不能将审美与平庸的抗争忘之脑后:"对于新写实说来,反抗平庸并不是体现为一种训诫式的呼吁,甚至也不是增添一两个出类拔萃的男子汉或者设计一个充满诗意的结局——它应当是一种艺术的反抗。作家应当体会到艺术形式——真正的艺术形式——所内蕴的超越功能与净化功能,让人们在强烈的审美经验中深深感到日常经验所包括的平庸与难以忍受"。[①] 南帆谆谆告诫作家理应注重艺术形式、审美经验抗击平庸日常的功用,今天来看,他对新写实主义小说的批评依然有很强的警示意义:真正优秀的小说家不可能对艺术形式懵然无知、对叙事技巧漠然相向。究竟是三流作家的拙劣码字还是文坛大家的呕心之作,艺术形式之掌控水准尤其是叙事能力之强弱、叙事话语是否营造了一个超越庸常的美学空间毫无疑问是重要的权衡指标。法国哲学家德勒兹也

---

① 南帆:《文学的维度》,北京:中国人民大学出版社,2009年版,第152页。

曾批评那些沦为日常生活记录的作品,当作家们以为"每个人的家庭或职业似乎都是一部小说"时,这遗忘了"无论对谁,文学都意味着一种特殊的研究,一种特殊的能力,一种特殊的创作意念,这些只能在文学本身中完成"。① 虽然他并未明言"特殊"的含义,但可以推测,"形式化"是其中的重要组成部分。

现今的日常生活似乎已不容乐观,不少作家或理论家都表达了他们这方面睿智的发现:卡夫卡《城堡》的日常生活陷入了官僚体制的网络迷宫中;而韦伯干脆就把现代的日常生活看成一个铁笼子;德波认为技术不单极为明显地改变了日常生活,而且它"倾向于降低人们的独立性和创造性",生活于是"减变为一种与稳定的重复性景观的义不容辞的消费密切结合的纯粹的重复性琐事"②;拉什与卢瑞则提出"在全球文化工业兴起的时代,一度作为表征的文化开始统治经济和日常生活,文化被'物化'(thingified)"③,等等。日常生活危机四伏之时,文学能够做些什么?其救赎之道仍然是撷取日常生活之中光怪陆离的流俗经验,并将这些感官的、身体的经验予以形式化、审美化,以此来刺破重重包裹日常生活的坚硬外壳。正因如此,伊格尔顿才盛赞审美之维乃"扮演着真正的解

---

① [法]吉尔·德勒兹:《哲学与权力的谈判——德勒兹访谈录》,刘汉全译,北京:商务印书馆,2000年版,第148页。
② [法]居伊·德波《景观社会》,王昭凤译,南京:南京大学出版社,2007年第2版,第136页。
③ [英]拉什、卢瑞:《全球文化工业:物的媒介化》,要新乐译,北京:中国社会科学出版社,2010年版,第7页。

放力量的角色",尽管审美亦预示了内化压抑之另一面。①

---

① ［英］特里·伊格尔顿:《美学意识形态》,王杰等译,桂林:广西师范大学出版社,1997年版,第16页。

意义生产、文学话语及历史结构

一

花草树木,高楼大厦,车水马龙,衣着服饰,如此等等,环顾四周容易发现,物质世界已将我们重重包围,人类的物质生产日新月异。另一方面,不易察觉的是我们还身陷纵横交错的意义之网:花草树木装点了城市的生态,高楼大厦、车水马龙炫耀着都市的繁华,而衣着服饰则代表了个人的品味。当然,这里肯定还有用别的语汇给出另外意义的可能,但无论怎样,"在我们的社会中,一般来说,不存在这样的物体,它最终不提供任何意义,或对我们在其中生存的物体之重要代码不进行整合",因为意义生产的触角无孔不入,"意义永远、处处穿越人和物体",①零度

---

① [法]罗兰·巴尔特:《物体语义学》,收入《符号学历险》,李幼蒸译,北京:中国人民大学出版社,2008年版,第196—197页。

意义的情形根本不存在,没有什么能逃脱意义的纠缠。"仓廪实而知礼节,衣食足而知荣辱",显然,物质生产为意义生产提供了必要的物质前提与保障,但这绝非意味着意义生产就一定会蹒跚其后,有些时候意义生产甚至可以主导、决定物质生产的方向。形容物质生产时,"进步"常常是挂在人们嘴边的词儿,从口耳相传到手机微博,从徒步而行到飞机动车,无论是信息传播还是交通工具的变迁都做出了有力的证明。然而,转向意义生产的话题,"进步"一词多少有些无所适从,面对《诗经》、李白、《红楼梦》,当代的文学作品又怎能底气十足地将它们摔在身后?而且,这种线性的进步思想既低估了意义血脉相传、回旋往复、分叉变异的强大能力,也忽略了在共时的结构中意义生产的不同类别各自究竟扮演了怎样的角色。换言之,应对意义生产的复杂性有充分的思想认识。

不可否认,动物世界中也有较为复杂的信号系统,有些经过驯化后的动物甚至能对信号做出极为灵敏的反应,不过,这终究属于条件反射,因为"信号是物理的存在世界之一部分;符号则是人类的意义世界之一部分",而后者的"普遍性、有效性和全面适用性,成了打开特殊的人类世界——人类文化世界大门的开门秘诀"。[①] 也正是在符号通向人类文化之途这个层面上,卡西尔将人定义为一种符号的动物。阴晴圆缺,干湿旱涝,其他动物唯有听天由命,而人类却会拿起手中的符号

---

① [德]恩斯特·卡西尔:《人论》,甘阳译,上海:上海译文出版社,2003年版,第50、56页。

试图解释并改变以合乎自己的意愿。于是,春旱求雨不仅须有设坛祭拜的繁文缛节,而且要禁止男子入市以开阴闭阳,同理,淫雨霏霏、连月不开之时则要禁止妇人入市以开阳闭阴、阖水开火。① 与今天的卫星云图精确地预报天气相比,这种祈雨、止雨的方式带有强烈的原始宗教色彩,也鲜明地烙上了那一特定时代意义生产的印痕。意义生产的变迁积聚成了文化——"一种在我们每个人身上都起作用的普遍的主体性",②反过来也可以说,我们的行为举止粘带着或隐或显的意义,同时也表征着人类文明的进程。而今我们习以为常的诸多事情其实都是社会长期发展的结果,一套价值体系的复杂符码也自然被镌刻其上,譬如:不狼吞虎咽,不随地吐痰,不在公共场所赤身露体,③父母官,青天大老爷,夫唱妇随,男主外女主内等等。意义不仅是文化赋予的产物,意义还被文化装扮成从来如此的样子,在这种从文化到自然的转化的过程中意识形态担当着幕后主使。为了更好地理解意义,至少我们应该对上述意义如何配置——自然化何以形成、是否合理、可否改善等——做到心中有数,否则就很有可能在不知不觉中加入无知盲从的队伍而浑浑噩噩甚至被人牵着鼻子走。在对符号进行分析之前,我们就已经接受了由一整套固定的惯

---

① 详见[汉]董仲舒:《春秋繁露·天人三策》,长沙:岳麓书社,1997年版,第270—277页。

② [英]特瑞·伊格尔顿:《文化的观念》,方杰译,南京:南京大学出版社,2003年版,第9页。

③ 参看[德]诺贝特·埃利亚斯:《文明的进程:文明的社会起源和心理起源的研究》,王佩莉、袁志英译,上海:上海译文出版社,2009年版。

习组成的参考系,因此,不可能不使用任何符号来分析现有的符号系统,"我们自身以外并无阿基米德支点可供我们立足以获得批判的立场,让我们仅通过外部审视便可以观察和分析我们所思所信的一切"。① 不应误解的是,身在符号之中并非意味着意义生产者的手脚被完全困住,无法发挥主体能动性对符号进行自由的评判。

符号多种多样,影像、音乐、绘画、雕塑、标记、眼神、手势、暗语等等,而语言无疑是其中最为关键的部分:"人类语言不仅是意义的模式,更是意义的基石"。② 语言,确切地说是语言在社会语境中采取的话语形式,在为意义的生产冲锋陷阵。巴特曾以时装为例精彩地剖析过语言如何在服装与消费者之间编织出意象的、意义的迷人面纱,从而激起购买的欲望。去除基本的蔽体功能这个相同点及质地的悬殊,那些昂贵的时装究竟比普通的衣服多出了什么?其实,没有话语就绝不会有意义的流行,与其说精明的商家出售的是真实的服装,毋宁说是巧妙包装后的意义。任何不称职的或愚蠢得不可救药的人都看不见皇帝的新衣服,为人熟知的童话故事中两个骗子胆敢让一国之君在众目睽睽之下裸体而行,手里的筹码无非是巧舌如簧勾勒出的那一神话,这简直称得上是意义的一场巨赌。意义在骗子的导演下盛装登场,它还暗

---

① [英]以赛亚·伯林:《现实感:观念及其历史研究》,潘荣荣、林茂译,南京:译林出版社,2004年版,第17页。
② [法]罗兰·巴特:《流行体系:符号学与服饰符码》,敖军译,上海:上海人民出版社,2000年版,第3页。

示了下述颇具挑战性的理念:"我们认为真实的东西是一种虚构,它尤其是通过我们为了给它取名从社会世界那儿接受的词汇构建而成的。"①也即是说,所谓的真实不过是词汇的建构、现实的编码,语言无法牢牢抓住事物最为本真的一面、最为本质的内容,相反,可以根据需要来借助语言对事物进行多重的描绘,"横看成岭侧成峰,远近高低各不同",这些描绘哪一个也不会比其他更为靠近庐山的真面。如此以来,那种以为语言或文本"可以直接反映物质或社会世界的现实主义假象"②最终被识破,一度趾高气扬的现实主义不得不黯然面对威信扫地的尴尬,也不得不无奈地为其他流派让出前行的大道。于是,文学、文化乃至整个世界不再沿着现实主义-唯物主义/反现实主义-唯心主义的二元阵营展开无谓的搏杀,世界只有经过语言的转化才能获得存在的体系成了备受关注的话题,巴特正是基于这一点才反问书写服装不同样也是一种文学吗。从逆向来看,当现实遭遇语言时,容易发生的偏颇是现实的语言建构被过度追捧,譬如"科学家发明了各种体系,哲学家按人为的模式梳理现实,他们对现实视若无睹,一心营造空中楼阁",结果必然是"无视生命世界丰富的多样性和人们多姿多彩的内心生活"。③ 就是说,一味

---

① [法]皮埃尔·布尔迪厄:《实践理性:关于行为理论》,谭立德译,北京:生活·读书·新知三联书店,2007年版,第113页。
② [美]安敏成:《现实主义的限制:革命时代的中国小说》,姜涛译,南京:江苏人民出版社,2011年版,第4页。
③ [英]伯林:《反潮流:观念史论文集》,冯克利译,南京:译林出版社,2002年版,第9页。

地渴求建造意义的金字塔反而会与日常生活的距离渐行渐远,仰望星空的执着阻碍了拥抱大地的生机,宏大的概念割除了四处蔓延的枝节。要而言之,如何认识语言决定着怎样进行意义再生产,而语言学转向带来的是意义生产从封闭到开放,自单一而繁多,由一元独尊至百花齐放,几番躁动过后迎来了喧哗众声。

巴特在谈及流行服装组合时还告诫说:没有什么意义可以放之四海而皆准,也没有什么意义能够永恒不变,今天被时间排除在外的组合说不定明天就可以卷土重来。意义在制造、规训及惩罚的机制、过程中不断地增生、积淀、稳固、动摇、失落、冲突。这里涉及了意义与结构、意义与历史、意义与权力之间的多维关系,很多时候集结为普遍主义与相对主义的反复较量。首先,应该拒绝那种"对于达到普遍性的条件闭口不谈、坚持一种抽象的普遍主义的人——这些在性别、种族或社会地位方面享有特权的人,把持着对获得普遍性的条件的一种事实上的垄断,此外他们自己承认他们垄断的合法性"。就是说,这种抽象的普遍性往往扮出一副天生如此的模样,而实际上却居心叵测地为已定的意义秩序百般辩护,同时对其他顺应社会历史的一切本位主义呼吁不闻不问或尽情拖延。可想而知,无论在国家之间还是在国家内部,此时此刻的普遍主义都是主流意识形态的一员悍将。反对抽象普遍主义的故弄玄虚不是要将其全盘丢弃,而是"要为了达到普遍性的条件之普遍获得这个真正人道主义的首要目标而斗争",同时拒绝那种"犬儒主义的和看破红尘的相对主义"——它放弃了对任何普遍真理和价值的承认,"是在一种更危险的意义上原样接受事物的方式"。① 也即是说,不是用相对主义来饮鸩止渴式地抚慰无法与强大的抽象普遍主义进行协商、对抗而滋生的难言哀愁,而是力争把抽象的普遍性真正落到实处,力争在展示普遍性的条件之后使更多的男男女女能够分享这一条件。意义生产在这里就不仅仅是纸面上的词语游戏,它还是一种切切实实的参与及行动。另外,相对主义反对不变的本质性意义也并非那种为人恐惧的无所不可,因为特定的历史语境、意义结构早已夯定了意义生产的栅栏。如果没有这道最后的屏障,那么,"被薛荔兮带女萝"、"被石兰兮带杜衡",喜欢拈花惹草的诗人屈原是不是有些女里女气?而"愿为西南风,长逝入君怀"不也流露出曹植的同性恋倾向吗?显然,这样的阐释就把中国文学"香草美人"的传统丢于脑后,没有任何的历史感。

二

按照马克思的上层建筑理论,社会秩序的维系不是也不能只靠军队、法庭、监狱等强制性国家机器,还需要更高地悬浮于空中的思想领域把硬性的制度予以柔化,特别是要以审美

---

① [法]布尔迪厄:《帕斯卡尔的沉思》,刘晖译,北京:生活·读书·新知三联书店,2009年版,第73—74页。

的细腻法则来雕凿肉体。伊格尔顿认为审美生产的意义"奠定了社会关系的基础,它是人类团结的基础",①由此说来,美学意识形态的力量的确不容小视,所以,谈及如何了解某个时代的思想状况、意义生产时,托多洛夫断言,除了政治、哲学、伦理学、回忆录、编年史等以外,"常常是文学作品最能表现一个时代意识形态的丰富多彩画卷,我们从其他方面所获的教益总没有从文学上得到的重要"。②但"什么是文学"并非一个理所当然的问题,正如托多洛夫提议的那样,"必须一开始就对文学概念的合法性提出怀疑"。③ 首先,现代意义上的"文学"不是自古就有的,literature 在西方也不过几百年的历史,而它辗转日本来到中国的时间则更短。从先秦的"文章博学"到两汉的文章(文)、文学(学)之分再到近代以来接受西方文学思潮冲击后新文学的诞生,这是一个漫长的过程。文学概念的现代性转换与文学学科的确立密切关联,而作为学科的文学必然要划定自己的地盘、清理自己的谱系,进行追溯性的确认与命名,从而建构出完整的文学史脉络。与文学并立的其他学科也是如此,所以,文史哲不分时期的一些典籍——譬如《论语》、《老子》、《庄子》、《史记》等——在不同学科那里都有席位就不值得大惊小怪。其次,没有什么自然的属性可以把非文学轻

---

① [英]特里·伊格尔顿:《美学意识形态》,王杰等译,桂林:广西师范大学出版社,1997年版,第13页。

② [法]托多洛夫:《批评的批评:教育小说》,王东亮、王晨阳译,北京:生活·读书·新知三联书店,2002年2版,第154页。

③ [法]托多洛夫:《巴赫金、对话理论及其他》,天津:百花文艺出版社,2001年版,第5页。

易地拦在文学门外,特定的社会与文化之中文学以其承担的结构性功能而得以被识别,但文学名下的所有组成部分并没有共同的不变本质,文学话语不是同质性的存在。或许,这就是保尔·贝尼舒不赞成定义文学的根本缘由,他担心的是"所有的定义都有背离它所定义对象的危险"。① 而伊瑟尔对现象学、阐释学、格式塔、符号学、精神分析、解构主义、人类学等文学研究方法逐一考察后也得出了相似的结论,因为多元的理论视角说明了艺术的多面性,因此,"实际中并不存在对艺术的最终界定","现在给艺术下一个本体论的定义是不可能的"。② 从对艺术先在本质苦心孤诣的埋头追索到对艺术功用的多样化探索,现代美学与传统美学正是在这里扬镳分道。毋庸置疑,本质主义遭到的致命打击还是来自历史化:"历史主义的顽强关注将获得对超历史性逻辑出现的历史条件的准确认识,例如艺术的或科学的历史条件;这种关注产生的结果,首先是对本质盲目崇拜——如对文学、诗歌或另一个领域里,数学等——的柏拉图倾向批判的话语从中清除掉。"③换言之,历史语境将揭示所谓超历史的普遍性是如何炼成的,凸显文学所处空间中的诸多关系力量,在作家、作品、读者与社会的相互关系中理解文学的恒定与流动。

---

① 参看[法]托多洛夫:《批评的批评:教育小说》,王东亮、王晨阳译,北京:生活·读书·新知三联书店,2002年2版,第145页。
② [德]沃尔夫冈·伊瑟尔:《怎样做理论》,朱刚等译,南京:南京大学出版社,2008年版,第192页。
③ [法]皮埃尔·布尔迪厄:《实践理性:关于行为理论》,谭立德译,北京:生活·读书·新知三联书店,2007年版,第61页。

在现代的文学框架中,有中国文学源头之誉的《诗经》可以算得上是"纯文学"了,然而,回到春秋时期,《诗》与政治的关系极为密切:这不仅由于文艺被视为政治的风向标——《左传》襄公二十九年季札观乐时的现场点评为此留下了生动的写照,更因为文艺在政治及外交活动中扮演的角色举足轻重——《左传》中有许多公卿大夫"朝会聘宴"时引用《诗》以畅其旨的记载,假如赋诗不当就会影响诸侯国之间的关系。《诗》还不止是在地位尊崇者及重大事件那里受到青睐,它在地位低贱者及繁琐小事那儿同样频频亮相,因此,清人劳孝舆《春秋诗话》认为《诗》当时应为家弦户诵之书。这一点从《论语》中也可得到力证,譬如《季氏》篇说"不学诗,无以言",而《子路》篇则说"诵诗三百,授之以政,不达;使于四方,不能专对;虽多,亦奚以为!"可以看出,《诗》在春秋时代的意义系统中占据着中心地位,堪称意义生产的标准样本及百科全书。"诗三百,一言以蔽之,诗无邪",这是圣人定下的基调,但这一总体性判词依然无法保证其中的意义潜能全都会对意识形态俯首帖耳。更广泛地说,"文学文本并不是简单地或被动地'表达'或反映它们所处的特定的时间和地点的意识形态,相反,它们是充满了冲突和差异的场域,在这个场域中,价值和前提、信仰和偏见、知识和社会结构既得到了表征,同时也在这个表征过程中被变形。"①关键问题是,作为意识形态的构

---

① [英]安德鲁·本尼特、尼古拉·罗伊尔:《关键词:文学、批评与理论导论》,汪正龙、李永新译,桂林:广西师范大学出版社,2007年版,第170页。

成部分,文学话语拿什么在意识形态大厦内撬开裂隙?

其一,与整体相对的个体。作为个人,每一个"自我"都必然被吸纳进各式各样的"我们"之中,哪怕是大街上行色匆匆、擦肩而过的陌生人,都被由财富链、工作链或欲望链、情感链组成的隐蔽整体所控制。"众多人的需求和意图的彼此交织,使得它们中的任何个人都置身于各种绝不出自他们本意的强制机制中。单个人被束缚在社会的织体中,他们的业绩和劳作总是一再表现出一种事先不曾料到的样态。于是,当人们面对自己的行为所产生的结果时……目瞪口呆于历史洪流的改向与变迁——他们组成了它,却无法支配它。"① 也就是说,如果社会历史是一个整体的话,那么,个人尽管携带着自己的计划参与其中,但从根本上说却对整体的走向无能为力,最终结果是这个整体机制内部千头万绪的力量相互联合、冲突、抵消、叠加后的合力。因此,认识整体尤其是处于进行时状态的整体也只能在无限接近中不断增加清晰度,仅靠国家、民族、阶级等类似的大概念远远不够——"这种考察无法进入阶级内部或者国家内部,无法与每一个社会成员的生活气氛与复杂的感受对话"②,还必须有活生生的个人体验,而且,往往是这些体验提供了更为真实的历史面貌、更为独特的意义面向。譬如,汉高祖还乡,老百姓列队恭迎、齐呼万岁,多数时候这应该是史家的笔法,而睢景臣的套曲

---

① [德]诺贝特·埃利亚斯:《个体的社会》,翟三江、陆兴华译,南京:译林出版社,2009年版,第65页。
② 南帆:《经验、理论谱系与新型的可能》,《文艺争鸣》,2011年第13期,第81页。

则从一个知根知底的乡人视角切入,展示了发迹前的刘三"春采了桑,冬借了俺粟,零支了米麦无重数"的行径,通过个体的人生经验嘲弄了威严的皇权。其二,与叙述相对的描写。叙述与描写不止是一个创作方法问题,卢卡契还将它们上升到作家世界观的高度,并与抗争与屈服这两种对待社会现实的态度分别挂钩。具体说来,对他而言,唯有叙述才能"分清主次",才能选择那些具有本质性的事物,展现出事物的必然性、一定的阶级倾向、思想与历史的潮流等,从而让读者对人物、事件的命运及结局一清二楚。相比之下,描写则沉溺于"抹煞差别"的偶然细节中,在琐碎的个人欲望、细节的纠葛中迷失自我,细节大摇大摆地闹起了情绪,脱离了人物的命运,导致结构破裂、整体不再成其为整体。[①] 问题是,什么是事物的本质?不能表现本质的细节又算什么?世界的方向又在哪里?能够准确逆料吗?一系列疑问的浮现为先前遭受压制或压抑的细节洪流铺平了解放的道路。这里的范式转换"并非是一场仅仅针对主导叙事或艺术形式的攻击,而是针对主流社会话语的攻击"。[②] 众所周知,总体论的图像破碎以后,上述对历史进步与认知确定性信心满满的思维方式也迅速失去声望。一旦不再被绑缚于大叙事的战车之上,文学便拥有了亲密接触庞杂细节的机会,文学的意义生产也从中不断汲取感性的能量并进行持久而曲折的突围。

---

① [匈]卢卡契:《叙述与描写》,刘半九译,见《卢卡契文学论文集》(一),北京:中国社会科学出版社,1980年版,第56—61页。
② 爱德华·多克斯:《后现代主义的死亡》,译科译,《国外社会科学文摘》,2012年第1期,第57页。

其三,与抽象相对的想象。意识形态是经过多次重复后趋于稳固的东西,因此,批评一种意识形态的常见方式是宣扬另一种意识形态,但它的缺陷在于"论述有余,审美保护不足"。文学实际上是一种审美的替代,它借助无羁的想象"提供一种间接的和可递送的话语的规则",改变政治理论"不对其问题做任何的形象预示"的状况。① 如果没有足够的审美中和,文学作品对既有意识形态的挑战就很容易陷入纳博科夫所言的话题垃圾中而变得枯燥无味。譬如,《红楼梦》第一回中假借石头与空空道人对话的形式对几种积弊已久的文学套路提出了严厉批评:"历来野史,或讪谤君相,或贬人妻女,奸淫凶恶,不可胜数。更有一种风月笔墨,其淫秽污臭,涂毒笔墨,坏人子弟,又不可胜数;至若佳人才子等书,则又千部共出一套。"②这几句简短的理论性探讨在其时称得上空谷足音,也足以使曹雪芹留名于中国文学批评史,但如果仅此而没有那些个女子或情或痴、离合悲欢的兴衰际遇,《红楼梦》所生产的不事科举等叛逆性意义就不会那么的撄动人心、引起那么广泛的共鸣以至于被清廷列为"诲淫"的禁书。总之,文学的批判必须"通过语言、感知和理解的重组"进行审美变形、审美升华,形成一个相对自足的美学世界,在"让人们去感受一个世界"的过程中"重新解放感性、想像和理性"。③

---

① [法]罗兰·巴特:《罗兰·巴特自述》,怀宇译,天津:百花文艺出版社,2006年版,第62页、36页。
② 曹雪芹、高鹗:《红楼梦》,北京:人民文学出版社,2000年版,第4页。
③ [美]赫伯特·马尔库塞:《审美之维》,李小兵译,桂林:广西师范大学出版社,2001年版,第196—197页。

三

托夫勒曾将人类社会的演进分作农业、工业与信息化三个阶段,信息化成为人类文明的"第三次浪潮",而其他学者也有对当今社会的类似描述,诸如电子纪元、网络社会、地球村、后工业社会、消费时代、读图时代等等。这些名异而实同的概括都显示出意义生产方式的巨大变迁,它表现在媒介、主体、类型、内容等相互关联的几个方面。无远弗届,大众传媒可以使天涯海角的人们共同经历某些仪式性的媒体事件,也能把一地的信息瞬间传遍全球的每一个角落。万维网技术的进步不仅让信息的接收变得异常快捷,同时也使信息的发送在轻击键盘中完成,受众不只是一个信息容器等待被动地注入,还是意义的积极生产者。"技术领域的改变与意识形态领域的改变相辅相成,而人们已不再对权威怀有敬意。这意味着透明度的大幅度增加。在可预见的未来我们将无法再回到过去的那个不透明的世界之中。"[①]这就为意义的生产打开了越来越宽阔的空间,从而也使得意义生产的类型与内容变得越加丰富多彩。从构成上看,既有官方的,又有民间的;既有知识精英的,又有市场大众的;既有传统的,又有现代的及后现代

---

① [英]基隆·奥哈拉、奈杰尔·沙德博尔特:《咖啡机中的间谍:个人隐私的终结》,毕小青译,北京:生活·读书·新知三联书店,2011年版,第209页。

的；既有严肃的，又有娱乐的、搞笑的；既有政治的财经的，也有科技的、时尚的、体育的，如此等等。这些因素相互间或联合、或对立、或妥协、或交融，呈现出驳杂多元的样式。问题是，在这个繁复的意义生产网络中，文学的位置在哪里？文学的意义是什么？谈及这些时首先无法绕过去一种颇为流行的哀叹——文学的边缘化，这里隐含的比较对象是近代以来文学在启蒙与救亡及再启蒙过程中发挥的重要作用。需要明白的是，文学可以登高一呼、天下云集响应是那一特定历史结构赋予的使命，而当这一结构受到新的历史因素冲击并重新组合后，文学也就必须对自我进行重新定位以顺应结构的要求。也就是说，文学之前的显要位置并非一直如此、当然也并非不变的永恒之物，这样看来，应该做的就不是面对所谓的边缘化怨天尤人，而是认真探求并履行文学的特殊职责。试着想想，讯息如此发达的年代，文学如果与其他海量的信息神态毕肖，它还会有任何存在的必要吗？

"文学从来不是一个孤独的话语类型默默地生长、发育和衰败；文学的意义展示形式通常由某一个时期的历史文化整体给予核准。文学始终跻身于宗教、历史、艺术、哲学，跻身于政治、经济、法律、科学——众多话语类型分别为文学意义的生产、消费以及接受带来举足轻重的影响。换一句话说，文学的活动区域即是来自符号秩序的总体规定。"①文学

---

① 南帆：《意义生产、符号秩序与文学的突围》，《文艺理论研究》，2010 年第 3 期，第 8 页。

的意义在于社会话语光谱中的区别性承担,这种互生关系的整个基础的确显得流动不居,没有一个固定的支点使一系列可以预期或推导的特征围绕它旋转起来,因为它不是从一个主根上繁衍出其他的那些小根,而是如块茎一般交错生长出"千座高原",文学只是其中的一座"高原"。具体而言,处身于林立的学科之中,文学的区别性意义体现在对日常生活的不同处理上。无论是政治话语中的"菜篮子"问题,经济话语中的通货膨胀率,统计学话语中的 CPI 走势,法律话语中的"清网行动",科技话语中的技术进步,传媒话语中的天气、出行信息,等等,它们都与日常生活有着千丝万缕的瓜葛。但相比之下,政治话语不关注某个饭桌上的饭菜是否可口,经济话语不去问股票市场的涨跌究竟与张三、李四的彻夜难眠或欣喜若狂有什么关系,统计学话语也不管物价飞涨在他们生活中引发了怎样的家庭纠纷,法律话语在为普通民众保驾护航时也不去关心那些受惠者姓甚名谁,科技话语不谈技术创新使消费者手机落伍带来的身份焦虑,传媒话语不涉及信息在受众内心搅动了怎样的波澜。与文学话语比较起来,它们对日常生活的关注有如下不同:是宏观还是微观?是理论的还是实践的?是抽象的还是具体的?是间接的还是直接的?是偶尔的还是经常的?是浅尝辄止还是深入开掘?使用的单位大还是小?显示的结果粗糙还是精细?纹理或像素高还是低?是整体的骨骼还是细部的血肉?是冰冷的数字还是温热的细节?是大致的把握还是清晰的审视?追求的目标是巩固已有的结论还是给出新的经验或暗示新的可能？夫妻拌嘴,天伦之乐,家长里短,小道消息,鸡零狗碎,世间百态,文学乐于在一丈之内流连忘返,似乎很没出息,然而,这丝毫也不意味着此刻的文学不能接续重大的主题。因为"所谓的重大事件必将融入日常生活,分解至众多个体,甚至交付每一个人承担,继而派生出无数的恩怨情仇。这即是文学分享历史主题的方式。某些时候,文学显示的是日常生活如何承接历史主题的重量;另一些时候,文学显示的是日常生活如何成为历史主题的策源地。"① 也即是说,文学热衷的日常经验将跟那些宏大的主题相遇、相合、相悖、对撞、交锋,展示大问题如何进入庸常的生活、经受了怎样的变异、又滋生出何种出人意料的局面;另一方面,日常的细节也会日积月累、物以类聚、积蓄能量,最终酝酿为喷薄而出的重要问题并成为万众瞩目的焦点。

日常生活说到底还是与历史、现实丝丝相扣的人生经验,发现并撷取这些经验的文学将是整个社会肌体中的神经或动脉,关键在于文学要有真正的发现——"一个传媒、资讯和理论观念空前发达的时代,没有任何发现的文学必定将迅速边缘化"。② 也可以说,文学边缘化的原因固然有其他传媒的强力竞争,但归根结底还是未能凸显自己的独特价值。特纳在批评电影产业趋于消亡论时指出:"电影仍旧为观众提供了各

---

① 南帆:《文学性、文化先锋与日常生活》,《当代作家评论》,2010 年第 2 期,第 6 页。
② 南帆:《夸张的效果》,收入《华丽的枷锁》,北京:生活·读书·新知三联书店,2010 年版,第 207 页。

种独特的体验、快乐和社会实践。没有竞争对手能够取代这些。电影之所以能够生存下来,正在于其媒介特征以及观众的社会实践。"①这个判断也同样适用于文学,于是,重提《文心雕龙》中"为情而造文"与"为文而造情"的著名对比或许不无裨益,"情"就是创作者在待人接物、人情冷暖、世态炎凉、读万卷书行万里路等等中的独特体味、独特感触、独特见解,这是支撑一部作品的灵魂所在,否则,无论多么高超的叙事技巧、多么精致打磨的语言也难掩内里的平庸与空洞。毫无疑问,这里的平庸与空洞是相对意义上的,因为一个时代中石破天惊的宏论放到另一个时代可能就仅仅是常识。不管怎么说,判断历史结构中"好文学"/"称职的文学"与"坏文学"/"不称职的文学"的重要标准很大程度上是看它能否不断超越他人与自我,提供越过时代水平线以上的经验或洞见。譬如,当今文坛聚焦底层者众多,这显示了作家对现实问题的关切,然而,大量"底层小说"千篇一律,其致命缺陷是缺乏"更多富于冲击力的新型性格以及新型经验"。② 因此,底层题材的小说如果想真正保持旺盛的生命力还须在这个方面狠下功夫。只要回到复杂的人生经验层面,我们不用费多少力气就能识破种种一波未平一波又起的时尚写作在华丽包装下掩藏的那一份浅薄。利润的诱惑常常使得文学的内容浮皮潦草而缺乏对现实的潜心探索及批判性质询,迷恋于"轻快的娱乐形式,其

---

① [澳]格雷姆·特纳:《电影作为社会实践》(第4版),高红岩译,北京:北京大学出版社,2010年版,第34页。
② 南帆:《新锐的方向感》,《中篇小说选刊》,2012年第1期,第205页。

中结合了大量的感官刺激、暴力、性、犯罪与乐趣",①诸如潜伏、武侠、宫廷、玄幻、穿越等等名目都算是时尚的组成文类:一个善于伪装的谍报人员历经艰难但总能化险为夷、战无不克,一个盖世豪侠身背宝剑潇潇洒洒游走江湖而不用为衣食住行犯愁,一个集万千宠爱于一身的格格走南闯北专门以打抱不平为乐事,一个长于西藏、留学美国后获得两个博士学位的帅哥修炼密宗并有破解全世界超自然疑案的超人灵觉,一个现代人穿越到秦朝跟自己前生的心上人演出了一番动人的爱情故事,如此等等。实际上,它们单一而狭隘的视野把许多看似平常但不可或缺的日常问题排除在外,自然就与我们的人生经验联系无多。它们会有助于改善我们的人生吗?这个小小的疑问就可以轻松地将其击溃。"时尚——更为宽泛地说,与时尚不可分割的消费——所带来的是一种更为深刻的社会惰性。"②也就是说,上述的时尚文学仍旧沿着现有的社会逻辑滑行,在为早已坚固的惯习源源不断地输送"社会水泥",它本身也在不知不觉间成了社会惰性的组成部分。而有责任感的文学理应携带崭新的审美经验刺破、冲出社会惰性的重重包围,致力于刷新并改善男男女女的日常经验。唯其如此,文学话语才会为文化的意义生产链增添一些特别的意味,才会以此在整个表意系统中站稳脚跟、脱颖而出,才会不

---

① Laura Desfor Edles:《文化社会学的实践》,陈素秋译,台北:韦伯文化国际出版有限公司,2006年版,第97页。

② [法]让·鲍德里亚:《符号政治经济学批判》,夏莹译,南京:南京大学出版社,2009年版,第28页。

必整日忧心忡忡于堕入被弃若敝屣的难堪境地,才会不用为了分一杯羹而势利十足地追逐时髦、在仰人鼻息中卑微地苟延残喘。

结　语

　　作为一种符号动物,人类的意义生产表征着文化的进程;语言是意义的模式与基石,意义在制造、规训及惩罚的机制、过程中不断地增生、积淀、稳固、动摇、失落、冲突。文学话语并非坚固不变的实体,而是回溯性的确认、功能性的存在,是生产意识形态结构与裂隙的场域。现今的意义生产愈加繁复,文学的意义在于社会话语光谱中的区别性承担,很大程度上这也是判断历史结构中"好文学"/"称职的文学"与"坏文学"/"不称职的文学"的重要标准。

意识形态、审美体验与话语分析

一

自从"意识形态"概念在法国及马克思恩格斯的著作中出现以来,它很快就渗透至人文社会诸学科中,成为其理论工具箱中的显赫成员。就意识形态话题,齐泽克、阿多诺、拉康、阿尔都塞、伊格尔顿、布迪厄等理论家都从不同的角度议论纷纷。的确,男男女女不单生活于较为实在的物质环境之中,还被相对虚拟的意识形态环境重重包围。"一切意识形态的东西都有意义:它代表、表现、替代着在它之外存在着的某个东西,也就是说,它是一个符号。哪里没有符号,哪里就没有意识形态。"①换言之,意识形态领域与符号领域相互吻合,正是各种不同符号系统的意义生产营造出无处不在的意识形态氛

---

① [俄]巴赫金:《巴赫金全集》(第 2 卷),李辉凡等译,石家庄:河北教育出版社,2009 年版,第 341 页。

围。无论是语言科学中的个人主观主义还是抽象的客观主义,都回避了意识形态符号的社会属性——在解释意识形态现象时,前者个人心理至上,而后者则囿于抽象的概念法则。如果把社会性搁置一旁,那么,意识形态的理解就十分容易流于狭隘化、简单化。某种程度上,这也是统治阶级孜孜以求的重要目标。因为"统治阶级总是力图赋予意识形态符号超阶级的永恒特征,扑灭它内部正在进行着的社会评价的斗争,使它成为单一的重音符号。"①也即是说,为了维护自身的特殊利益,统治阶级总是绞尽脑汁,甚至不惜弄虚作假来进行自我神化,以图一元独尊。针对上述偏颇,巴赫金强调:"在每一种意识形态符号中都交织着不同倾向的重音强调。符号是阶级斗争的舞台。"②符号的不同使用必然意味着各异的生活方式,其中必然蕴含着身份、等级与权力的差别。马克思、恩格斯在《德意志意识形态》一著中曾言:统治阶级的思想在每一时代都是占统治地位的思想。这也暗示还有占非统治地位的思想,它们之间既可能相互印证或款曲暗通,也可能相互竞争、相互矛盾乃至激烈冲突。不管怎样,符号的生命在于社会生活中永不停歇的人际交流,在于社会生活中众多关系项的复杂互动。这也保证了意识形态可以查漏补缺、吐故纳新,不断调适、更新自我;保证了意识形态足以有效规避独白性,始终处于开放的对话状态,而不致渐成死水一潭。归根结底,意

---

① [俄]巴赫金:《巴赫金全集》(第 2 卷),第 358 页。
② 同上书,第 357 页。

识形态的多重声音代表了多重的社会力量对过往历史、当下现实的褒贬臧否,以及它们对未来愿景的期待与想象。

在意识形态家族的意义生产中,无论是《理想国》式的严词贬斥文艺,还是"文以载道"传统对文艺的勉力引导,都凸显出其不容忽视的地位。米肖在考察当代艺术时指出:"纳粹主义通过揭示事物的英雄性质,在艺术中投射理想化的生活价值。而苏联的做法则更加脚踏实地、现实主义,或者说实用主义:艺术应该展现未来的光辉,掩盖当下的不足。"①尽管有着细微的差别,但它们都促成了政治的美学化,都成功地使异己的文艺流派大规模销声匿迹。从封建时代绵延不绝的"文字狱",到现代集权主义对文艺的极力掌控,都在证明统治权力对文艺的恐惧与垂涎,证明意识形态领域的抗衡、批判、斗争、清除——不仅是针对文艺作品,有时也针对文艺家自身——至关重要。这也意味着不管文艺家多么努力避开所谓文艺之外的东西,都难免与意识形态——譬如政治、哲学、道德、宗教等——之间有着或直接或间接的勾连。因此,文艺也经常被视为意识形态的风向标或消息树。正如《礼记·乐记》所言:治世之音安以乐,其政和;乱世之音怨以怒,其政乖;亡国之音哀以思,其民困。声音之道,与政通也。即是说,审美谐和与政通人和相辅相成、相互印证。反之,审美失调自然暗示着一定程度上的政治权力危机。从古至今,政治秩序的维系从来

---

① [法]伊夫·米肖:《当代艺术的危机:乌托邦的终结》,王名南译,北京:北京大学出版社,2013年版,第97页。

并非仅靠强硬的法律、军队与监狱等,还必须依靠较为软性的文艺、风俗、习惯等审美力量。或者说,必须经由后者将前者予以审美化,把僵硬的律令融化至男男女女切身的审美体验之中。审美是一种感性活动,是肉体的生动经验,当"权力被镌刻在主观经验的细节里,因而抽象的责任和快乐的倾向之间的鸿沟也就相应地得以弥合"①时,男男女女便从意识形态的询唤机制中获得想象性的自我认同,从而成为现行制度的自觉维护者。这当然是统治秩序所梦寐以求的局面,然而,在服从权力的同时,肉体中还会不断滋生出反抗权力的事物。沿着同样的路线,审美也有足够的力量去冲击、摇撼既有的政治秩序。所以,"审美从一开始就是个矛盾而且意义双关的概念",②审美是一种危险的愉悦,它扮演着解放与压抑的双面角色。

文艺的审美特征必须在文化系统中确立:"为了取得可信而精确的自我界定,审美必须与人类文化整体中的其他领域进行相互的界定","只有系统哲学以其自身的方法才能科学地理解审美的特殊性、审美同伦理和知识的关系,审美在文化整体中的地位,最后还有它的适用范围"。③ 换句话说,应该放弃形而上学的艺术观,不再把审美视为文艺亘古不变的本

---

① [英]伊格尔顿:《美学意识形态》,王杰等译,桂林:广西师范大学出版社,1997年版,第8页。
② [英]伊格尔顿:《美学意识形态》,第16页。
③ [俄]巴赫金:《巴赫金全集》(第1卷),晓河等译,石家庄:河北教育出版社,2009年版,第317页。

质,而将其看作与其他意识形态成员之间相互区别的结果。唯有在多重的关系网络中去把握文艺与审美,才可能摆脱文艺外部与文艺内部的二元对立,摆脱过度贬低或抬高文艺审美特点的习见窠臼——两者经常是相伴而生,一个的高涨过后带来的是另一个的激烈反弹。回顾中国当代文学史,文艺从属于政治的路线前前后后施行了几十年,直至文艺丧失了自己意识形态的独特性,沦为其他意识形态尤其是政治的传声筒,表现在文学批评中则是政治标准吞噬了美学标准。这一极端化、教条化的状况最终难以为继,随之迎来的是对政治的厌弃与逃离,回归文学本身、回到"纯文学"一时间蔚然成风,但不免渐渐堕入狭小的个人天地里自娱自乐。其实,文艺简单地规避意识形态的其他成分无济于事,因为一方面,文艺不可能完全脱离纵横交错的社会关系网络,冶炼出不食人间烟火的"纯文艺"。另一方面,所有的事物都能够成为审美对象,关键在于,这些事物必须被置于审美的视野下,必须经由审美主体体验的过滤,必须建构出富有活力的艺术空间。

二

虽然文艺与审美深深植根于红尘俗世,但它们经常被寄予超尘脱俗的厚望,浪漫主义与康德美学是其两个大宗。浪漫主义视文学为有机体,它具有较强的自主性和内在的目的——"排除了所有过渡性的、外在的因果关系;有机体发展的终极性与其本质的自我展开相同,有机体只能变成它在萌芽时期就已经是的那个样子,没有经受任何哪怕是轻微的外在影响"。① 除了文艺自身的固有演绎,其他一切犹如不在。显然,这种本质主义的观点把艺术神圣化了。有意思的是,另一种完全相反的路径也达到了同样的目的。恩格斯认为巴尔扎克的小说无情地揭露了其时的社会本质,部分马克思主义美学由此推论,"在马克思主义哲学之外,艺术是唯一能够——在一定条件下,由马克思主义规定,因而也受哲学规定——不异化地看待任何阶级社会都离不开的现实"。② 换言之,伟大的艺术可以居高临下、拨云现日、醍醐灌顶,令社会发展的规律一览无余。然而,当这种现实主义成为独一无二的至高法则时,却导致了文艺界的百花凋零而非百花齐放。还有一种神圣化艺术的路径是认为艺术具有揭露、颠覆人类社会异化的重大责任与巨大力量,它不愿做社会水泥而热心于社会批判,也只有这样的艺术才是真正的艺术。——法兰克福学派的霍克海默、阿多诺、马尔库塞等人都持类似见解。不言而喻,在他们眼里,文学、文化的商品化、产业化有百害而无一利。众所周知,康德美学在中西美学史上都有深远的影响。卡西尔指出:"直到康德的时代,一种美的哲学总是意味着试图把我们的审美经验归结为一个相异的原则,并且使艺术隶属于一个相异的裁判权。康德在他的《判断力批判》中第

---

① [法]让-马里·舍费尔:《现代艺术》,生安锋、宋丽丽译,北京:商务印书馆,2012年版,第192页。
② [法]让-马里·舍费尔:《现代艺术》,第427页。

一次清晰而令人信服地证明了艺术的自主性。"① 康德首次将美学从政治学、政治学中解放出来,开辟了美学的新时代。这一无功利的美学理念经由王国维等人的引介与宣扬,成为中国美学、中国文艺走上现代性道路的重要动力,并且同浪漫主义一道深刻地形塑了此后的文艺批评与文艺创作。它始终坚守文艺自律的阵地,以审美体验抗衡着政治、道德、经济等力量的过度他律。

"人类所有的感受、行为模式、外表和排泄行为都在美感的控制中进行"。② 轰轰烈烈的革命年代早已成为历史,审美体验的极端政治化、道德化的情况也随之消歇。当整个社会铆足了劲儿开始大力发展经济时,审美与经济的密切联动日益显现出来。在生产、流通、消费的商品循环过程中,审美因素的重要性趋于稳步上升。物质匮乏的时候,对芸芸众生而言,商品的使用价值具有绝对优势。而经济繁荣、商品极大丰富的年代,商品的使用价值固然重要,但它必须给美学价值出让足够的空间。不然的话,在同类商品的激烈竞争中,就会不得不向对手出让市场份额。以汽车的历史为例,福特汽车最初集中关注的是汽车的功能,它对愉悦消费者感官的东西丝毫也不放在心上,因为整个汽车几乎没有任何审美性的修饰,而且它竟然可以连续 20 年生产同一款汽

---

① [德]恩斯特·卡西尔:《人论》,甘阳译,上海:上海译文出版社,1985年版,第175页。
② [德]哈罗德·柯依瑟尔、马里亚·舒拉克:《当爱冲昏头》,张存华译,上海:华东师范大学出版社,2013年版,第33页。

车——尽管取得了市场的成功。耐人寻味的是,恰恰依靠致力于满足消费者的美感期望这一点,其竞争对手通用汽车打破了福特汽车的垄断地位,获得了大众的青睐,分得了市场。美学因素可以让商品的外观形象光彩照人,凭借其美学造型的诱惑力牢牢抓住男男女女的感官。至少,面对使用价值相当的商品,美感的诱惑将是制胜的法宝。所以,设计或创意在商品的链条上所占的地位举足轻重。审美刺激与审美期待当之无愧地成为推动工业发展的不竭动力,我们的衣食住所、交通与传播工具等都为此提供了丰富而有说服力的证据。毫无疑问,美学因素不能一成不变,而要不断革新,保持崭新的形象——美学革新"对于工业社会中的资本组织有着关乎生死存亡的重大意义"。[①] 另外,精明的商家从来不会忘记开展铺天盖地的广告攻势,把革新后的商品跟特定的身份进行绑定,制造出流行时尚,企图使男男女女对新商品形成下意识的身份认同感。

美学革新在满足整个社会需求的同时,又创造出新的需求来诱惑大众。美学革新一旦与大规模的商品生产携手同行,经济、消费的审美化或审美的资本主义化就是既成事实。在阿苏利看来,这首先是文明进步的一个症候,因为消费的审美化意味着商品需求的个性化与复杂化,意味着经济模式从外向型到内向型的转换——前者意在市场的对外扩张,而后者旨在满足

[①] [德]弗里茨·豪格:《商品美学批判》,董璐译,北京:北京大学出版社,2013年版,第40页。

国内市场。而且,这一审美化"是更深层的对社会伦理的更大进步的表达"。① 换言之,消费的审美化向全世界呈现出琳琅满目的商品,男男女女在购买、使用这些物品过程中获得了使用价值,更为重要的是,个人独特的需求也得以实现。从整齐划一到丰富多彩,从一元独尊到多元同在,如果说浪漫主义文艺思潮是在艺术维度张扬个性,那么,审美资本主义则是在经济维度迎合个性;如果说浪漫主义的个性是对既有意义陈规的巨大挑战,那么,审美资本主义也蕴含着不可小觑的解放能量。毕竟,很多时候,经济的扩张都需要冲破意义秩序的屏障,需要与现有的意义传统、意义禁忌进行决裂。这也暗示商品的美学革新含有强大的反作用力,它会反过来影响男男女女对世界的感知,甚至重塑他们的感觉结构。显而易见的是,审美化解构了流传甚久的工作伦理、节俭观念,享乐迅速变成天经地义的信条,成为"正常生活"、"快乐生活"的标杆。达不到这一标准的男男女女,就是鲍曼所说的有缺陷的或失败的消费者,就沦为消费社会里的"新穷人"。② 于是,在一个由光芒耀眼的商品所组成审美资本主义社会里,"每个个人都成为自己的享乐主体、自己的奴隶,并由同样的原因鼓动自我解放"。在一个个商品走马灯式的不停追逐中,商品的使用价值被品牌的象征价值、符号价值快速淹没。在看似自主的选择中,应予思考的是

---

① [法]奥利维耶·阿苏利:《审美资本主义》,黄琰译,上海:华东师范大学出版社,2013年版,第79页。
② [英]齐格蒙特·鲍曼:《工作、消费、新穷人》,仇子明、李兰译,长春:吉林出版集团有限责任公司,2010年版,第85页。

这种选择跟资本驯化之间的关系。假如"感觉战胜了道理、情感战胜了理智","愉悦变得比功效更重要",①摆在消费者面前的严峻问题是:如何避免成为资本随意摆布的棋子,在非理性主义消费的泥潭中自矜其成、自得其乐?

三

意识形态是社会上不同阶层、不同群体对社会的创造性认识与想象。这是一个不断运动、辩证生成的过程,各式各样的符号同台竞技,而语言则是其中最为重要的角色。因此,意识形态分析很大程度上就是语言分析,分析语言如何构筑意义,分析不同意识形态成员在意义建构方面的异同。众所周知,索绪尔《普通语言学教程》区分了语言与言语,开创了结构主义语言学。它有着强烈的纸上谈兵色彩——钟情于语言内部各要素之间的关系,而把具体语境对语言的形塑晾在一旁。这对分析藏龙卧虎的意识形态明显还不够,于是,"话语"概念应运而生,它不再是静态的或抽象的言语行为,而是动态的、具体的言语交往。在解释话语与意识形态之间的关系方面,巴赫金既有较早的理论阐述,又有较多的案例分析,因而被伊格尔顿誉为"话语分析之父"。② 在他看来,话语是"最敏感的

---

① [法]奥利维耶·阿苏利:《审美资本主义》,第136页、8页。
② [英]伊格尔顿:《话语与意识形态》,马驰等译,《马克思主义美学研究》(第2辑),桂林:广西师范出版社,1999年版,第365页。

社会变化的标志","能够记录下社会变化的一切转折的最微妙和短暂的阶段"。① 从风起于青萍之末,到狂风大作,再到尘埃落定;从萌芽到形成再到成熟及衰微;从缓慢的量变到瞬间的质变,凡此等等,所有大大小小的社会动态无不在话语上刻下印痕。话语是一种媒介,其中渗透着纵横交错的无数意识形态关系。凭借"纯符号性、意识形态的普遍适应性、生活交际的参与性、成为内部话语的功能性,以及最终作为任何一种意识形态行为的伴随现象的必然现存性"等特点,话语成为意识形态研究的基本客体。② 具体而言,意识形态的现实即是符号的现实,所有的意识形态符号都是符号交往的物质化,而话语携带的全部意识形态要素或密码都融化在符号功能中。每一意识形态部门都有自己独特的一套符号,独特的一套表意方式,而话语则足以承担任何意识形态功能。话语是活生生的言语流,没有了社会交往,话语就不成其为话语。话语是个体意识的重要媒介,甚至成为个体的内部生活。任何的意义理解、意义剖析都离不开话语,离不开话语对意识形态或隐或显的折射。

男男女女的生活中存在着多种既密切联系又相互区别的多种话语,它们组成了驳杂多变的话语光谱。自古以来,无论是西方还是中国,政治话语都对文学话语有着十分重大的影响。近现代以来,世界范围内的民族革命、民族解放、民族建设

---

① [俄]巴赫金:《巴赫金全集》(第2卷),第352页。
② 同上书,第349页。

浪潮风起云涌,文学自然不能置身事外。多数时候,文学积极投身其中,或被理所当然地征用,成为革命的武器。必须补充的是,在这个过程中,围绕文学如何成为合格的武器、如何保留文学自身的特征等问题的争论从未停止。思想斗争的结果既深刻形塑了文艺的面貌,也深刻影响了文艺家的人生命运。以苏联为例,日丹诺夫们打着"斯大林主义的美学幌子,颐指气使,装腔作势。正是他们,借助政权发起了有史以来最成功的运动,争取或摧毁了文学想像的中坚力量,造成了最可悲的后果。只有那些出于职业利益进入斯大林时代官方批评刊物和国家出版物之人,才能完全意识到纯文学和批判艺术堕落到多么不人道的空洞程度。这是绝望的单一模式:无休止地讨论这篇小说或那首诗歌是否符合党的路线;作家不断地进行严厉的自我批评,没有认清形势,在社会现实主义方面立场'错误';小说、诗歌和戏剧不断接到要求,应该铸造成'无产阶级的武器';作家的任务就是歌颂'正面英雄',作品中容不得一丝色情或风格的暧昧,有时甚至到了歇斯底里的洁癖程度。确切地说,日丹诺夫主义的理想是将文学退化为集权主义机器中的'齿轮和螺丝钉'。"①随着大规模阶级斗争的结束,国家步入正常的经济建设轨道,上述文学跪伏于政治的态势也迅速终结。文学界开始致力于久违的形式探索,在去政治化的道路上高歌猛进。然而,纯文学的实践好景不长,一是易于陷入狭

---

① [美]乔治·斯坦纳:《语言与沉默:论语言、文学与非人道》,李小均译,上海:上海人民出版社,2013年版,第354—355页。

小的天地,二是很难抵御商业大潮、娱乐之风、视觉影像等接二连三的冲击。——如果说,之前面对强力的政治话语,作家是被迫臣服的话,那么,现在则是如果作家不主动迎合它们,就很难赢得市场的认可,很难获得不菲的收益。以文学的方式触碰僵化的政治禁忌而有所为,体现出作家的勇气与良知,尽管在其时会有不测之祸,但他代表着那一时代的精神高度与量级,哪怕这在时过境迁之后看起来平淡无奇。在商业、娱乐、影像等的诱惑与冲击之下,以文学的方式思考关系男男女女自身重大社会问题,不随波逐流,有所不为才是坚守良心的作家,虽然可能会有名利上的损失,但他同样堪称时代的标杆。纷纷扰扰的话语地带中,各种话语相互影响、相互博弈。它们根据世事变化调整发言的方式,调整各自在意识形态整体中所占据的分量,话语的窗口可以让人们一窥个中究竟。

事实上,话语的重要性不仅如此,因为话语之外不存在任何有意义的东西。——霍尔提醒人们注意,这并不是说话语之外不存在任何事物,而是说要想有意义就离不开话语。于是,话语分析顺理成章地打开了文化研究的广阔空间。"文化是由观念地图、理解框架以及所有使我们能够理解世界的东西构成的。这个世界确实存在,但其意义在我们弄明白前却是含混不清的","我们需要借助文化研究去发现意义是怎样进入事情本身的,它是怎样构成事件的"。[1] 换言之,文化研

---

[1] [英]斯图亚特·霍尔:《表征与媒介》,张驭茜等译,周宪、陶东风主编:《文化研究》(第13辑),北京:社会科学文献出版社,2013年版,第223页。

究通过话语分析告知男男女女,那些看似理所当然的事物如何把意义植入其中,其间又蕴藏着怎样的权力关系、意义又经历了怎样的变迁等。既然把目光转向了文化,研究的范围就不再局限于单纯的文学。那些之前根本上不了台面的话题就都可以堂而皇之地成为学者讨论的对象,譬如,电视连续剧、洗衣粉广告、拳击比赛、地摊读物,甚至屎的历史等等。如此的意义分析可以使男男女女做到知其然并知其所以然;知晓意识形态如何影响男男女女对具体事情的认知,如何形塑他们的感觉结构;知晓意识形态如何通过美感体验加固意义,而美感体验又是如何刺破意义的惯习;知晓意义并不拥有不变的本质,而是被人为建构出来的,因此,可以不断地参与其中进行改进,而这种意义改进反过来又可以重塑他们所身临其境的物质世界。

结　语

作为虚拟的社会氛围,意识形态环境绝非铁板一块,而是交织着多重声音且充满了协商与冲突。文艺是意识形态家族意义生产中的重要一员,因此,必须在整体的文化内涵中界定其审美特质,辨识它与意识形态其他成员之间的复杂关联。受浪漫主义及康德美学的深远影响,审美无功利性长期被视为抵抗异化的先锋。随着经济的发展,审美体验愈加成为推动工业发展的巨大动力,它在打破意义陈规锁链的同时也引发了一系列严峻的问题。无论是所谓的纯文艺,还是更广泛意义上的大众文化,话语分析都是剖析其中审美体验与意识形态建构之间多维关系的利器。

共时空间、意义互动与文学公共性

自上个世纪八十年代踏进文学研究领域以来,南帆先生始终保持着自己独特的学术风格。八十年代多种多样的"新观念"生产风行之时,他经常以严谨的姿态敏锐地指出其粗糙与缺漏;而九十年代学院派的"学术化"唱主角之日,他的研究又以思想及灵性延续了八十年代的优势。新世纪至今,笔耕不辍的南帆积累了一批重要的学术成果,它们共同将这种独特性演绎得更为繁复、全面与深入。

一 话语光谱

早在《文学的维度》——南帆四十岁时的代表作——中他就提出了"话语光谱"的概念并有意识地把它作为方法论贯彻到各个章节。"光谱"是光学术语,意指电磁辐射依照波长的有序排列,并显示出各自的特征强度。可以看出,光谱在相互区分中形成了多种连续体,换言之,光谱既意味着重叠与交错,同时又意味着辨别与比较。"话语光谱"是一个隐喻,它当然保留了上述意味,而之所以创造这个术语与文学理论中普遍主义与历史主义这两条线索的竞争息息相关。南帆对前者一劳永逸夯定文学的做法不感兴趣,他倾心于返回特定的历史语境对文学进行功能性的考察。受索绪尔的启发,南帆强调这一考察"必将联系到共时态的诸多社会话语系统",这些系统构成了话语光谱,"相对于不同的场合、主题、事件、社会阶层,人们必须分别使用政治话语、商业话语、公共关系话语、感情话语、学术话语、礼仪话语,如此等等"。[①] 显然,话语光谱形成了一个宽广的语言背景,它一方面提供了文学所能驰骋的疆域,另一方面也蕴含了文学有可能从中突围的路线。正是在与话语光谱中的其他话语之间永无休止的相互补充、冲突、角力中,文学话语成就了自身。既然话语光谱是人类无以逃避的现实生活,那么,当考察包括文学话语在内的任何一种话语时,就应该摒弃主体崇拜或形式主义崇拜,前者把主体作为意义之源,而后者则沉迷于内部分析与外部分析截然对立的窠臼。实际上,结构主义的洞见使语言的重要性极度凸显,"话在说人"强调主体根本不可能自给自足,而是话语光谱的产物,受到种种隐蔽成规的规训。形式主义迷恋的语言十分重要,但话语光谱的考察则从这个出发点继续跋涉,探究文学话语与社会历史的隐秘纠葛。

[①] 南帆:《文学的维度》,北京:中国人民大学出版社,2009年版,第19页。

考察话语光谱其实引进了话语分析,作为一种研究方法,它吸收了后现代主义的解构思想,强调意义对语境的依赖性,涉及语言学、符号学、哲学、历史学、人类学等多个学科。就文学研究而言,"话语分析的初步结论是,某种话语特征的形成必须在一个更大的话语组织之中才能得到充分的解释",因此,南帆认为话语分析是文学理论的焦点所在,它链接并融会了文学、语言及社会历史。[①] 南帆的话语分析从来都是有血有肉,显得十分饱满,因为他总是将分析落实到叙事、修辞、话语类型特征等诸多较为具体的层面。《文学的维度》之中,南帆就详细地探究了文学话语如何参与二十世纪中国的风风雨雨,它与话语光谱中的其他话语形式——日常话语、政治话语、历史话语等——有过怎样复杂的纠缠,文学话语如何积极颠覆或被迫捍卫其时的主流意识形态。通过对一批文学文本及文学思潮的评析,这部力作做出了自己精到的解析。

二 关系与结构

话语光谱中,多种话语彼此之间有着犬牙交错的关系,这些得以互相衡定自身的关系组构成一个共时的关系网络,一个保存现有关系的结构机制。那么,这个空间结构是否可变?

---

① 南帆:《文学理论:开放的研究》,《理论的紧张》,上海:上海三联书店,2003年版,第110页。

如果不变,结构内部则是实体性的,一朝成型后则各种话语都能够从中提炼出自己梦寐以求的本质性公式。很大程度上可以说,结构主义走上了这条路:从俄国形式主义到布拉格学派再到法国结构主义,从雅克布森、普洛普、格雷马斯到托多洛夫、热奈特,从专注形式的研究到一门新学问——叙事学的诞生,"文学性"研讨的骄人成果煊赫一时。尽管结构主义打破了现实主义、自然主义、浪漫主义等对文学的神秘想象,但它发现的超越时代的普遍结构因为脱离活生生的历史而拒绝面对变化,这无疑是个刺眼的缺陷。汲取了结构主义的关系式思想,南帆提出的"关系主义"重新将历史引渡到结构之中:"相对于固定的'本质',文学所置身的关系网络伸缩不定,时而汇集到这里,时而汇集到那里。这种变化恰恰暗示了历史的维度。历史的大部分内容即是不断变化的关系"。[①] 也即是说,关系主义热衷于进入某种特定的历史段落,在发现、描述、解释多种关系中确定文学的方位。关系项越多,文学的面目越清晰。每一种关系都可能或多或少的改变并修订文学的性质,而且,文学牵涉到的一些关系还因为意识形态的遮蔽隐而不彰,因此,较之那种兢兢业业找到的文学本质,关系主义对文学的研究充满了复杂性与灵活性。正是在这个意义上,南帆认为文化研究堪称关系主义的范本。

打破既有关系结构的动力来自哪里?这肯定是单一话语

[①] 南帆:《文学研究:本质主义,抑或关系主义》,《关系与结构》,长春:吉林出版集团有限责任公司,2009年版,第9页。

内部无法有效阐释的问题,而必须探究话语光谱之中哪些关系项无以应对由量变而质变的历史与现实,又有哪些关系项脱颖而出且表现不俗。旧的结构破裂后,原有的关系经历了怎样的起伏升降,新关系的加入怎样改变了话语光谱的排列,又形成了什么样的网络结构,它又如何调整了人们对文学话语的认识,如此等等,这些都是关系主义菜单中的必备条目。南帆的长篇论文《四重奏:文学、革命、知识分子与大众》对此给出了生动的范例,这可以视为一个小型的文学史文本。针对当前记流水账式的文学史写作这种虚假的繁荣状况,南帆还从理论上高屋建瓴地指出文学史写作应该"将众多文学事实从时序之中转换到共时的平面上来,然后在它们相互关系的网络内部发现特定的结构,或者在特定的结构内部分析各种文学事实的特征"。[①] 唯其如此,对文学史的命名、概括才不会陷入形形色色的"我执"中,才不会因为任意删削文学史料而使得之前之后的文学段落显得突兀,才会踏踏实实地沉入一大批关系而不是某一特征组成的结构中来理解文学的细密肌理,才会认认真真地关注话语场域的转换对文学话语所造成的影响。

结构的断裂或崩塌意味着其中一批关系的分化与重组,但这与结构的稳定性并不矛盾,换言之,结构不是瞬息万变,相反,结构往往以强大的内聚力着力维护既有的诸多关系。环视现实,无论是我们的身体结构还是周围的物质结构、社

[①] 南帆:《当代文学史写作:共时的结构》,《当代文学与文化批判书系·南帆卷》,北京:北京师范大学出版社,2010年版,第165页。

会结构乃至深层的精神结构都异常坚固,正是这一点导致了结构可以跨越历史而拥有不变本质的假象。然而,"结构同样来自历史的规定",①历史既可以使关系聚集而成结构,同样也可以势如破竹地将其瓦解。既如此,我们就容易理解结构相对稳定时,无论是文学话语跟话语光谱中的其他话语之间的关系,还是文学话语内部不同的文类之间的席位都波澜不惊。不难明白,关系主义引发的"相对主义"及"无政府主义"焦虑在此可以休矣。而结构被剧烈摇撼时,文学话语也就相应地跟着起连锁反应。晚清的"诗界革命"、"小说界革命","五四"时期的新文化运动,1928年从"文学革命"到"革命文学"的转换,1942年《在延安文艺座谈会上的讲话》,1980年代文学的复苏,1990年代之后文学失去了轰动效应等等,莫不如此。

三 本体论问题

南帆坦陈,选择关系主义而不是本质主义取决于文化不存在终极的本质这个认识:"文化不是追逐某种预设的目标。从改造人的自然动物性开始,文化的意义就是让人们更好地与周围的环境相互适应"。② 无论宗教、形而上学还是黑格尔

---

① 南帆:《文学的意义生产与接受:六个问题》,《文学批评手册:观念与实践》,北京:北京师范大学出版社,2011年版,第196页。
② 同上书,第197页。

式的"绝对理念",它们都义无反顾地奔向诱人的终极性目的,相比之下,当文化不再仅是仰望星空而扎根大地时,当文化就是人类的生活方式时,就是人类与所处环境的互动时,文化的可变性就呼之欲出了。南帆指出,文化的这种状况决定了文化具有本土主义、多元主义与充满活力等特点。文学作为文化的一个门类,它自然也没有什么永远正确的标准定义,而总是要借助于话语光谱的多重坐标系并在多重关系的博弈中定位自身,从而发挥出自己独特的、不可或缺的作用。不应误解的是,没有终极目的的文化仍然拥有自己的短期目的或阶段性目的,换言之,人类可以在特定时期根据实际需求而设计出各式各样的规划并为之而奋斗,而且,这些目标都一直处于不断地调试中。问题是,如何衡量这种文化的好与坏?南帆认为只要它有助于人与自然、人与人的和睦相处即是好的文化,这里隐含了双重比较:一是与文化的过去相比看看有否自我超越,二是与他者的文化相比来返观自身的缺陷并设法改进。不管怎么说,文化的好或坏、合理与不合理都是人类亲手所造,当作为结构内部的阶段性目的合理时,文学等其他话语常常乐于与之保持一致,文化的目的因此得以维持。当这个目的不合理时,文学往往联手其他话语对其进行蚕食或攻击并最终将其摧毁,于是,它们又开始了寻找下一个目标的崭新旅程。需要注意的是,彻底消除某种文化只是理想的形态,很多时候文化的"超稳定结构"阴魂不散,有时候甚至还会改头换面或死灰复燃,因而,多样的新旧文化呈盘根错节之状,点点滴滴地渗透于男男女女的日常生活之中。有鉴于此,南帆尤为强调文学话语以美学立场发挥出解放的能量:"文学既纳入现实,同时又在价值尺度上背离现实;因此,文学是嵌于现实之中的'他者'。无论文学可能包括多少现实的、自然的成分,文学话语内部始终存有这样的一个绝对命令:'事物必须改变'"。①——这也是关系主义文学理论的美学维度。

否弃了文化的终极目标有利于人们在这个前提下正确处理传统文化与当代文化、本土文化与外来文化的关系。在南帆看来,处于纵轴上的传统只是一种力量,它必须投射在横轴上、被横轴所接纳才能获得长久的活力。两相比较,纵轴倾向于守成而横轴青睐于创新。纵轴与横轴的交错中,南帆更为重视横轴,因为"与仅仅显示传统、规范的纵轴相比,与共时的文化气氛相互呼应的横轴更为重要:横轴方向的内容是主动的,纵轴只能在横轴的带动之下延伸"。②既然一切都必须交由共时的结构中多种关系的博弈进行裁决,那么,另一位谈论传统的学者分别把纵轴与横轴派给知识分子与大众的做法在南帆眼里明显低估了结构内部的复杂性。南帆还批评那种以读经与建造中华文化城等等来复兴传统文化的行为——因为"每一种成功的文化,都是当时的人们应对、适应、改造、征服自己生活环境的产物",③所以,使传统在横轴上与其他因素

---

① 南帆:《文学的维度》,北京:中国人民大学出版社,2009年版,第25页。
② 南帆:《文学经典、审美与文化权力博弈》,《学术月刊》2012年第1期,第92页。
③ 南帆:《文化的意义及其三种关系》,《江苏大学学报》(社会科学版),2009年第4期,第5页。

进行积极对话而非简单地背诵经典才是达到活化的有效途径，而且，每一时代都有自己的问题，传统文化只是提供了一个讨论的起点，不能指望它包治百病。

全球化愈演愈烈的当下，本土文化再也不可能关起门来自斟自饮，一概拒绝外来文化的涌入，而必须主动迎战现代社会，在对话与竞争中展示出自己的魅力。身为学者尤其是负责任的学者，需要抛弃简单的口号式表态——譬如，外来文化对本土文化构成了压迫关系，进一步深究前者何以会昂首阔步或迂回曲折地越过国境线，它契合或呼应了怎样的本土渴望，它是否完全覆盖了后者，如果没有的话原因又是什么，它与本土文化的交融又催生出怎样的新型文化，等等。《冲突的文学》[1]一著中，南帆就沿着上述理路通过 20 个专题的研究展示出西方历时性的文学思潮如何在 80 年代文学中共时式地敷衍，以及其间的冲突与龃龉。南帆这部 80 年代的断代文学史充分证明了本土文化对外来文化的顽强抵抗，"本土文化具有的独特视域与排他性形成了结构的框架。西方文学的进入显然必须由这个结构甄别、重组乃至改造"。[2] 也即是说，是本土的文化结构挫败了域外文化长驱直入的势头，铺排出愈加繁杂的文化景观。南帆每每以自己的批评实践勾勒出外来文化本土化过程中滋生的复杂变异，譬如，"典型"概念的兴

---

[1] 参看南帆：《冲突的文学》，上海：上海社会科学出版社，1992 年版；镇江：江苏大学出版社，2010 年版。

[2] 南帆：《当代文学史写作：共时的结构》，《当代文学与文化批判书系·南帆卷》，北京：北京师范大学出版社，2010 年版，第 166 页。

衰,现代主义传入中国后遭遇的追捧与抵抗,后现代主义在中国的模仿与复制等。凡此种种,当然都是中国文论、中国文化患上严重的"失语症"等判词所无可比拟的。

四 历史与日常生活

已经逝去的过往顷刻之间化为历史,日复一日,周而复始,它将走向何方?是否有预设好的完美目的?在这个问题上的根本分歧带来的影响巨大,波及到我们生活的方方面面。黑格尔式的历史是精神在不息的时间之流中发展自身并实现"绝对精神"的过程,而与之神似的卢卡奇式"总体论"很长一段时间内主导了国人对历史与现实的想象。卢卡奇以正统马克思主义者自居,他信心十足地断言琐碎的历史细节只有纳入历史的总体才有意义,如果不能汇入历史潮流的话便是染上了细节肥大症的沉疴。总体论的构想体现于社会历史、现实主义文学与典型人物之间毫厘不爽地逐级交接。接下来的问题是,谁才能荣幸地把握住历史之舵?最革命的、最有前途的无产阶级理所当然地赢得了这项殊荣,他们将最终推翻资产阶级的压迫,携起手来幸福地徜徉于美丽的新世界。回顾历史,包括文学话语在内的话语光谱都曾经被整编到上述脉络之中,哪怕是个人意义的人本身也都被视为那一部宏大机器的小小螺丝钉。南帆认为它不单有逻辑上的瑕疵,还越来越被新兴的文化所击溃。就前者而言,典型、共性与阶级性的环环相扣必然陷入逻辑困境,因为当阶级性决定了典型的终极面貌的时,一个阶级就只能唯某一典型马首是瞻,文学史就会被轻易地、荒唐地被劈成无产阶级与资产阶级怒目相向的两大阵营,而且,当阶级性成为典型的标尺时,那些无法被"总体论"容纳的面目各异的性格将不得不面临尴尬的命运。就后者来说,当今世界中的性别与民族维度清晰地浮现出来,阶级维度不得不与之分享推动历史的荣耀。更大的挑战还在后头,"如果说,现代主义强烈地显示了社会历史的不可知之感,那么,后现代主义更多地从理论上阐明,总体论也已难以为继"。① 于是,线性的、乐观的历史进步论、整体论很快就轰然倒地。

历史正在变得日益碎片化,南帆提醒:"当务之急不是援引某种'主义'给中国经验贴上一个显眼的标签,而是考虑魔术般的多维组合如何发生",换言之,眼下亟需的不是发生学的研究,而是结构的研究:"结构分析的首要意图是,恢复多边互动的复杂图景。结构分析显示的多向可能表明,多种历史碎片的分解与聚合前景叵测。前所未有的重组可能意味了巨大的希望,也可能意味了巨大的危险"。② 也就是说,首先,总体论垮塌之后,新的结构吸收了多元的复杂脉络,尽管难以逆料这些关系之间的嫁接将生长出什么,但至少不能把结构明快地简单化,因此,南帆责备"新左派"与"自由主义"针锋相对的论

---

① 南帆:《典型的谱系与总体论》,《关系与结构》,长春:吉林出版集团有限责任公司,2009年版,第156页。
② 南帆:《经验、理论谱系与新型的可能》,《文艺争鸣》2011年第7期,第82—83页。

辩因陷入钟摆式的二元对立而把中国经验简化了,很多不能归入这个对立结构的因素都在他们的视野之外。其次,历史不再是亦步亦趋地去证明某个宏大叙事,不再有某个标准答案以供索取,而是男男女女亲手创造出来的,我们的命运掌握在我们自己手中。所以,如果我们有能力的话就会创造出好的历史,相反,如果我们没有足够的能力的话就会饮下自酿的苦酒。并未远去的中国近现代历史充分说明了这一点。"社会主义"与"资本主义"一度是死对头,而今,当"冷战"的阴霾渐渐消散后,如何寻求两者之中最好部分的结合,而阻止两者之中最坏部分的沆瀣一气,成了考验学者思想爆发力的棘手问题。在南帆的期望中,只有以生存、温饱、发展为要义,不再膜拜可疑的"历史规律",而真切关注实实在在的日常生活,相应地,话语光谱重组一切积极因素同时启动"广谱"的批判,优化的历史结构或可慢慢形成。再次,各种各样的"大概念"逐渐丧失了解释的效力,回到丰饶的日常生活也即回到中国经验与中国问题,回到历史的底部,回到正在酝酿之中的新型文化空间。"许多重要的变化正在身边发生,这一切陆陆续续地转化为日常生活的某种气氛、表象、感受、细节。无论是遭受的压抑还是反抗或者解放的形式,种种前所未有的新型可能活跃在日常生活之中。这时,理论话语必须摆脱大概念迷信,某种程度地退出宏大叙事,积极从事小叙事的探索,分析、阐释、评价各种具体的文化景象,探索不同的结论"。[①] 文学话语欣然认

---

① 南帆:《经验、理论谱系与新型的可能》,《文艺争鸣》2011 年第 7 期,第 79 页。

领了庞杂的日常生活,围绕压抑与解放的主题以纷繁的细节集聚能量,从而及时地呼应历史、发现历史的新变。

五 意义生产

意义生产是南帆近年来较为关心的问题之一。我们不仅生活在物质世界中,而且生活在以加速度增长的意义世界之中。与人们熟稔的物质生产相比,意义生产形成了隐蔽的规约。文学话语是意义的一种形式,南帆着重考察了它在进行意义生产时有着怎样的特殊性。他认为形象与虚构这两个醒目特征意味着文学话语孜孜以求的是如何为这个世界增添意义,它并非画蛇添足,因为它不是社会生活的简单翻版,"文学积极加入各种意义生产的时候,没有必要刻意地谋求衔接实在世界","对于文学来说,'真实'的效果并不是显示临摹的完美,而是制造完整的意义象征"。[①] 也可以说,文学话语的意义生产往往以能够打破现实的庸常为己任,以能够提供别样的意义而自豪。文学批评是文学话语意义再生产的一个特殊形式,它使文学话语在意义层面上持久地传递下去。当文学批评家不再只是沉浸于"印象主义"的等级鉴定,取而代之的是"学院派"批评的崛起,众多的理论资源加

[①] 南帆:《意义生产、符号秩序与文学的突围》,《文艺理论研究》2010年第3期,第4—5页。

盟到阐释的队伍之中,意义生产的接力就此拉开。对文学话语的多维解读已经证实某个隐藏深处的本质并不存在,坚守作品"本意"的传统阐释学闸门就此被打开,意义生产获得了极大的解放。然而,以为意义可以随心所欲地生产出来就不免有些杞人忧天,"以每一个体为单位的相对主义并未获得特许。阐释所依赖的理论体系、智慧、想象力和分析技术仍然是某个时代历史语境的产物"。① 所有的意义都必然是历史的产物,历史既开放了意义生产的空间,同时也设定了意义生产的界限。

通过与历史话语的详细比较,南帆还深入探究了文学话语意义生产的特殊性。他认为并不存在永恒不变的文学话语或历史话语,两者的疆界决定于漫长历史演变中的复杂互动。因为两者在话语光谱中比邻而居,所以,对它们展开比较式考察十分有益。对历史话语而言,政治权力的垂青曾经赋予它特殊的繁荣,但历史话语逐渐将视野扩大到整个社会。一旦历史话语的分析单位锁定整个社会,男男女女的日常生活将付诸阙如。长期以来,历史话语一直高高在上,文学话语则只有仰望的份儿——历史话语是文学效仿的最佳范本,文学的最高荣誉来自对历史的印证。而这种稳定的关系到了19世纪末期被剧烈地撼动:随着现代性的多向铺展,文学话语不但得以重组并成功建构,而且确立了自己特殊的聚焦点。与历

---

① 南帆:《批评与意义再生产》,《文学批评手册:观念与实践》,北京:北京师范大学出版社,2011年版,第223页。

史话语相比,"文学话语提出了另一套叙述,文学话语注视的是世俗的'人生',并且转向了熙熙攘攘的日常生活"。① 历史的大视野并未过时,但历史话语再也不能统治或垄断所有的叙述,文学话语即慷慨地收容了被历史抛开的边角料,从纷至沓来的无尽细节中、从表面风平浪静实则暗潮涌动的日常生活中发现、标识出那些无名的能量。

六 符号的角逐

特定的文化空间内,众多不同学科、不同门类、不同向度的意义之间可能协同作战,也可能分道扬镳,意义的冲突在所难免。这些冲突可以追溯到符号生产与权力、资本及各种利益集团的多样联系,追溯到符号生产的意识形态根源,追溯到文化领导权的激烈斗争。符号的角逐没有什么预定的结果,而是结构内部的新一轮平衡。因此,意义的众声喧哗还不够,重要的是认识到它们形成了相互制约、相互抗衡的关系。那么,文学话语携带着怎样的特殊资本参与到意义斗争或符号角逐中去,这肯定是文学研究者不能回避的要害。围绕意义生产,南帆强调赋予快感秩序是文学形式介入历史的特殊方式。文学念兹在兹的是日常生活,而形式常常被误解为与日

---

① 南帆:《历史话语与文学话语:重组的形式》,《天津社会科学》2012年第3期,第103页。

常生活相互背离,因此,应该注意的是文学形式的加入如何改变了日常生活。"文学形式处理生活的意义在于,聚焦核心,删削多余。真正的存在变成了一个有待发现的主题之后,文学形式乃解剖生活的利器"。① 就是说,文学形式可以对庸常的生活进行提炼,展示出新的意义可能性。当生活与美学的统一分裂后,当日常生活变得支离破碎后,形式的意义在于介入其中进行美学再发现。南帆认为快感是文学对于意义生产的独特贡献、是文学话语的识别标志,因为文学形式是解除压抑、压迫的秘密通道,它对压抑系统的破坏带来了巨大的快感。大多数时候,气势非凡的理论言辞在历史的变化节点处显得不够敏感,反倒是沉醉于个体日常生活的文学话语或直接或间接地标出了历史的拐点。"如果说个体是历史之中最为活跃的细部,那么,这里的种种征兆都将获得文学形式的记录。那些个体的特殊经验拱出地表,瓦解或者动摇现成的认识,迫使符号秩序的承认。这里包含了漫长的角逐,甚至是一场激烈的搏斗。许多时候,文学形式总是率先做出了肯定的表态。"②从这里也可以看出,不能因为文学关注一丈之内而对它肆意贬低,因为一丈之内的日常生活隐含了冲破桎梏的能量,琐碎的日常生活或隐或现的通向公共领域。

《文学公共性:抒情、小说与后现代》一文中,南帆分析了

---

① 南帆:《文学类型:巩固与瓦解》,《当代文学与文化批判书系·南帆卷》,北京:北京师范大学出版社,2010年版,第98页。
② 南帆:《文学形式:快感的编码与小叙事》,《文艺研究》2011年第1期,第16页。

不同时代文学公共性的表现差异。譬如,古代知识分子借助"兴"、"观"、"群"、"怨"等介入公共事务,即便是那些与公共生活看似遥远的镜花水月之文,实际上也因知识分子的撤离或缺席而证明了文学的公共性。而现代社会的来临重新定义了公共性,报刊等传播媒介造就了不同于传统士人的新型知识分子,他们以大众而非君主为诉求对象。不断开拓的公共空间使公众、日常生活及世俗氛围经由勃兴的小说浮出水面,一种新的文学公共性——文学对大众的启蒙——受到知识分子的拥戴。当卢卡奇式的典型观念盘踞文坛时,文学的公共性几乎被摧毁,而后现代的语境又一次重新定义了文学的公共性。尽管后现代是理论旅行的结果,但不能否认中国存在类似的精神症状,眼下急剧增加的反讽美学即是力证。南帆从文学史的流变指出"无厘头"的来龙去脉,但他认为纯粹的搞笑既搁置了真正的思想交锋,也屏蔽了日常生活。所以,他期待后现代文学不要在嬉戏打闹之中耗尽自己的聪明才智,而要将自己的另类形式与反抗主体带入日常生活的结构。如此一来,后现代文学公共性才能得到淋漓尽致的展示。

以上从六个层面总结了南帆近年来的文学思想及文学批评实践。它们具有内在的逻辑顺序:话语光谱跟历史紧密相连,而结构主义侧重结构、漠视历史,关系主义的出现则回归历史,又容纳了结构主义的全部想法,这是南帆的突破所在。抛弃固定不变的结构之后,必须回到具体的关系网络中,具体问题具体分析、具体协调,因此,黑格尔式的历史认识自然被淡化。符号的角逐不断生产出新的意义并成为新的能量,这是南帆仍对文学话语寄予希望的原因。南帆的上述思想建构了一个新的视域,传统研究的诸多分裂———内容与形式、内部研究与外部研究、政治与审美等———在这里都消失了,二元对立成为同一问题的两个面向。在这个新视域内,六个命题之间构成了相互呼应的关系。

民国海洋文学史述略

在探讨"台湾海洋文学"时,台湾学者林正华教授追溯到《说文解字》《宋史》等考察了"海"、"洋"、"海洋"的含义,并指出:外国早有"海洋文学"之名——更毋庸说其"实",而在台湾则迟至1996年方才出现,1997年由台北经氏出版社出版的杨鸿烈的《海洋文学》是"第一本海洋文学论著"。[①] 可以补充的是,杨氏之作实际上1953年已由香港新世纪出版社出版。而在中国古代其实也早有了"海洋文学"之实——尽管是在"海洋文学"之名成立后回溯式确认的结果,"海洋文学"之名在民国年间就已频频出现。令人遗憾的是,除少数学者以外,我们的海洋文学研究界仍热衷于研读国外的海洋文学作品,却对同样丰富的本土资源——特别是民国阶段的——往往视而不见。另一方面,关注到这一问题的研究既未显示出足够的容量,也未在共时结构中展开分析,因此不

---

① 参看林政华:《"台湾海洋文学"的成立及其作家作品》,《明道通识论丛》2007年第3期。

够全面、深入。① 还有一个需要注意的问题是,当人们立足西方,将海洋文学的特征归纳为"浪漫而富有激情"、"崇尚竞争与力量"时,民国大量海洋文学作品恰恰很难与之相符。此时,应该毫不犹豫地舍弃本质主义式的定义,转向繁多的文学细部构件,审视海洋文学一词在中国本土的旅行与变迁、中西海洋文学之间的异同。通过文献检索,不难发现,民国海洋文学堪称一个丰饶的宝库,"民国"与"海洋"视域的确既可使大量被湮没的文学景观浮出水面,又有助于重新定位很多习见的作品,从而重绘这一阶段的文学地图。我们可以把"民国海洋文学史"初步整理,切分为三大板块,述其概貌。

第一,关于如何建设海洋文学的相关讨论。"海洋文学"一语是在介绍域外文艺作品时应运而生的,较早明确使用该词(及其类似语)的如"新近逝世的海洋文学家"(《东方杂志》1924年)、"从海洋文学说到拜伦,海贼及其他"(《南国周刊》1929年)、"巴罗哈的海洋小说"(《小说月报》1931年)、"女作家卡德的海洋小说"(《时事类编》1935年)等。针对当时描写战场文章虽多但写海军却较少的状况,塞先艾提到自己的几个研究海军的朋友"颇有志于提倡海洋文学,内容不仅描写海军抗战情形、连海上生活,沿海渔民状况,海外华侨的史实,都

---

① 参看朱学恕、汪启疆、张永健主编:《中国海洋文学大系:二十世纪海洋诗精品赏析选集》,台北:诗艺文出版社,2002年版;柳和勇:《中国海洋文学历史发展简论》,浙江海洋学院学报2010年第2期;张宗慧:《试论我国现代海洋小说的创作与局限》,山东大学2010年硕士论文;段汉武、范谊主编:《海洋文学研究文集》,北京:海洋出版社,2009年版;段汉武主编:《蓝色的诗与思:海洋文学研究新视阈》,北京:海洋出版社,2010年版等。

包括在内"。他认为这是"很可喜"而"非常必要"的事情,因为它一方面可以"宣扬许多海军民族英雄的丰功伟烈",另一方面"还能唤起国人对于海军的注意,努力地建设起海军的国防"。他认为,应从五个方面入手"建设海军文学"。① 由此可见,海洋文学是一个较为宽泛的范畴,而海军文学则是其中的一个重要组成部分。这种认识在《中国海军》上也有较为明确的体现:"海洋文学乍看似乎是新鲜名词,其实,卑之并无高论,它是海洋国家的自然产物,旨在唤起人们对海洋的认识与爱恋,藉此促进海军建设,所以,它的范畴甚为广阔,一切海军文艺作品以至于一切以渔民生涯华侨史实为题材的文艺作品均在其列"。②《中央日报》"前路"副刊刊行过两期"海洋文学专辑",有评论者称其为"意关开拓中国海洋文学的初步行动具体表现"。他详细分析了第二辑的三篇作品,认为其思想内容具有"战斗性"、形式技巧具有"优越性",堪称"一支生机勃勃的海洋文学雄健的新军"。③

较有理论性的讨论海洋文学的当属柳无忌。在其时一般舆论趋向与政府力量大都集中于军事胜利及其后的物质建设时,他认为文化建设同样重要。在对新中国的憧憬与想象中,国家文学成为与之相称的新文化、新文学。他是在"国家文学"的大框架下来提倡海洋文学的,所谓国家文学即"国家至上,文学至上"——前者关乎"文学的内容与使命",后者关乎

---

① 蹇先艾:《如何建设海军文学》,《海军建设》1941年第2卷第10期。
② 《海洋文学征稿小启》,《中国海军》1947年第2期。
③ 张毓后:《一支海洋文学的新军》,《海军建设》,1942年第2卷第11期。

"写作技巧的问题"。在如何协调两者关系方面,柳氏强调国家文学可有宣传作用,但"不能只为某一部分的利益与主义服务"。① 国家文学应该思想前进、精神积极,是"刚性的,有英雄的气概,生活的动力",决不能再像新文学初期那样误入感伤的泥沼,也要远离旧文学中避世或出世的情调,破除其"萎靡"、"陈旧"、"狭窄"的窠臼。因此,柳氏对海洋文学青眼有加,甚至断言它是"空前的",因为中国文学中关于海洋的作品贫乏,简直可以说我们几乎没有海洋文学。在《海洋文学论》中,他提出"海洋文学是值得提倡的一种文学运动",海洋文学包括"一切以海洋为题材的文学作品"。尽管海洋为文学提供了丰富的材料,但与上述对风格的限定一样,柳氏对题材也作了相应的划定,海洋文学应写"激发爱国的情绪,鼓吹海军的建设与海权的建立;描写洋海的浩大,魅力,与雄壮;叙述海岛与海岸居民的生活,他们那种坚毅的与自然斗争的精神,但亦并不是没有海上的乐趣;提倡航海事业,以航海人员的生活为写作的中心。"② 而且,中国的海洋文学还须担负如下重任:对内祛除人们的闭塞意识,对外宣扬国人的美德,从而刷新、纠正早已被丑化的形象。

第二,域外海洋文学的译介、传播与影响。正式出版的译作,以国别论,日本的有江见水荫的《女海贼》(上海:商务印书馆,1913年)、樱井彦一郎(原译)的冒险小说《航海少年》(上

---

① 柳无忌:《国家文学的建设及其理论》,《明日的文学》,桂林、重庆:建文书店,1943年版,第13—24页。
② 柳无忌:《明日的文学》,第43—44页。

海：商务印书馆，1914年）、日本大本营海军报道部编纂的《海军战记》（出版地不详，1943年）、岩田丰雄的长篇小说《海军》（上海：申报馆，1945年）；

法国有辟厄略坁《鱼海泪波》（王庆通口译、林纾笔述，上海：商务印书馆，1915年），威尔奴（凡尔纳）的冒险小说《海中人》（悾悾译，《礼拜六》总第48—56期连载，1915年），嚣俄（维克多·雨果）的《海上的劳工》（伍光建选译，上海：商务印书馆，1935年1版、1936年2版）及诗歌《海上的暴风雨》（青戈译，《民智月报》1936年第5卷第3期），艾克脱·马洛（Malot. H）的长篇小说《海上儿女》（适夷译，上海：燎原书屋，1946年）[①]，Maurice Bouchor 诗歌《海前》（《作风》1941年创刊号）等。

德国有保罗海珊（Paul Heyse）小说《海天盟鸳记》（尤敦信译，《东吴学报》1919年第1卷第1—2期连载），海涅的诗《海里有珍珠》（刘延陵译，《文学》1934年第2卷第3号）及《静夜》（李金发译，《新文学》1935年第1卷第2期）等。

英国有泰岱尔小说《海天情梦》（许尘父译，《小说日报》1922年第9—12期连载），夏士陂（Shakespeare，莎士比亚）的诗《海挽歌》（朱湘译，《小说月报》1926年年第17卷第6期），梅士斐儿（梅斯菲尔德，John Masefield）诗歌《海愁》（*Sea Fever*，饶孟侃译，《现代学生》1933年第2卷第7期），R. L. Stevenson 的《费利沙海滩》（*The beach of falesa*，上海：商务印书馆，1934年），哈洛辉黎《海军名将纳尔逊》（《海军杂志》1934

[①] 1947年上海建文书店重版，名为《海国男儿》。

年第 6 卷第 8 期至 1937 年第 9 卷第 11 期连载①),塔佛累尔《海军战纪》(重庆:文摘出版社,1944 年),Defoe《鲁滨逊漂流记》(李嫘译,上海:中华书局,1933 年)达尼尔·笛福《鲁滨逊漂流记》(汪原放译,上海:建文书店,1947 年)等。

美国有斯多克顿的小说《寡妇杜克德夫人的海行》(哲生译,《东方杂志》1930 年第 27 卷第 8 号),佐趣利托(George Little)小说《海人自叙》(《海军期刊》1930 年第 2 卷第 6 期至 1934 年第 6 卷第 7 期连载②),托姆斯(Lowell Thomas)的长篇小说《重洋怪杰》(*Count Luckner*,*The Sea Devil*,容复初译,上海:商务印书馆,1934 年),汉敏威(海明威)小说《海的变幻》(维特译,《文艺月刊》1934 年年第 7 卷第 3 期),利托《二十年海上历险记》(会宗巩译,商务印书馆,1937 年),贾克伦敦(Jack London)电影小说《海狼》(*The Sea Wolf*,止庵译述,《大陆》1941 年第 2 卷第 4 期),爱伦坡《海上历险记》(焦菊隐译,上海:晨光出版公司,1949 年)等。

丹麦有彼得·佛力泉(Peter Freuchen)的游记《北冰洋冒险记》(*Arctic Adventure*:*My Life in the Frozen North*,桂林:前导书局,1937 年)等。

挪威有易卜生《海上夫人》(杨熙初译,北京:共学社,1920

---

① 需要说明几个问题:第一,1935 年第 8 卷第 3—5 期未连载,该作品最后并未连载完。第二,自 1938 年第 11 卷第 1 期开始,《海军杂志》不再设置文艺栏目。第三,自 1936 年第 9 卷第 1 期始,小说标题上冠以"忠勇爱国小说"四字(9 卷 3 期为"爱国忠勇小说",8 期无)。

② 期间,创刊于 1928 年 4 月的《海军期刊》,自 1932 年第 5 卷第 1 期始更名为《海军杂志》。

年)、《海妇》(永祥书馆,1948年)等。

希腊有A. Karkaritsas的故事《海》(《小说世界》1923年第2卷第10期)等。

荷兰有H. Blokhuizen的《海的坟墓》(胡愈之译,《小说月报》1925年第16卷第4期),佛兰克·适威思尔《十七世纪南洋群岛航海记两种》(上海:商务印书馆,1935、1936年)等。

苏联有戈理奇(高尔基)《海鸢歌》(韦素园译,《莽原》1925年第12期),普里波衣《日本海海战》(梅雨译,新知书店,1940年),高尔基《海燕》(陈节译,桂林:文学出版社,1943年),梭波列夫《海魂》(白寒译,上海:苏商时代书报社,1946年),卡达耶夫等《海上英雄——短篇小说选》①(水夫等译,上海:时代书报出版社,1946、1948年)等。

俄国有屠格涅夫回忆录《海上的火灾》(彭慧译,《文学》1937年第9卷第2期),柴霍甫(契诃夫)四幕剧《海鸥》(胡随译,重庆:南方印书馆,1940、1944年),契诃夫《海鸥》(丽尼译,上海:文化生活出版社,1946年)等。

海洋文艺作家作品的介绍方面,还有康拉特(康拉德)②、

---

① 该书汇集了苏联卫国战争中以苏联水手伟绩为题材的短篇小说8篇,包括《旗子》(卡达耶夫著,磊然译)、《丰功伟绩》(拉甫列乌夫著,磊然译)、《白色快艇》(卡维林著,白塞译)、《西伐斯托波尔人》(哈马堂著,林陵译)、《西伐斯托波尔石头》(梭罗维姚夫著,水夫译)、《穿横条衬衫的死神》(拉甫列乌夫著,磊然译)、《远航》(梭罗维姚夫著,磊然译)、《潜艇队的菲伽》(卡锡尔著,水夫译)。篇首有水夫译《苏联卫国战争中的海军》一文。

② 参见诵虞:《新近去世的海洋文学家》,《文学》1924年8月11日第134期;从予:《新近逝世的海洋文学家》,《东方杂志》1924年第21卷第15号;樊仲云《康拉特评传》,《小说月报》1924年第15卷第10期。

巴哈罗①、卡德(Isabel Hopestill Carter)②、古柏杰姆③、斯摩拉特(Tobin Smollett)④、理查德·海洛斯(Richard Hughes)、亚当比(Bill Adams)、查理士·格瑞尔(Charles W. Gray)、斯阿因顿·汉因(Thornton T Hains)、亨利·岂特儿只(Henry C. Kittredge)、詹姆森·P·巴克尔、锐克斯·克里门第(Rex Clement)、丹纳(Dana)、朴西·A·哀底(Percy A. Eaddy)、查理士·衷德渥德罗素(Charles Edward Russel)、阿尔弗雷德·柏喜儿·那柏克(Alfred Basil Luffock)、安朱·施文(Andrew Shewan)、渥列斯(Wollace)、渥而特·锐因西门(Walteer Runaimaw)、汤姆林荪(H. M. Tomlinson)、菲立克司·爱荪柏格(Felix Riesenberg)、斯蒂文生(Paul Eve Stevenson)、爱德华·诺贝尔(Edward Noble)、阿仑·T·威利儿斯、史各脱·福斯特(Scott Forester)⑤、海格德(H. Rider Haggard)⑥等等。

  毫无疑问,翻译首先是语言的双边碰撞,域外海洋文学作品的翻译使汉语语汇得到一次次考量、自问、调整。——正因为翻译是一种再创作,所以,某种程度上不妨把这批译作纳入民国海洋文学史范畴之内。翻译过程中,翻译现代性不仅丰

---

  ① 赵景深:《巴哈罗的海洋小说》,《小说月报》1931年第22卷第1期。
  ② 植:《女作家卡德的海洋小说》,《时事类编》1935年第3卷第6期。
  ③ [美]保能德:《美国海军小说家古柏杰姆传记》,陈棨译述,《海军建设月刊》1941年第2卷第1期。
  ④ 俞大纲:《海洋小说家斯摩拉特》,《学识》1947年第1卷第9期。
  ⑤ 参见林肯·布朗:《海的文献》,龚远耀译,《海军建设》第2卷第7期。
  ⑥ P. S. Lincoln:《海的文献补遗》,龚远耀译,《海军建设》第2卷第9期。

富了汉语语汇,而且增广见闻、刷新了男男女女的思想观念。以上的翻译雅俗兼有,文类多样,既是译者的主动选择,往往带有鲜明的时代印痕与内心寄托,反过来又为本土的海洋文学创作提供了借鉴与参照。

第三,本土的海洋文学创作。译介的海洋文学中小说占了较大比重,相比之下,本土的海洋文学作品中,小说尤其是长篇小说则比重少,而以诗歌、散文、游记居多。具体而言,前者如俍工《海的渴慕者》(《小说月报》1923 年第 14 卷第 3 期)、卢隐《海滨故人》(《小说月报》1923 年第 14 卷第 10 期)、春茧生的长篇社会香艳小说《海上迷宫》(上海:沪滨书局,1928 年)、武幼如的武侠爱情长篇小说《海天奇遇》(《康健杂志》连载[①])、徐迟短篇小说《海的过失》(《中国文艺》1937 年第 1 卷第 3 期)、许软文短篇小说《海阔天空》(《国民周刊》1937 年第 1 卷第 8 期)、东海觉我的冒险小说《海外天》(上海:海虞图书馆,1940 年)、钱今昔《海》(《正言文艺月刊》1941 年第 2 卷第 1 期)、潜羽短篇小说《海和它的子女们》(《万象》1943 年第 3 卷第 2 期)、王余杞长篇小说《海河汩汩流》(重庆:建中出版社,1944 年)、碧野中篇小说《湛蓝的海》(上海:新新出版社,1947 年)等。

诗歌如泳今《取火者与海》(《中华月报》1917 年第 5 卷第 3 期)、沈松泉长诗《海与妹妹》(《民铎杂志》1921 年第 2 卷第

---

① 《康健杂志》1936 年第 4 卷第 2、3、4、10、12 期,1937 年第 5 卷第 4 期连载。

5期)、周灵均《海上曲》(《晨报副刊》1925年1月19日,第4版)、《海浴》(《文学周报》第194期,1925年)、海谷《白须的海老儿》(《晨报副镌》1926年第54期)、逸霄《海灯》(《海灯学刊》1928年第3期)、郑纸鸢《海》(《现代文艺》1931年年第1卷第2期)、赵季超《望海楼头》(《学生文艺丛刊》1933年年第5卷第2期)、李广田《老人与海》(《文学季刊》1934年第1卷第4期)、影子《神秘的海》(《新江半月刊》1939年第1卷第11—12期合刊)、沙洛《海》(《中国公论》1942年第7卷第4期)、方市沛《海谭》(《战幹》1943年第202期)等。

散文如罗黑芷《海的图画》(《小说月报》1926年第17卷第4期)、修薇《逗子海影》(《国闻周报》1935年第12卷第37期)、须养才《海》(《中学生文艺季刊》1935年年第1卷第2期)、潘乃斌《海》(《中学生文艺季刊》1935年年第1卷第2期)、顾颜《岛海前》(《咖啡味》1936年第1期)、宋悌芬《海》(《宇宙风》1938年第47期)、微明《海的诱惑》(《诗与散文》1940年第1卷第2期)、许印滴《海的怀念》(《现代文艺》1940年第1卷第3期)、蓝鹄《海的梦》(《三六九画报》1940年第4卷第16期)、静《海的怀念者》(《三六九画报》1940年第6卷第15期)、江篱《海岸上》(《战时文艺》1941年第1卷第2期)、超群《海的记忆》(《重庆青年》1941年第1期)、刘白羽《海的幻象》(《文艺阵地》1942年第7卷第2期)、叶以群《海依然是静静的》(《文化先锋》1942年第1卷第2期)等。

民国海洋文学创作涌现出较多的海上游记。譬如,署名飞的《海行杂记》(《清华周刊》1916年第80—83期连载)、杜若《在海船上》(《语丝》1925 年第 44 期)、佩弦《海行杂记》(《黎明》1926 年第 2 卷第 38 期)、钟敬文《海行日述》(《文学周报》1929 年第 7 卷第 326—350 期)、孟宪章《三万里海程见闻录》(东方学社,1932 年)、秋子《在海船上》(《艺风》1934 年第 2 卷第 4 期)、巴金《海行》(新中国书局,1933 年①)、黄炎培《黄海环游记》(上海:生活书店,1933 年)、洛思《在海船上》(《清华副刊》1936 年第 45 卷第 1 期)、巴西《海行》(《努力》1937 年第 2 卷第 1 期)、仲跻翰《东西洋考察记》(世界书局,1939 年)、黄药眠《美丽的黑海:游苏漫记》(桂林:文化供应社,1944 年)等。

值得注意的现象是,民国海洋文学作品对"南洋"十分关注,如梁绍文《南洋旅行漫记》(北京:中华书局,1926 年)、卓宏谋《南洋群岛游记》(1928 年)、丘守愚《美哉南洋》(上海:南洋舆地学社,1929 年)、侯鸿鉴《南洋旅行记》(无锡:竞志女学校)、罗井花《南洋旅行记》(中华书局,1932 年)、王志成《南洋风土见闻录》(上海:商务印书馆,1937 年)、许杰《南洋漫记:椰子与榴梿》(香港:晨钟书局,1937 年)、柴田贤一《峰火话南洋》(汪宇平译,重庆:时与潮书店,1942 年)、臧健飞编《南洋的风光》(长春:新京书店出版部,1942 年)、陈寿彭《南洋与东南洋群岛志略》(南京:正中书局,1946 年)等。与中国古典作品中的海洋想象相比,现代海洋文艺呈现出新的特色,常常染有家国之痛的印迹,铭记着国人现代空间观念的生成与拓展

---

① 南国出版社 1935 年重印,更名为《海行杂记》。

过程。

另外,值得一提的是,伴随着中国海军的建设,《海军期刊》(后改名为《海军杂志》)、《海军整建》(后更名为《海军建设》)、《海校校刊》、《中国海军》等刊物都曾开辟专栏,致力于海洋文学建设,如《海军期刊》的"文苑"、"杂著"、"士兵园地",《海军整建》的"海军文艺",《海校校刊》的"海洋文艺",《中国海军》的"文艺"、"海洋文学",发表(含翻译)了一大批类型多样的海洋文艺作品。

结　语

迄今为止,民国年间丰富的海洋文学资源并未得到全面发掘、深入研究。"民国"与"海洋"视域既可使大量被湮没的文学景观浮出水面,又有助于重绘这一阶段的文学地图。整体而言,"民国海洋文学史"涵括三大板块:其一为关于如何建设海洋文学的相关讨论;其二为域外海洋文学的译介、传播与影响;其三为本土的海洋文学创作,尤其是与国人空间意识转换、海军建设、海军期刊等之间的互动关系。

岂能如此理解中国传统文化中的诗歌

——与张法教授商榷

中国素有"诗国"之美誉,诗歌文化源远流长,佳作纷呈,名家辈出。不过,"何谓诗"却是一个见仁见智的问题。几千年来,古今中外的诗人及诗论家给出了繁复多样的回答。仅就中国古代而言,根据 20 世纪 20 年代杨鸿烈的研究,"中国书里所有的诗的定义差不多有四十余条",他自认为这"也是前此研究中国诗的人所不曾发现过的"。① 另一位学者则将中国古代关于诗歌的定义分为四类:"一类专就'诗'的字义作解释,一类只说明了诗的实质,一类则专就诗的某种特点而说,另外一类却又偏重于诗的作用"。② 应该说,以上众多对诗歌的言说都铭刻着或深或浅、或显或隐的时代印痕,是历时传统与共时环境之间相互碰撞、相互妥协的结果。因此,如果

---

① 杨鸿烈:《中国诗学大纲(自序)》,《文学旬刊》1924 年 9 月 21 日第 2 版。
② 谭正璧编:《文学概论讲话》(第 2 版),上海:光明书局,1936 年版,第 32 页。

想要透彻理解中国古代诗歌,就自然不能对这笔丰富的遗产视若无睹。相反,必须回到诗歌所处的共时结构中去,回到中国传统文化中去。最近,"长江学者"张法教授指出"现代的文化体系和学术体系"铸成大错——"遮蔽了中国诗歌的基本性质",主张"在现代化已经进入到了相当程度的今天,还原中国诗歌的本来面目则正是今日中国的现实所必需"。① 就学术理路来说,这一抱负的确值得赞许。然而,张教授所展示出来的中国诗歌面目却着实令人吃惊,信口开河与逻辑混乱之处在在皆是,它们不断地挑战男男女女的文史常识。鉴于诗在中国传统文化中的重要地位,有必要剖析其文荒腔走板之处,以正视听。

一 为何写诗:活得"像模像样", 抑或"言志"、"缘情"

诗乃中国文化之魂,张教授的这个总体判断无可挑剔,问题出在阐释的过程中。具体说来,在其第一个入手处——"从写诗之人看诗在中国古代是什么",论者以《大风歌》、《垓下歌》为例,进而推论:"从刘邦和项羽这两个没有文化的人也要写诗透出的是,在中国古代,你要成为一个像模像样的人,是

---

① 张法:《如何理解中国传统文化中的"诗"》,《学术月刊》2013年第12期。下文凡引及该文不再另注。

一定要写诗的"。值得怀疑的是,这两首诗是刘邦、项羽要活得像模像样才写的吗?众所周知,《大风歌》为刘邦平定淮南王黥布叛乱归途中与家乡父老宴饮时即兴所唱。据《汉书·高帝纪》记载,刘邦在歌舞之时"慷慨伤怀,泣数行下"。歌中既有开国皇帝的踌躇满志,又有对国事的担忧及恐惧。而《垓下歌》则是西楚霸王在那场生死之战前夕写下的绝笔,冲天豪气、满腔悲愤、满怀深情与无可奈何尽在其中。显然,表达个体内心的情志才是两人写诗的目的,而这两首诗都是"诗言志"——中国历代诗论"开山的纲领"①——的典型个案。

从诗的发展过程,闻一多认为"志"有"记忆、记录、怀抱"之意。② 长期以来,"志"被解释为合乎礼教规范的思想感情,所以后世出现了"言志"与"缘情"的对立。实际上,两者的差别仅是诗歌所抒发感情范围的大小。中国第一部诗歌总集《诗经》为此做出了生动的证明。如果说创作"窈窕淑女,君子好逑"、"硕鼠硕鼠,无食我黍"等诗篇的作者,写诗的目的就是为了活得像模像样,那么,沿此途径想要窥见诗歌的真实面目,无异于缘木求鱼。为何写诗?《论语》里的概括依然十分精辟:诗可以兴,可以观,可以群,可以怨。或如钟嵘《诗品》所言,"气之动物,物之感人,故摇荡性情,形诸舞咏"。换言之,诗歌是主体有感于外物,从而抒发内在"性情"的结果。具体而言,"若乃春风春鸟,秋月秋蝉,夏云暑雨,冬月祁寒,斯四候

---

① 朱自清:《诗言志辨》,上海:华东师范大学出版社,1996年版,"序"第4页。

② 闻一多:《歌与诗》,《文艺春秋》1947年第4期。

之感诸诗者也。嘉会寄诗以亲,离群托诗以怨。至于楚臣去境,汉妾辞宫。或骨横朔野,或魂逐飞蓬。或负戈外戍,杀气雄边。塞客衣单,孀闺泪尽。或士有解佩出朝,一去忘返。女有扬蛾入宠,再盼倾国。凡斯种种,感荡心灵,非陈诗何以展其义?非长歌何以骋其情?"无论属于哪种情形,在刘勰眼里,应该"为情而造文"而非"为文而造情",否则,难以产生优秀的作品。张教授也谈及好诗的诞生:"文官写诗是应当,武将呢?还是要写诗。比如岳飞的《满江红》,写得并不比优秀诗人们差。真正的问题在于,包拯型的文官们,岳飞型的武将们,都要写诗;特别是到了关键的时刻,即使平常不写诗的人,这时刻,有一种东西会让他们写出好的诗来。是什么东西让他们感到必须写出诗来呢?"无疑,这个"东西"的核心是指(岳飞家国之痛的)生命体验与(抗击金兵的)人生经历。让人跌破眼镜的是,论者竟然如此回答:"这在女人们那里表现得更清楚。在古代文化中,是不主张女孩多读书的,所谓'女子无才便是德'。但虽不用读书,写诗却要鼓励……诗成为女子品性的要项"。绕了一个圈子,王顾左右而言他。只是有点隔靴搔痒,愣是说不清楚究竟是什么催生出好诗来。

论者认为古代社会里,诗是使女性"成为美人的不可或缺的要项"。按照这个标准,不知享有"沉鱼落雁之容,闭月羞花之貌"的西施、王昭君、貂蝉、杨玉环这四大美女情何以堪。不言而喻的是,在文人墨客那里,诗的确可以为她们增光添彩,使其更为"美丽""迷人"。"为什么是诗让她们显得更加美丽?在中国文化中,诗像阳光一样普照众生。正如胡应麟在《诗薮》里讲唐诗的作者时说的,'诗之其于唐也……其人则帝王、将相、朝士、布衣、童子、妇人、缁流、羽客,靡弗预矣',就是说,各类人等乃至全民都在写诗。中国古代就是全民写诗的时代,诗具有一种让人受尊重的魔力。"论者的自问自答似乎可以说得过去,问题在于,《诗薮》中的这段引文要证明的是"甚矣,诗之盛于唐也"。① 即是说,诗歌在唐代尤为兴盛,影响广泛,较为普及,诗人队伍庞杂多样,来自众多不同的社会阶层。但绝不能偷换概念,断定唐代是"全民写诗",更不能由此扩大到整个"中国古代"都是全民写诗的时代。历史上倒是出现过"全民写诗",但那是不正常年代的特殊产物。1958年,在领袖号召与全民动员下,"全民写诗"的新民歌运动在全国轰轰烈烈的展开。实际上,它与经济上的"浮夸风"相伴而生,是"文化大跃进"的具体实施,是群众共产主义实验的一个组成部分。随着"大跃进"遭遇挫折,"全民写诗"、"诗歌卫星"的狂潮也就很快偃旗息鼓。所谓的新民歌其实是"十足的伪民歌",因为它是"意识形态的演绎,而工农兵只是意识形态的工具。工农兵的真实生活、思想感情并没有得到体现,他们的要求也没有得到满足"。②

论者还由《论语》、《庄子》等哲学文章的诗歌味道及程颢、朱熹等理学家也写诗推论:"哲学家也一定要写诗。不但搞哲

---

① [明]胡应麟:《诗薮》,上海:上海古籍出版社,1958年版,第163页。《诗薮》共分"其体"、"其格"、"其调"、"其人"四个方面来证明唐诗之"盛"。张文把"诗之盛于唐也"误作"诗之其于唐也",虽一字之差,失却要义。

② 杨春时:《中国现代文学思潮史》(上),南京:南京大学出版社,2011年版,第509页。

学要写诗,当和尚也要写诗。和尚们最高真理的获得是用偈语来表达的,最后考你达到了怎样的宗教的境界,就是看你写得出怎样的偈语。偈语往往用诗的形式。"我们知道,先秦时期文史哲不分,因此,哲学家一定要写诗的说法勉强可以成立。然而,从宋代理学家的几篇诗作就断言哲学家"一定"要写诗则显得牵强。论者既然说偈语"往往"——而非"总是"——采用诗的样式,就意味着偈语还有其他的形式,那么,又如何能说和尚必定要写诗呢？论者以偏概全的病症又一次发作。金人元好问曾在《赠嵩山隽侍者学诗》中有言:"诗为禅客添花锦,禅是诗家切玉刀。"换言之,诗与禅相辅相成,禅师以诗悟道可为禅学锦上添花,而诗人借助参禅体验则让诗歌别具风味。中国确实有不少"诗僧",较为知名的如南朝的释宝月,唐代的贾岛、皎然、贯休、寒山子,宋代的参寥子道潜、觉范慧洪,近代的李叔同、苏曼殊等。不过,也不是没有反对僧人写诗者。譬如康熙年间的如幻,他在出家之前精通诗文,出家后"笔墨旧习,悉皆捐废"。不仅自己不再写诗,而且主张诗文乃僧家的雕虫小技,写诗作文纯属多余,如果把经历花在其上"真如蛇足兔脚"、"深为可惜"。[①] 另外,五祖弘忍之后,禅宗出现"南顿北渐"之分,修行的方式并不单一:除了偈颂,还有"不立文字"的棒喝、体势、圆相、触境、默照等,它们"截断理路、解构语言、取代文字、直指人心"。[②] 因此,和尚写诗只是

---

① 参看廖渊泉:《乾坤有泪关诗史——明末清初爱国诗僧如幻及其〈瘦松集〉》,《泉州文史》1989年总第10期。
② 参看方立天:《禅宗概要》,北京:中华书局,2011年版,第96—103页。

一种可能,而绝非一种必要。

二 科举考试最重要的内容是诗歌吗

论者展开论证的第二个角度是"从诗的功能看诗在中国古代是什么"。在论者看来,"对于古人来说,不写诗,这个人就难以成为像样之人"。还以刘邦、项羽为例,他们写诗之前活得不像模像样吗?这种说法一方面置中国诗歌悠久的"诗言志"、"诗缘情"传统于不顾,另一方面也将先民出人头地的方式绝对化了。论者强调,诗歌在科举中的重要性无与伦比:"古代入仕从隋唐开始实行科举制度。科举制度是选拔管理人才的,但最重要的考试却是诗歌。为什么管理人才的选拔更重视诗歌,而不重视考法律条文?因为对于中国型的治理来说,最重要的是活的灵性而不是死的书本"。从科举之兴到科举之废,历朝历代的考试内容并不完全一致,有时差别还很大。衡之以科举的复杂历史,上述说法十分武断而笼统。首先,论者所犯的一个错误是认为科举考试不重视法律条文。其实,唐高祖时曾设"明法科",专门选拔法学人才,考试科目有律、令各一部。其中,律试为十帖、四策、七条,令试为十帖、四策、三条。"唐代多种政书典志记贡举科目多提秀才、明经、进士、明法、明书、明算六科,可见这六科是唐代贡举制度中的骨干,并可见这六科最初可以相提并论。事实上,明法科入仕叙阶最初与进士同……随着科举考试制度的发展,六科发生分化,地位也随之而变"。① 换言之,至少有一段时间,"明法科"与后来脱颖而出乃至独领风骚的"进士科"一样风光过。而宋代"法律考试的种类之多、规模之大、范围之广,在中国古代首屈一指。宋代不仅设有'书判拔萃'、'试判'、'试身言书判';而且还有'明法'、'新科明法'、'试刑法'、'呈试'、'诠试'等等,就是进士、武学、算学、画学等科目,也要试律断案"。② 不难看出,宋代不仅专门的法官要考法律条文,即便是其他部门的官员选拔,也需具备一定的法律知识。此外,科举中除了"文举",还有"武举"。武举制度始于唐代武则天朝,宋明清三代都长期实施过。武举虽然地位低于文举,且时断时续,但毕竟可以选拔出一部分人才。

其次,论者错误地把特定年间科举考试的内容予以普遍化。唐代"进士主要试诗赋"的说法自北宋开始就流传开来,有学者早就进行过仔细辨正。相比之下,张教授则干脆把原本就已夸大的"唐代"、"进士科"扩大到整个科举考试的所有类别,更是以讹传讹。令人遗憾的是,这种讹传迄今在文学研究界仍有不小的市场。回到历史,唐初进士科考试内容为时务策五道,录取的唯一依据是策文的好坏——主要不是指文章内容,而是指词华。调露二年,主考刘思立认为进士只试时务策,伤之肤浅,请求加试杂文两道、并帖小经。次年,诏令进

---

① 杨学为总主编:《中国考试通史》(卷1),北京:首都师范大学出版社,2004年版,第348—349页。
② 王云海主编:《宋代司法制度》,开封:河南大学出版社,1992年版,第81页。

士除了试策之外,加试杂文。武则天当政,进士帖经、试杂文曾暂停一段时间。中宗复位后,又加以恢复。自此,"先帖经,然后试杂文及策"三场试的格局才确定下来。此时的"杂文"包括箴、表、铭、赋之类,"直到开元末年,杂文仍未专用诗赋。正如清人徐松在《登科记考》卷二引录永隆二年八月诏时所说:'按杂文两首,谓箴铭论表之类,开元间始以赋居其一,或以诗居一,亦有全用诗赋者,非定制也。杂文之专用诗赋,当在天宝之季。'"①由此可知,所谓的"科举考试最重要的内容是诗歌"之说,应该严格限定在天宝末年才讲得过去。

在"从诗的功能看诗在中国古代是什么"这一节,为了证明诗歌的重要,论者以先秦诸子——特别是孟子、墨子、荀子——为例,认为它们"每讲完一个道理的时候,都要引一句《诗经》,来表明自己前面讲的事情的权威性","在这里,诗歌不是文学作品,它表明了真理性。引用诗歌,就表明我获得了一种真理"。他还以中国小说为例,认为它们在关键处要"有诗为证"——"诗是拿来进行逻辑证明的。诗歌具有权威性、真理性、逻辑性"。以上言说都经不起推敲。先说先秦诸子,它们经常引用《诗经》——《孟子》46处、《墨子》11处、《荀子》高达83处。但绝不是"每个"道理之"后"都征引,更重要的是,征引的目的也不全是要表明什么权威性、真理性。拿引用《诗经》最多的《荀子》来说,它还引用了《书》、《传》、《易》、《康

---

① 吴宗国:《唐代科举制度研究》,沈阳:辽宁大学出版社,1992年版,第150页。

诰》等,而且,"引《诗》与《诗经》创作原意完全契合者并不是很多,大量的引《诗》实例则是对《诗》的原意进行了引申、改造,或者剌取诗句字面上的意义,加以自己独特的诠释,或用其比喻义,或用其扩展义"。① 可见,《荀子》引用《诗经》等典籍,不是"我注六经",而是"六经注我"。再看中国古典小说,证明某种道理仅是诗歌的功能之一,它还有另外七种功能:"延长篇幅"、"徒为虚饰"、"抒写胸臆"、"衬托人物性格"、"预言故事发展"、"制造整篇故事的氛围"、"暗示主题所在"等。② 可见,所谓的"逻辑证明"说严重狭隘化了诗歌在小说中的作用。

三 余论:学风问题不容小觑

如果不嫌繁琐的话,还可以列出张教授论文中的一些逻辑瑕疵。一篇论文竟然出现如此之多的"胡言乱语",我不认为这是"长江学者"的水准问题,而更愿意归咎于学风问题。"板凳甘坐十年冷,文章不写一字空。"在一个课题至上、量化考核风靡的年代,前贤的教诲对当今的学者而言愈发显得高不可及。虽不能至,心向往之。惟其如此,我们才能让自己的学术话语更为严谨、更少空话。

---

① 赵伯雄:《〈荀子〉引〈诗〉考论》,《南开学报》2000 年第 2 期。
② 侯健:《中国小说比较研究》(第 2 版),台北:东大图书股份有限公司,2005 年版,第 66—68 页。

第四辑
批评的品格

文学批评:美感剖析与理论介入

当代文学批评正饱受诟病,因为据说它在总体上都出了问题:热衷于从理论到理论,从概念到概念,不够清新,普遍缺乏独特的情感与个性,学院气十足,长此以往甚至会把批评的当下性、尖锐性给弄没了。显然,批评界对美感经验的珍爱与对理论介入的反感对比鲜明。问题在于,文学批评能否仅仅止于美感的欣赏、玩味,要不要冲破文本的樊篱,看看美感究竟是如何建构或生产出来的,它如何潜移默化地影响了人们对特定事物的认识,其中又有着怎样的奥秘或玄机。与此密切相关的是,学院派文学批评晦涩难解的文风一直倍遭苛责,应该深究的是,除去那些因为对理论一知半解而生搬硬套者以外,不同的理论工具帮助人们打开了怎样不同的视野,哪些人总是对"学院味"吃不消,那又是谁的责任。刘勰《文心雕龙》中提醒文学研究不应"各照隅隙,鲜观衢路",[①]

---

① 刘勰:《文心雕龙·序志》,见杨明照《文心雕龙校注》,北京:中华书局,1959年版,第317页。

只有把上述问题列入考虑的菜单,我们才可能避开这个陷阱。

一

西方文学理论往往被认为是学院派文学批评猖獗的罪魁祸首,它注重理性的逻辑思辨而忽视了审美经验,面对文本,你方唱罢我登场的理论思潮最后谁也将他奈何不得,而中国传统文学批评恰恰能在这些方面独占擅场。这种把中西文论截然对立起来并认为中国文论胜出一筹的做法实在要不得。事实上,无论是中国还是西方的文学理论都不是铁板一块,都既有随笔体、对话体这类通俗易懂之作,譬如柏拉图《文艺对话录》、歌德《文艺谈话录》与大量古典诗话等;也有高头讲章之文,譬如刘勰《文心雕龙》、叶燮《原诗》与诸多西方文论。古典诗话确实在长时间内对字词句篇倾注了极大的心力,而且,这种字斟句酌的形式还蔓延至明清的小说评点中。然而,不应误解的是,古典诗话绝非仅只讨论文学作品的技术性问题,也关涉到文学与社会、政治、教育、历史、人生等重大命题。换言之,诗话这种吉光片羽的形式不可一概而论,以为它们等同于形式主义的审美经验分析。中国文学"文以载道"的传统源远流长,与此互为镜像的是,传统文学批评史中谈论文艺常常是融多种关怀于一体。较为典型的如《论语》中的"诗可以兴,可以观,可以群,可以怨。迩之事父,远之事君,多识于草木鸟兽之名",①不妨说,文学的审美功能与认识、教育、团结、批判、外交等功能密切联系,或者说,审美功能更有利于其他功能的发挥。文学本身是整个社会中的一环,自然就与共时结构中的其他关系项之间相互勾连,因此,我们谈论文学时如果患有审美洁癖的话,很容易不知不觉中就把文学的丰富性挤出去或压缩掉,而后还洋洋自得地以为自己做的才是真正的文学批评。

对诗话而言,它最初其实也不必以审美为要务——众所周知,第一部正式的诗话《六一诗话》在序言中明言"集以资闲谈也",②它大都谈论文坛掌故,而紧随其后的《温公续诗话》也是如此。比较明确地谈论诗歌句法的当推《彦周诗话》,它大大扩展了诗话的外延,但也并非完全唯句法是问,除了"辨句法"之外,它还强调"备古今,纪盛德,录异事,正讹误"。③诗话在进一步发展中才更多地涉及有关诗歌的一些理论问题,这方面成就较高的有严羽《沧浪诗话》、张戒《岁寒堂诗话》、王若虚《滹南诗话》、谢榛《四溟诗话》等等。中国没有西方式的"诗学",就连"文学批评"一词也是外来语,但诗话堪称独具中国特色的文学批评形式。回顾诗话的历程可以发现,它确实较为注重"文本"——严格说来这个词语代表着一种新

---

① 《论语·阳货》,见郭绍虞主编《中国历代文论选·第一册》,上海:上海古籍出版社,2001年版,第17页。

② [宋]欧阳修:《六一诗话》,见[清]何文焕辑《历代诗话》(上),北京:中华书局,1981年版,第264页。

③ [宋]许彦周:《彦周诗话》,见《钦定四库全书》集部九。

的看待文学的观念,不过,明显的是,诗话所谈及的话题十分广泛,牵涉到文学话语意义生产的多个方面。

现今,呼吁重振传统文学批评精神很是时髦,问题在于,诗话能够填满传统文学批评精神的全部空间吗?再有,既然我们无法回避域外文论思想的涌入,那么,至少应该认真、全面、公允地盘点、反省自我与他者各自的优缺点,尽力使它们之间实现沟通、对话、互补,而非势不两立、两败俱伤。当然,这并不是什么崭新的课题,早有敏锐的学者为此贡献了他们的才智,朱光潜即是其中的一位佼佼者。有感于中国诗学的不发达,他致力于诗学的研究,是为《诗论》。这一著作尤其是其序言部分值得那些复古主义者仔细阅读,因为它可以有力回应他们煞是招摇的呐喊。朱光潜提醒:"当前有两大问题须特别研究,一是固有的传统究竟有几分可以沿袭,一是外来的影响究竟有几分可以吸收",应在两者的相互比较中现出各自的优劣长短。如此一来,我们就不要以抵制西方文化霸权等堂皇的借口而盲目自大、排外。就诗话来看,它"大半是偶感随笔,信手拈来,片言中肯,简炼亲切,是其所长",缺陷在于"零乱琐碎,不成系统,有时偏重主观,有时过信传统,缺乏科学的精神和方法"。诗话式的文学批评对作品的好坏花在体味上的功夫远远多于花在理论总结上的功夫,有鉴于此,朱光潜强调不能盲目地喜好,觉得好或坏还不够,还必须进一步探究个中缘由,而这正是诗学的任务所在。迈出这一步需要克服长期以来形成的根深蒂固的偏见:诗歌之妙只可意会不可言传,一旦经由科学分析则如同拆碎了七宝楼台。相应地,这在方法论层面要求"谨严的分析与逻辑的归纳",而不是陷于"重综合而不喜分析,长于直觉而短于逻辑"的惯习中沾沾自喜。①

只有诉诸谨严的分析与逻辑的归纳,我们的文学批评才不会整的太不靠谱。譬如,有批评家认为理论阻碍了对文学作品真实感受的表达,干脆宣扬好的文学批评家应该"无所挂碍地进入作品","让自己全身的毛孔张开去感受作品",这样做的时候就要风有风要雨有雨。让人疑惑的是,真的能把所有观念性的东西赶到九霄云外去吗?有那么纯洁无瑕的语言供其驱遣吗?就连"什么是文学"都没有预设了?文化的"前结构"都瞬间蒸发了?又如,有批评家愤然指出,现在的批评文字写得天花乱坠,但其分析的对象却很烂,批评家的判断力也真是太差劲了。问题是,从其前提到结论之间并无必然而只有或然的联系,因为不能对如下情形熟视无睹:批评家对差劲的作品持否定态度,批评家做的是文化研究。毕竟,没有充分的理由认为一个批评家评论了郭敬明的《爵迹》,他就与郭敬明共享了同样的审美水准。凡此种种,不是说明我们的批评家拥有的理论太多了,相反,说明他们的理论修养、逻辑素质亟待大幅度提高。

二

"失语症"曾是文学理论界激动人心的话题,它断言我们

---

① 朱光潜:《诗论》,上海:上海古籍出版社,2000年版,"抗战版序"第1—2页。

的文学批评自近代以来就"失语"了,一直活在洋人的阴影里。如果强烈的民族自尊心还没有冲昏我们的头脑,那么,至少需要考察"失语"的根源在哪里?是真的"失语"了吗?实际上,这里涉及的是从传统到现代的重大变迁,它波及到政治、经济、社会、军事与文化等多个面向,而文学理论与批评则是其中的一个节点。何谓"现代"的标准有很多,其中举足轻重的一种是"思维方式和理解世界的方式"。① 如此说来,传统文学批评的没落意味着新的思维方式与新的理解世界的方式悄然崛起。追溯文学批评的范式转型时,王国维被公认为首开时代新风,这有《红楼梦评论》、《宋元戏曲考》为证。前者以叔本华的哲学思想来重新审视《红楼梦》,致力于探讨《红楼梦》的美学与伦理学价值,与之前红学研究颇为盛行的索引、考证之风相比,这种高屋建瓴的中西比较视角、融理论资源与文本分析交融的研究方式令其黯然失色。而后者则史料翔实、逻辑分明,既把戏曲放在历时的脉络中,又放在共时的结构中进行考察。除去所使用的文言这一点,它们与今天的文学研究没有太大不同。

  王国维的研究者常常指出,发表《红楼梦评论》四年后,他

---

  ① [英]玛丽·伊万丝:《社会简史:现代世界的诞生》,曹德骏等译,复旦大学出版社,2010年版,第3页。另外,可参看王中江《近代中国思维方式演变的趋势》,四川人民出版社,2008年版。这部专著是研究近代中国文化转型课题中的一卷,它指出:近代中国思维方式的转型并非线性的,而是充满诡异,大致可以从以下几个方面来把握:"世界秩序观"的变化与"万国公法"和"中国意识","古今"、"新旧"、"中西"关系的移位,知识和规范的"合理化",构建社会政治"新秩序",近代中国的"自强意结"。(第371—420页)

又回到了传统的批评形式,这即是著名的《人间词话》。不能排除王国维以诗话的形式向传统文学批评致敬的可能,尽管如此,仍应看到《人间词话》的核心概念——无论是"境界"还是与之紧密相关的"优美"、"宏壮"等——都从西方美学中汲取了营养。因此,认为王国维的著作有内在矛盾也罢,认为王国维对传统/现代批评态度犹豫也罢,毋庸置疑的是,文学理论与批评如同整个晚清帝国的命运一样,再也不能闭关自守、坐井观天了,而是必须或被动、或主动,或满腔屈辱与惆怅,或满怀憧憬与希望地与西方文化正面相遇。王国维拉开了国人学习西方文化的大幕,而五四新文化运动则将这项事业更加发扬光大。王国维在上述三种著作中使用了两套不同的话语表达系统,随着学术体制的建立与不断壮大,它们的地位天差地别。而今,这两种风格迥异的话语方式分别在两个相互对立的阵营中接续并演绎:一是大学与社科院,二是作协、文联与媒体。前者在后者眼里是不忍卒读的"学院派",而后者在前者那里则没有多少学理可言。

批评学院派的不好读时,批评者总要把圈子之外的"大众"挂在嘴边,为自己撑腰壮胆。似乎,文学批评要做到央视"百家讲坛"那个份儿上,才算合格。"于丹式"的《论语》解读的确很通俗易懂,但从学术的角度而言,不少地方就纯属信口雌黄。解错词句还都是小问题,最大的症结是于丹对儒家精神的"去政治化",或者说,对儒家批判现实精神的阉割。当大众们喝着"学术超女"于丹精心调制的"心灵鸡汤"时,或许不会想到,她极力鼓噪一切回到内心,而这个把戏恰恰是忽悠男男女女漠视现实世界的所有不公。学院派的力量恰恰就在这时体现出来。如果整个社会到处弥漫着崇尚肤浅的风气,然后反过来却质疑其他不够肤浅的事物,这不免是一出滑稽戏,同时也是莫大的悲哀。回到文学批评史,且不说骈体的《文心雕龙》,传统的诗话大众是否看得懂?诗话也是文人小圈子内的游戏,那些大字不识几个的大众对此并不关心。文学启蒙的时代,文学批评发挥着向读者介绍、推荐优秀作品的重要作用,所以,它要尽量让更多的人能读懂。但随着文学学科的建立与逐步规范化,这种读后感的批评文字也就留给普通读者去做了。

批评家要有自己对作品切身的爱憎经验,然后还要把其中的原因讲得头头是道、有理有据。而这两步其实都可能跟大众南辕北辙、渐行渐远。就审美经验来说,大众特别喜爱的文艺作品不见得就能赢得学者的青睐,譬如,电视连续剧《乡村爱情》收视率颇高,在大众中口碑很好。不过,在学院派那里,它其实是以花里胡哨的方式遮蔽了乡村真正存在的严峻问题,浪漫化的外表掩饰不了它内里的虚空。谈论中国乡村问题时,必须引入全球化的视野,引入前现代、现代与后现代等大概念,引入可持续发展、发展的受害者等命题,普通大众要理解这些问题恐怕会有不小的障碍。无论叫座不叫好,还是叫好不叫座,说的都是批评家与大众之间对同一文艺作品理解的错位。在一个意义生产多元化的年代,大众有权力自由抒发对某一作品的观感,而学者同样也有权力以自己特殊的方式来分析文学话语如何编码,至于这种方式是否被大众当场接受并不那么重要。换言之,是否大众化并非衡量学术水准的指标。文艺作品大众化是特定时代的文学现象,但文学批评则没有大众化这一强性要求。

另外,当今时代"大众"的肖像十分模糊,利益分化复杂的格局之下,虽然很多人在谈大众化,但大众的所指并不相同。哪一批大众?相对于谁来定义?大众的内部是同质的吗?其中又有怎样的纠葛?这些既是文学作品应予书写的课题,同时也是文学批评应予剖析的内容。"文章合为时而著,歌诗合为事而作",如果说,文学作品不是简单地去印证某个给定的宏大命题或给定结论,而是致力于给出自己独特的发现或对庸常生活的独特体会,从而介入社会、承担责任,那么,文学批评则要能在研究中敏锐地捕捉或把握到文学作品的律动,剖析其美感生产的洞见与盲点。显然,无论是文学作品还是文学批评,它们——尤其是其中的优秀之作——都不是单纯的文字游戏,而是与这个世界中风尘仆仆的男男女女息息相关。

三

文学批评是对文学作品的再描述,不言而喻,切入的角度有很多个。问题是,为什么印象的品鉴、美感经验的抒发还不够,为什么一定要有"理论"的介入。"理论"涵盖的内容十分广泛,它也不是专为文学研究量身定做的,而学院的文学研究者之所以乐此不疲地频频征引,最根本的原因是"它们对语言、心理、历史或者文化的分析为文学文本和文化现象提供了种种新的令人信服的阐释","它们所提供的视界或者观点对于那些并不研究这些学科的研究者具有启发性或有成效"。①文学所涉及的事物可谓包罗万象,而众多的理论资源可以帮助研究者处理他们在面对文本时遇到的各种问题,帮助他们在新的视野下重新理解文学的功能。毕竟,文学话语只是整个社会意义生产链上的一个组成部分,而且,它也与话语光谱中的其他话语形式之间有着错综复杂的关联。因此,开展文学批评与文学研究,就决不能是眼睛只盯着文学话语本身,还必须要有更宏阔的视域。而一旦走出封闭的文学文本,其他学科的知识就不可或缺,哪怕是作为知识背景。

接下来的问题是,长期以来,为什么我们的文学研究理论化程度偏低?"文学批评家固守学科界限,将本来也是文学理论的理论视为其他领域的理论。这种画地为牢的学科'主权意识'从纵和横两方面都缩小了文学研究的区域,乃至只剩下'文本'的碎片和'文学性'的玄学"。②换言之,沿着俄国形式主义与英美新批评开拓的道路,人们执迷于追求"文学性",以为这样可以牢牢把握住文学的本质。然而,在这个自我设限的过程中,文学研究的道路变得日益逼仄,也日益与尘土飞扬的大千世界相互隔绝。文学有过一段被政治呼来喝去的傀儡史,坚守、痴迷"文学性"与此直接相关,也即是说,"文学性"的

---

① [美]乔纳森·卡勒:《当今的文学理论》,生安锋译,《外国文学评论》,2012年第4期,第50页。

② "编后记",《外国文学评论》,2012年第4期,第239页。

提倡是"拨乱反正"年代的补弊救偏措施。而域外的理论资源正好吻合了时代诉求,随着历史语境的巨大变迁,它无力回应新的文学景观。这本来是正常现象,而且,还有其他的理论资源纷纷跃跃欲试,所以,只要让它们加入阐释的队伍就很容易解决问题。遗憾的是,直至今日,一大批学者仍然固守那个教条,正气凛然,不可侵犯。当他们拒斥理论时,从来对自己的理论预设不加反思。所以,应该让多元的理论进行充分地对话,看看它们在覆盖文学作品时究竟带给人们哪些新的见解。只有从一元独白走向多元交锋,理论才可能相互校正、相互弥补,才可能以复杂的方式去阐释复杂的文学与世界。

多数时候,理论都贴着西方的商标,以至于杰姆逊调侃说,西方负责出口理论,而第三世界负责消费。这个时候,我们没必要因为那一份民族虚荣心而对域外的理论掉头不顾——如果我们不能彻底拒绝西方物质方面的大规模进入,我们同样也难以避免西方在思想方面的侵袭。因为,文化产业的繁盛使得物质与精神经常联袂而行,譬如,好莱坞、迪斯尼等等,这些文化产品借助全球化的渠道四处散播。还需要明白的是,自晚清以来,国门已经洞开,不仅是西方的物质产品蜂拥而入,还有西方的思想与文化,就连我们的语言中也有大批量的词汇是直接或间接采自域外。如果因此而觉得愧对祖宗的话,那么,就应该深入思考何以祖宗遗训不能解决棘手的新难题。与西方相比,在政治、经济、文化、军事等等方面,祖宗之法又有那些不得人心的地方。不难预料,总会有高扬民族主义大旗的学者疾呼,你总是这样亦步亦趋地跟在人家后头,又怎么会有自己的理论原创?理论的援引并不意味着是对理论的完全照搬,也不意味着放弃自己的理论原创。就前者说,必须处理好理论资源与中国问题、中国经验之间的张力,否则,不顾国情地盲目照抄贻害无穷,尤其是关乎男男女女的重要决策,我们学习苏联"老大哥"时的实践就有力证明了这一点。就后者说,我们原创的理论不可能独善其身,而是要走向世界。换句话说,原创的理论要在世界观与价值观方面与世界主流接轨,要有较大的适用性才行。

20世纪是理论大师涌现的时代,这已成过眼云烟,他们留下的理论遗产却有待学术界充分整合、消化与吸收。尽管具有革命性的新潮理论一时间再难出现,但理论并未如危言耸听者所言的那样死去。相反,"在当前的文学理论和文化研究领域内,又出现了多种理论发展趋势",譬如,生态批评、人与动物关系研究、后人类研究、叙事学的复兴、美学的回归、德里达研究等。① 这些都为今后的文学批评、文学研究开辟了新的道路。

结　论

文学批评不能止于美感欣赏,还须剖析美感如何生成,对

---

① [美]乔纳森·卡勒:《当今的文学理论》,生安锋译,《外国文学评论》,2012年第4期,第49页。

男男女女感觉结构的形塑。文学批评应该引入理论资源,大众化并非其必备要求。

文艺批评:介入的资本

最近,江湖上不约而同的喊打声连绵不绝,"文艺批评"简直成了过街老鼠。到底怎么了?它究竟犯下了什么弥天大罪,以至于招来了绝迹已久的运动式清算?通览一批檄文后不禁令人生出泥沙俱下的感叹:其中的确有很多切中文艺批评积弊的指责,但也有不少堂而皇之却莫名其妙的愤慨或浅薄无知的倡导。文艺批评的路在哪里?每念及此,总会有点滴的无奈、尴尬涌上心头,因为我们似乎不得不对那些并不玄奥的道理重申再三、对那些来头不小实则惑人耳目的妖言进行辨析。

相比之下,从事当代文艺批评是在学术圈迅速爆得大名的一条便捷之道。——这应该不是什么不能告人的秘密。所以,一拨又一拨的青年批评家乘着刊物的东风如雨后春笋般涌现出来,于是,每逢有名家新作问世,总会有一大堆评论及时跟上,热情地与读者分享他们的阅读感受。这当然是好事一桩,而且,我也一直相信批评的主流是好的,但批评收到的牢骚与不满显然愈来愈多,现在就连从业者团队自身都有些看不惯了、都有些不好意思了,修正先前的整体判断势在必然。就个人的观察而言,批评的不给力源自急于发表见解以掌控话语权而缺乏扎实的阅读经验,因此,批评文字有如赶鸭子上架,浮于表面、自说自话、乐于用大概念罩住作品的做法屡见不鲜。正因为没有对作品认真研读,底气不足,所以,文字游移、东拉西扯、大而化之、撇开作品细密肌理、空洞无物的批评比比皆是。有些所谓的大牌批评家也是如此,而且,某种程度上甚至可以说,正是他们仍然还在为批评脱离真实的阅读经验而不遗余力地推波助澜。"大牌批评家"求之者盛,门庭若市,一言九鼎,教徒众多,哪有多少耐心正儿八经读完一部作品——尤其是大部头的?哪有几许宽心容忍其他异样的声音?文学批评的这种"山头化"愈演愈烈,军阀割据的局面昭然若揭,而他们都与形色各异的利益链犬牙交错,如此一来,想听他们秉持公心的肺腑之音岂非奢求?有一回,某知名刊物上登了评论同一作品的一束文章,恰巧正赶时髦也在看这部小说,而读完他们天花乱坠的说辞之后,我为自己大相径庭的阅读经验汗流浃背,顿时对批评家们肃然起敬,佩服得五体投地:写的那么糟糕的作品咋就能说得像一朵花似的呢?打破弥漫的谎言从根本上说还是把老祖宗讲的"修辞立其诚"落到实处,而现实往往是即便有表达的勇气也少有刊登的纸质媒体——网络媒体固然可以更自由地各抒己见,但素以轻薄闻名而为人轻视,而且在计算科研工作量时也拿不出手,而以版面费为宗的无良刊物却层出不穷。要练此功,必先自宫,如果批评家能有这样的决心,又有不盯住别人钱包的刊物积极支持,文学批评不济的现状或许会有大的转机。

无论经验还是勇气当然还只是起步,接下来还需要把对作品好坏良莠的价值判断分别陈述,按照一定的学术规范给出逻辑清楚的展示,以理服人,而不是随便给作家作品戴帽子、贴标签、妄下断语的"捧杀"或"骂杀"。只要判断就会参照标准,不管这个标准显露还是隐藏。也就是说,当我们褒贬作品时,常常是把它置入一定的关系网络中加以衡量:或者在横轴上比较,或者在纵轴上展开,或者两者融为一体,也只有在多样的对比中才能显出何谓优劣。这要求批评家要有很好的整合能力,发现作品的亮点或暗处。如果距离这种理想的批评境界太过遥远的话,常常就会抓住作品的题材或主题或情节梗概絮絮叨叨,而不谈作家是怎么具体处理它们的。后者远比前者更重要,古今中外书写男女情爱的作品多如牛毛,何以宝玉、黛玉跟罗密欧、朱丽叶的爱情历久不衰?这里的道道值得深思。一位师长曾说,能拟出大致相同故事梗概的作家会有五百个,而能把它编织成一部优秀之作的作家或许就那么一两个。真是一针见血。因此,批评家的任务是要从大量类似的作品中找出凤毛麟角的那些,通过评析来擦亮普通读者的眼睛,从而提高人们的审美水准。不应误解的是,批评并没有什么永恒不变的准则,优劣总是相对而言的,成为经典的理由并不千篇一律,而且经典的队伍也始终因为新成员的加入而发生变化。这意味着我们审视作品时所依据的理论资源不能陷入"我执"。新年伊始,就有学者在《中国艺术报》上老调重弹,大声疾呼用古代文论来指导当代文学创作可行,而且宣扬古代文论有着亘古不变的价值,必须改变"失语"的局面、救活中国文论。谁都知道,古典文论是由那时的文艺批评积淀、陶铸而成的,如果它真能活过来的话,那就直接用于当代文学批评试一下呗,看看以少总多、虚实相生等等所谓的原命题,能否成功应对历经欧风美雨洗礼过的中国文学。假如不能,那就应该坐下来好好思索为什么,就不要再空谈古代文论的现代转换了,也不要再上纲上线地与"大国崛起"、"文化软实力"等直接挂钩了吧。一种理论工具能够有效阐释文艺作品乃至现实处境——允许它也有自己的盲点,却因为出产地或牌子问题而被拒之门外,这种坐井观天式的自欺欺人不是太滑稽了吗?

如果有留意的话,就会看到这两年有好几个原本只编发文学作品的刊物也大模大样地办起了"理论版",篇幅短小、篇数很多,囊中羞涩的研究生源源不断,成了刊物生财刀俎上的鱼肉。这种恶性循环导致所谓学院式文学批评论文的批量生产,虽然其中不乏个别文章下了功夫、也有一些自己的想法,但总体来说质量不高。毕竟,这是刚上路的学生的习作,不必苛求。据说,包括这些在内的学院里生产出来的论文喜好搬弄西方的名词、概念玩深沉,诘屈聱牙,大都不好读,尤为作家群体切齿痛恨。他们对那种灵魂在杰作中遨游式的批评十分怀念,而现在这帮跟在屁股后面吃饭的家伙真是一代不如一代了。这种自大的神情要不得,将印象式与学院派这两种批评范式人为对立起来更要不得。实事求是地说,印象式批评需要较为敏锐的感受力,看过伍尔夫的《普通读者》、李健吾的《咀华集》这样的文学评论集后,我们需要掂量掂量自己有几斤几两。而问题还在于,印象式的批评很难纳入现行的学院考评体系,惹下游谈无根的讥笑。所以,言必有据,引经据典,最好是著名理论家、著名学者的话,就成了文艺批评界的常态,更不用说文艺理论界了。应该说,批评的形式不是最重要的,最重要的是要说出真知灼见来。大名鼎鼎的丹尼尔·贝尔的博士论文竟然是以对话录的形式写就,尽管他在正文前不得不列举了九条理由为这种形式辩护,但最终顺利通过。不言而喻,靠的还是内在的东西。至于征引权威其实也只能是行文的技术性动作,不能拿来当饭吃,不能弄得一篇文章中处处都是权威之言,总让他人替自己说话,还需要接着说下去,有某种程度的反思与批判才行。否则只能是鹦鹉学舌。

另一种习见的做法是,把诗性的或文学性的批评与文化研究对立起来。有学者认为,肆虐的文化研究整日价的谈什么社会、阶级、性别、民族、种族、道德等等,结果把文学性给整没了,因而撰文大力提倡诗性批评、回归文学文本与文学本位。有些反讽的是,在文化研究那里,"文学性"本身就是一个被建构出来的神话,被捧在手心的"纯文学"也必须在跟他者的比较中定位自身,"纯文学"总不能把自己整到深山老林里去,不食人间烟火吧。再说了,文学性没有一个不变的本质,如果它所处的结构有了巨大断裂,那它也不可能无动于衷。文学性是多维的,仅仅固守于形式一端肯定不够:精细地剖析平仄、韵律、张力、意象等等确实能显示出文学的魅力,但如果想知道诗歌怎么从三言变到五言、七言,小说为什么兴起、又为什么从低贱的文体摇身一变为最上乘的文学等问题的答案,就只有走出形式的象牙塔。另外,意识形态的考察告诉我们,即便是看似纯洁无瑕的形式实际上也嵌入了多重的权力密码。如此说来,文化研究的理路不是再合适不过了吗?当然,它不要再搞得像庸俗社会学那样,机械地把文学充作某个已定结论中的死材料,而应该切切实实地从文学文本出发,经由话语分析到达未知的某个地方。需要特别指出的是,西方一些大理论家的一套套学说在中国广泛传播并广为接受,他们绝不是从枯燥的逻辑推导过来的而没有什么文本分析,相反,那些结论都是建立在大量的包括文学在内的文化文本基础上的,譬如,詹姆逊、德里达、福柯、巴特等等,个个都是。认为人家没有文本分析,要么是对文本的认识过于狭隘,要么是自己孤陋寡闻。

　　作为文化的构成部分,文艺是意义的生产,而文艺批评则是意义的再生产,它们都共同影响着共时文化的建构。回顾中国文学批评史,从诗言志到诗缘情,从错彩镂金到芙蓉出水,从儿女情长到风清骨峻,从拘于格套到独抒性灵,如此等等,每一种文艺批评凝聚成的文艺观念都对特定时代的文艺生态产生了巨大影响。从中也可以看出,真正负责任的批评不是因袭前人、裹足不前,而是致力于纠正某种文艺观带来的流弊,致力于将文艺创作引出歧途、走上正轨。特别值得一说的是《红楼梦》,第一回中对文艺现状——才子佳人小说千部一腔千人一面——进行了严厉批判,话虽不多,但足以显示出曹雪芹的眼光与智慧,毫不夸张地说,就凭这些也能让他留名于批评史了。当然,他还是一个伟大的实践家,还通过披阅十载、增删五次而给出了一个正面的楷模。尽管当今的批评史不把曹雪芹当成批评家,但他的批评与实践都自觉而积极地介入并站到了文化前沿。实际上,也只有这样的批评才称得上是称职的、有价值的、有意义的批评。今天的批评家至少可以潜心学习他那种不随人后、力挽狂澜、百折不挠的精神与气魄。与曹雪芹所处的时代相比,今天的批评家显然受到更多的诱惑,切不可忙于赶各种各样文艺作品研讨会的场子,像个新闻记者那样领个红包、拿个通稿、拍张照片走人了事,也不可碍于情面净说些不痛不痒、打哈哈的、正确的废话。如此浅显的道理,批评家又怎能不懂?"敏于言"不够,重要的是"慎于行"。比较起来,当今的批评家还有一个更为艰巨的任务,那就是与大众传媒上的种种意见展开搏斗。令人遗憾的是,批评家尤其是学院派的批评家,不大能看得上传统文学以外的文化生产,还没有足够多的认真参与。因此,电影、电视、音乐等其他文化部分就常常拱手让给了媒体上资质不高的票友,以至觊觎已久的五毛水军、包装公司等。有例为证,"百科名片"介绍说:《抗日奇侠》采用好莱坞拍摄手法以全新的视角打造抗日题材剧,首次将抗日目光聚焦在民间侠客身上,将"抗日"与"武侠"合二为一,通过六个传奇侠客的个人命运展现了整个中华民族在生死存亡之际与日寇波澜壮阔荡气回肠的斗争。这样的组合另辟蹊径,势必将打破传统抗日剧的俗套,在国内掀起一场"武侠抗日传奇剧"的全新视听革命。总结或宣传的何其铿锵有力、意义重大,而看热闹的大众也觉着好玩、过瘾,问题在于,沉重的历史是几个虚构的侠客扛得动的吗?这样处理历史丢掉了哪些必备的东西?这样的流行风格表现了这个时代怎样的病症?批评家难道不应该挺身而出说些什么吗?前段时间,京城名牌大学的某位教授在博文中对龙年春晚、《金陵十三钗》从头到尾赞不绝口,网友的评论很有意思:您肿么了,是真的弱智呢,还是不负责任?我想,这倒也是一个值得批评界细细思量的问题。

结　语

文艺批评应以扎实的阅读经验为基础或前提,修辞立其诚——具备表达的勇气;应凸显出良好的整合能力而在理论依据方面则大可不必自我设限;须要舍弃在印象式与学院派、诗性批评与文化研究之间二元风格及范式的无谓对立,致力于说出真知灼见。唯有积极介入、参与共时结构之中的文化建构,文艺批评方能扮演好自己的角色并真正发挥出应有的意义。

文学批评:品格的坚守[①]

愈来愈多的人宣示了对文学批评这门行当的不满,"不给力"是他们共同的观感。从最初被学术界的鄙薄,到批评时代的蔚为大观,再到现今的倍遭非议,文学批评的起伏升降很大程度上是时代变化的征象。换言之,面对文学批评的潦倒乃至堕落,哀婉叹息、捶胸顿足还远远不够,还需要将其置入共时的文化结构之中,认真分析导致文学批评处于弱势的多重原因,并在此基础上思考我们究竟该怎么应对。

一

尽管文学批评的历史源远流长,然而,作为一门学问的文学批评,却是现代学科体制的产物。起初,文学批评的地位很

[①] 本文系与魏然研究员合作撰写。

低,不过是"书评家的一种低级的日常的活动",难入学者的法眼。而短短几十年过后,文学批评就赢得了他们的青睐。韦勒克曾以自己的亲身经验证明:"1927—1928年的普林斯顿大学,即便是最优秀的学者似乎对各种文学批评的问题也了解甚少;然而在1962年的耶鲁大学,批评和它的基本问题已成了我们日常的课题和劳神苦思的对象。"①于是,批评的洪流汹涌袭来,并逐渐筑就了真正的批评时代。文学批评对自我的定位与认识愈加明朗、全面,在经历过方法论与价值观的多次革命过后,文学批评的地位也日益稳固。在韦勒克眼里,上述"二十世纪文学批评的主潮"是世界性的。需要注意的是,在中国范围内,它不仅时间上会有延宕或错位,而且在成因或表现上,也会有自己的特殊性。同样,在审视文学批评何以进入弱势时,我们也需要把握好"国际性"与"在地性"两者之间的关系。

首先,在当今文化版图内,文学的重要性大幅度缩水,这自然波及到文学批评。具体而言,随着技术的突飞猛进,"图像时代"后来居上,以往的"阅读时代"则黯然退后。旧式意义上的文学越来越不重要,它"对于人们思考、感受和观察世界的方式来说,不再是那么重要的反映因素或者决定因素",取而代之的是光与影组构而成的媒介文化、是众声喧哗的网络文化。② 相比之下,娱乐明星与网络红人的知名度,足以让纯

---

① [美]R·韦勒克:《批评的诸种概念》,丁泓等译,成都:四川文艺出版社,1988年版,第298—299页。
② 参看[美]希利斯·米勒:《文学理论的未来》,刘蓓、刘华文译,《东方丛刊》2006年第1期,第17、15页。

文学作家们望洋兴叹。文学创作者尚且如此，文学批评家就可想而知了。在一个机械复制的时代，文化生产呈加速度运转，包括文学在内的所有文化成员，都失去了先前神圣的膜拜价值。理论意义上，它们都变成了等待被迅速刷新的选项。与之密切相关的是，以批评为业的批评家，很难再独享文本的阐释权。如果用鲍曼的话来说，这即是一场从"立法者"到"阐释者"的角色转换。男男女女日益高涨的主体意识，冲决了专家霸权的大堤。他们经由感同身受而形成的意见，构成了富有生机与潜力的意义群落。

其次，需要明白的是，当学术圈在文学批评的衰落这一点上达成共识时，他们实际上有着并不一致的参照系。一批人念念不忘左翼文学批评的孔武有力，而另一批人则对20世纪80年代深情缅怀。就前者来说，盛赞其时文学批评力量的同时，不应忘记这种力量来自哪里，不应忽视文学批评在那一历史时段内分配到的是怎样的坐席。众所周知，1928年《创造月刊》上登载的《从文学革命到革命文学》一文，是左翼文学批评的标志性文献。其后，成仿吾等人以此为理论依据，对鲁迅等作家口诛笔伐。他们趾高气扬地宣布，阿Q的时代已然死去，应把这些封建余孽式的作家全都打包扔进垃圾堆。鲁迅随即撰写了《醉眼中的朦胧》等一系列文章进行还击，指出左翼批评的偏颇所在。如果说，在这场论战中两者旗鼓相当的话，那么，左翼文学批评其后则赢得了压倒性胜利，大红大紫并在"极左"道路上变本加厉。1942年《在延安文艺座谈会上的讲话》全面总结了左翼文学的诸多核心命题，而政治标准第一、艺术标准第二则为文学批评授予了"权杖"。既然文学被领袖看成教育人民、打击敌人的有力武器,那么,文学批评就成了意识形态机器的哨兵与前锋,负责侦查引导、矫正文学行进的动向与航向。文学批评可以让作家一步登天,成为学习的榜样、万众景仰的对象,也可以根据政治需要,将其打入万劫不复之地,中国当代文学史记录了太多文学批评发挥这种威力的惨痛事件。这样的文学批评让作家噤若寒蝉,也让批评家自己如履薄冰。历史已经证明,它的威力以剥夺他人的发言权、以至他人的生命为代价,今天的我们绝不能再重蹈覆辙。

就 80 年代而言,这是一个"拨乱反正"的时期,是一个百废待举的时期,文学批评也不例外。从文化心理上看,这是学术界痛定思痛,满怀热情开展的一场轰轰烈烈的走向世界的文化"恶补"与文化创造运动。继五四新文化运动之后,西方历时式的文化成果,再一次共时式地加入中国文化的意义生产大潮之中。批评家们如饥似渴,从济济一堂的文论流派中汲取营养并付诸实践。甚至信息论、控制论与系统论等自然科学的理论,都被好奇的批评家尝试再三。无论是 1985 年的"方法年",还是 1986 年的"观念年",都显示出文学批评理念及切入角度的多样化。思想解放的闸门一朝开启,长期压抑造成的单一与僵化的方法与观念,均被抛诸脑后。人及作品本身成为关注的焦点,文学批评迎来了井喷式的短暂百家争鸣。正因如此,80 年代的文学批评,取得了尤为丰硕的成果。或许,找出一些当年文学批评言论的粗疏、误解都并非难事,但它们无损于文学批评欣欣向荣的整体氛围。80 年代另一个令人怀恋的地方在于,那时作家与批评家之间历经磨难后惺惺相惜的关系。作家有了什么构思,常常会急不可待地找评论家去商讨,而评论家也会掏心窝子地给出自己的判断、建议。这种讨论不一定是正襟危坐式的,满可以就站在马路边、在栏杆上磕开西瓜边吃边聊,以至聊到夜半而兴致不减。这在今天看来,不免如同天方夜谭。所以,不少后来名满天下的作家及评论家,都对这段往事感慨万千——"我一直以为二十世纪八十年代是当代中国历史上一个短暂、脆弱却颇具特质、令人心动的浪漫年代"。① 查建英的一席话道出了他们共同的心声。也正是这种浪漫气质,使得批评家们竞相任气使才,文学批评字里行间洋溢着锐气、思想与个性。20世纪90年代以来,批评的格局有了重大改观,"杂志退隐,学院崛起"及"思想淡出,学术登场",使得"批评不再介入文学的'现在进行时'指点江山,臧否人物,并且承担责任。批评抛下了文学享清福去了"。② 学院体制深刻形塑了文学批评的容颜,批评家纷纷"悔其少作",规规矩矩地臣服于学术规范,是为新兴的"学院派批评"。即便发展势头再为生猛,它仍须面对如影随形的80年代文学批评标杆。这不,新近又有人激烈地斥责当下文学批评沦为大学中文系硕士、博士的论文"秀场"。③ 然

---

① 查建英主编:《八十年代:访谈录》,北京:生活·读书·新知三联书店,2006年版,第3页。
② 南帆:《当代文学与文化批评书系·南帆卷》,北京:北京师范大学出版社,2010年版,第374页。
③ 参看刘火:《文学批评:大学硕/博文章的秀场?》,《文学报》2012年9月27日,第19版。

而，问题的要害恐怕还不在于到底是谁在"秀"，而在于是否掷地有声，有没有"秀"出真知灼见。试图把"学院派批评"一棍子打翻在地，多少有些简单化了。

环顾现实可以发现，号称严谨的"学院派批评"，正被"媒体批评"悄无声息地蚕食。这是致使文学批评趋于弱势的又一重要原因。眼下是一个大众传媒异常发达的消费社会，为了激起大众的购买欲望，媒体会挖空心思地遣词造句。文学作品也是消费品，如同其他商品有广告助阵一样，媒体批评为作品的推销摇唇鼓舌。跟正儿八经的学院式批评相比，媒体批评的"眼光"似乎毫不逊色：它懂得如何营造流行的文学风尚，如何打造有市场卖点的文学明星，如何不失时机地推出能够获得市场拥戴的文学商品。所不同者，只要能赚到足够的利润，媒体批评没有什么底线不能突破，它不惮于为平庸及肤浅大唱赞歌，不惮于为胡编乱造的低劣制作拍手叫好。实质上，媒体批评是文学营销的常规流程之一，它尽可能夸大哪怕是无中生有的作品优点，以吸引消费者驻足观看。媒体批评的主力队伍，依然是媒体从业者。不过，那些既财大气粗又精明万分的策划团队，早就盯上了一些学院批评家，期待着后者的"客串"来加速资本增值的速度。而各取所需的他们，很快就一拍即合。

世易时移，文学批评当今的弱势，是文学场域外部与内部多种关系项之间共同博弈的结果。应该知晓的是，文学批评重回旧日好时光，只是不切实际的幻想。毕竟，不能仅仅孤立地复原文学批评这一项。而对与其相互勾连的其他关系项，不闻不问。有意思的是,这一点经常被有意无意地忽略了。20世纪80年代的大学校园里,哲学系汇聚了那时最优秀的学子,紧跟着的是中文系。"霜禽欲下先偷眼,粉蝶如知合断魂",今天学文科的人,对于这一段历史大概也会有类似的感喟。但是,如果把十年"文革"的历史前提摆在前面,还会有多少人愿意重返80年代呢?因此,我们对于文学批评的现状,应该抱有坦然的心态。不是一遇到问题就追怀往昔,而是想想哪些是非人力所能改变的、哪些是可以通过努力加以改善的。

二

"天下事有难易乎?为之,则难者亦易矣;不为,则易者亦难矣。"因此,决定弱势背景下文学批评未来的关键,在于"为"还是"不为"。或者说,关键还在于批评家主体。文学批评应坚持把"寻美"与"求疵"结合起来,褒贬优劣,激浊扬清。这是两种不同的阅读方式,米勒将前者形容为"癫狂的天真"——它需要毫无保留地交出自己的身心、情感与想象,而后者则是"缓慢地阅读、批判地阅读,意味着处处都要怀疑,质疑作品的每一细节,力图知道魔法究竟是怎样运作的"。[①] 米勒认为,

---

① 见[美]希利斯·米勒:《文学死了吗》,秦立彦译,桂林:广西师范大学出版社,2007年版,第178、173、229页。

两种方式不能偏废,但天真的阅读有如初恋一般,难怪它总是令人感伤地摩挲。问题在于,对于那些简单的娱乐制作,还要投入一腔热情吗?需要特别注意的是,米勒所说的天真的阅读,有一个必备条件:阅读对象必须打开了独特的世界,只有借助阅读才能了解它。如此说来,它针对的绝非什么庸常之辈。当然,求疵的对象,就没有这样的限制。在"歌德"式的文学批评泛滥的今天,求疵的批评也显得愈加迫切、愈加重要。文学批评需要发扬"好斗"精神,不随波逐流,尤其是不能任由媒体批评大放厥词。当媒体批评沉浸于"娱乐至死"的享受沾沾自喜时,文学批评首先应该解释清楚这种现象的由来,进而指出只顾娱乐的文学缺失了什么,特别是跟已经逝去的沉重历史与当下复杂万端的现实相比,它在考虑问题的视野、层次上有着怎样的差距。譬如,深受青少年追捧的"玄幻文学"、"穿越文学"、"盗墓文学"等青春文学系列,虽然沉迷于虚幻而拼贴的情节,但这些极为商业化的文学作品,拥有的读者数量远超经典作品的读者。文学批评不能因为它们荣登销售排行榜,就对其中的疏漏及浅薄保持沉默,甚至放弃职业操守而"化腐朽为神奇"。换句话说,文学批评不能因为大众喜闻乐见,就失去了辨别良莠的能力。而须要进一步追问下述问题:大众喜爱的文学——以及其他事物,真的就对大众自身有利吗?为什么我们的文学作品乃至整个社会,都那么热衷于肤浅而拒绝深刻?这是市场经济的必然结果,还是中国特色的偶然表现?

一旦文学批评把类似的问题纳入议程,所谓的"纯文学"

批评就招架不住了。韦勒克正确地批判了一些对批评的误解,但他却执拗地张扬纯粹的文学批评。具体而言,他批判"粗暴的反理性主义和反批评的态度","这种倾向时而表现为一种市侩式的对批评的公开而且粗俗的否定;时而表现为对玩票态度、印象主义和情感主义的轻率的辩解;时而表现为一些学者的怀疑主义和历史主义,这些学者把各种批评理论都看作某些转瞬即逝的感受的合理化;时而又表现为诗人和作家对批评家的事事插手和自命不凡的憎恶。"①可以看出,韦勒克抨击了流行而顽固的偏见,竭力捍卫文学批评作为一门学科的合法性。值得注意的是,韦勒克已经走在学院式批评的途中,但他又对那些越界的批评理论高度警惕。一方面,他认为文学批评的确需要持久地从其他学科那里吸取营养,另一方面,他又明确反对文学批评丧失自己的根本——"作为艺术的文学"。否则,文学批评只能是在不断扩张领地的过程中,滑向社会学、哲学等学科。这不是"把文学作为文学来研究",而成了"挂羊头卖狗肉的文化批评"。② 很明显,"文学批评"与"文化批评"在这里格格不入,两者最为根本的区别在于后者缺乏"美学"的维度。不能说韦勒克的指责空穴来风,因为有其他学者也提出类似的看法。米勒就指出,文化批评的阅读方式经常是"主题性、释义性和诊断性的。就像一位内科医生或精神分析医生为确诊一桩麻疹或精神分裂症病例要快

---

① [美]R·韦勒克:《批评的诸种概念》,第323页。
② 同上书,第324页。

速检查病人身体或心理病状的细节,以实施急需的治疗,文化研究的实践者们则也时时飞快地检查作品的明显特征,抓住其表现出的特殊文化的另一方面,对其加以诊断。其阅读取向更多地关心的是文化而不是作品本身"。① 换言之,文化批评更多的关注一部作品写了什么,而对写得怎么样、作品的叙事水准分析较少。其实,好的文化批评接收了文学批评,并从这里起步。既要赏析作品的艺术魅力,同时还要再进一步审视这种魅力是如何展现的、其中又隐秘地镶嵌了哪些意识形态的密码。而这正是上述米勒所言的批判地阅读方式。

反思精神与批判精神可谓文学批评最可贵的品质,它对于纠正某个作家以至于某个时代文学创作的偏执,从而促进其健康发展至关重要。所谓"千羊之皮,不如一狐之腋;千人之诺诺,不如一士之谔谔"。文学批评史纪录了很多这方面的案例。譬如,初唐宫廷诗人把齐梁诗人奉为榜样,而陈子昂则直指其"彩丽竞繁,而兴寄都绝",并提出学习"汉魏风骨"来进行矫正。② 这篇檄文为新诗风的形成奠定了理论基础,标志着唐诗的转型。袁宏道同样致力于诗歌革新,也是这样力挽狂澜的批评家与实践者。"文必秦汉,诗必盛唐"是明代前后七子的信条,表现在创作上就是字摹句拟,袁宏道把这种死学古人的做法称为"粪里嚼渣"、"顺口接屁",大力倡导"独抒性

---

① [美]希利斯·米勒:《数据复制时代的文化批评工作》,金衡山译,《外国文学》1996 年第 3 期,第 74 页。
② 陈子昂:《与东方左史虬修竹篇序》,见郭绍虞主编《中国历代文论选》(第 2 册),上海:上海古籍出版社,2001 年版,第 55 页。

灵,不拘格套"。① 很快,性灵诗派便以文学创作的实绩取代了僵化已久的模拟诗风。而梁启超《论小说与群治之关系》一文则在批判旧小说内容的基础上,阐明了小说潜移默化的巨大威力,并把小说由"小道"提升为"文学之最上乘"。梁启超的这篇批评文字迅速引发学界的响应,小说的面貌为之一新,小说在"新民"的启蒙运动中立下了汗马功劳。文学批评的反思与批判不止针对作品,还针对批评自身,也即"批评的批评"。新时期伊始,《诗刊》"青春诗会"发表了北岛、舒婷等人的诗作,《令人气闷的"朦胧"》指责它们读来"晦涩"、"怪癖"。随后,谢冕、孙绍振、徐敬亚等人勇敢站出来为之辩护,肯定这种强调表现自我而不屑于再充当时代精神传声筒的诗作唱出了文学革新的新声。凡此种种,值得后来的批评家铭记与效仿——无论是来自作协系统还是来自高校或科研机构的批评家,都没有必要把自己处身体制之内作为敷衍塞责的借口。

所有的文学批评虽然一开始必然建基于之前的阅读经验之上,但之后肯定会持续地完善、修正或替代之前的论断。批评家的责任在于,"继续文学文本的开放性,把关于文本的对话变成具有创造性、现时性和未来性的集体生活的一个部分"。② 这里的"对话"包括几个层面:一是批评家与文本之间

---

① 袁宏道:《与张幼于》、《序小修诗》,见郭绍虞主编《中国历代文论选》(第3册),上海:上海古籍出版社,2001年版,第211页。
② [加]马里奥·瓦尔代斯:《阐释论》,见[加]马克·昂热诺等主编《问题与观点:20世纪文学理论综论》,史忠义、田庆生译,郑州:河南大学出版社,2010年版,第281页。

的对话,二是批评方法及观点之间的对话,三是批评家之间的对话。不管怎样,对话最终都要由批评家承担。不管怎么理解,对话都意味着不能将作品的意义板上钉钉、永不再续。令人遗憾的是,或者是作家本人,或者是与其关系密切的批评家群体,总有那么一部分人在批评实践中,对垄断作品的意义生产乐此不疲。他们一听到与自己不同的批评声音,就暴跳如雷。对于作家来说,"意图谬误"的洞见早就揭破了其中的把戏。因此,无论作家有多大的名气,获得多大的奖项,他都不能自以为可以牢牢握住作品意义的底牌,自以为作品横空出世、美玉无瑕,只愿意听甜言蜜语的褒奖,而把不中听的话统统贬为莫名其妙。作家须要有容纳批评的气度与胸怀才行,为之帮腔的批评家也一样。文学批评并非脑瓜一热的信口妄言,而是要以理服人、以事实说话。只要对方讲得有理有据,至于他出于何种心理动机——哪怕是心潮难平的嫉妒、文人相轻的恶习等——有那么重要吗?可笑的是,总有人认为己方掌握了文学的真理,而且把这种真理与某种神圣不可侵犯的偶像、主义、教条直接勾连。如此一来,但凡批评、反对它的人,就会被扣上各种吓人的大帽子。这样简单的逻辑明显搁置了讨论的前提,"为了唤回理性的自身性,同样需要对理性进行讨论。理性应当允许对自身展开讨论。"①也就是说,理性要有自反性,才能避免理性自身的霸权,才能免除文学批评

---

① [法]雅克·德里达:《无赖》,汪堂家、李之喆译,上海:上海译文出版社,2011年版,第214页。

"归于一统"式的灭顶之灾,才会尽可能减少党同伐异的无谓内耗,才能构造文学批评生气蓬勃的"共和国",而非万马齐喑的"王国"。

文学批评的逻辑

——与兰志成先生《利器与盲视的双重悖论》一文商榷

朱立立教授在其新著《身份认同与华文文学研究》中指出，华文文学研究存在如下问题：多数批评文本执拗于普泛的纯美学的赏鉴，而忽视华人生存的具体性、文学文本与政治、经济和意识形态等因素之间或明或暗的复杂关系。这样的批评理路在风靡全球的文化研究视域的观照下不免显得有些单薄。华文文学的价值在朱先生眼中不应该置于现当代文学视域下——因为在这里无论是社会价值还是审美价值都得不到应有的审视——而是应该"将华文文学放在华人学的框架里，用文化研究的方法去考察华文文学与华人多重认同的关系，考察文学的族姓文化想像和族群建构功能，在政治、经济、社会、阶级、族群、性别与文化结构中考察华文文学，总之，考察华人文学的审美价值和华人美学所含蕴的更加丰富的文化内涵，华文文学的价值将得到更好的凸显。"①在我看来,这段话可以算作朱先生整个华文文学研究的核心要义:它透露了华文文学整体的最终依归应该是华人文学而非现当代文学;华人文学及其诸多的研究方法——社会学、历史学与人类学等——给华文文学提供了知识资源与方法论的启示;华文文学研究的重点是以文化研究的方法去详细考察其中诸多的多维关系,剖析个中的具体性、复杂性与丰富性,而这一切都在身份认同这一焦点下汇聚;既要避免那种纯粹审美性的苍白空洞,同时也要摆脱一度泛滥的庸俗社会学,而是从审美入手重新使社会历史批评方法焕发活力——这是朱先生给自己的研究设定的目标。

兰志成在《利器与盲视的双重悖论》②一文中针对朱先生上述的华文文学批评理路及批评实践提出了质疑,认为这样的批评导致审美与文学性被放逐、个体的不在场。讨论这种说法有必要从什么是文学、如何理解文学开始。看似老掉牙的问题,但这是进行文学批评的前提,也是必须理清的关键点。检索中西文学理论史,天马行空的虚构,生动的人物形象,典型的人物性格,跌宕起伏的情节,区别于日常生活的特殊语言,诸如此类,它们都曾充当过定义文学的优秀选项。应该说,这些对文学的理解都有其合理性,但是不能将之上升为放之四海而皆准的真理,因为从逻辑上讲,这是把从特定文类

---

① 朱立立:《身份认同与华文文学研究》,上海:上海三联书店,2008年版,第117页。
② 兰志成:《利器与盲视的双重悖论——读朱立立的〈身份认同与华文文学研究〉》,《华文文学》,2009年第2期。

中抽取出的特征当成了所有文学必须具备的普适性要素，其中的逻辑漏隙显而易见。从理论上说，这种对文学的认识隐藏着严重的"本质主义"倾向——因为在这种视域下文学被迫离开了它赖以生存的营养源，文学被剥离了具体的历史语境。换言之，文学是复杂的，并没有一个亘古不变的本质性定义，因此，文学批评家似乎就没有必要总以为自己手握文学的真理而洋洋自得地东吆西喝了。当兰先生固守于"个体内在生命的本真的艺术书写"这种"文学性"的一隅时，恰恰没有回到历史——无论是作品所处的历史大背景、还是具体的作品本身，这就自然无法理解朱先生文化研究视野下对文学作出的考察。

与本质主义式的理解方式形成鲜明对比的是"关系主义"的理论模式，它重在将文学置于多重文化关系网络中进行研究。如此，文学研究的历史维度就受到了应有的关注；同时，试图还原文学的某一特殊本质的做法自然就得以避免，这即是本质主义与关系主义的重大差别。文化研究可以说是关系主义的一个不错的范本，当文化研究踌躇满志地一路开疆拓土时，曾经隐匿在文学周围的多种关系亦随之浮出水面，其锐利的目光、开阔的视界、批判的精神都让人为之击节；但文化研究也使一些批评家寝食难安，激起了剧烈的反对声浪。新马克思主义者、新女权主义者、新历史主义者等等居然想抹杀莎士比亚的地位，这些"憎恨派"居然会认为莎士比亚受历史与社会文化的制约，他们的文化批评将文学研究搞得一塌糊涂，文学经典的意义与价值都被他们破坏了——布鲁姆早就为此愤愤不平过了①，兰先生的焦虑同属这个脉络，可以理解。对文学研究的最严厉的批评莫过于审美不见了、文学性没有了，其实，毋宁说，文化研究不是排斥审美、而是告诉人们审美是怎么来的、审美背后的诸种复杂关系。无可否认，庸俗化的危险与文化研究如影随形，这也正是朱先生所反对的。具体来说，"为了避免重蹈覆辙，文化研究必须保持一个微妙的分寸：援引社会、历史或者意识形态解释文学的时候，批评家不能颠倒过来将文学叙述为社会、历史或者意识形态的简单例证。文化研究负责揭示它们之间的复杂关系网络，而不是将文学作为一个现成的包裹塞入已经贴上工具论标签的方格。"②

个体问题是一个复杂的问题，从思想史来说，早在1916年，家义就提出"我国人惟不知个人本位主义。故其于社会也，惟现一片笼统。只见有家族，有地方，有国家，有其他社会，而不见有个人。"③在此背景下，五四时期兴起的个人主义思潮就易于理解，"我是我自己的"——《伤逝》中子君的宣言——成为其时确证自我的典型方式。但正如有的研究者所看到的，"问题是，五四时期的个人主义话语虽然把反抗晚清以来的各种集体性认同作为自己的目标，但社会的视野（它包括对人的社会本性的定位与理解）又参与了这种个人主义话语。更为重要的是，个人主义话语承负的并非仅仅是个人的

---

① ［美］哈罗德·布鲁姆：《影响的焦虑》，徐文博译，南京：江苏教育出版社，2006年版，第5—7页。
② 南帆：《深刻的转向》，《当代作家评论》2008年第1期。
③ 家义：《个位主义》，《东方杂志》1916年第2期，第9页。

存在方式与存在意义问题,它似乎还承负着如何把个体纳入到社会运动的前沿领域的使命意识中,事实上,个人主义话语与当时的社会改造、社会革命的话语是联系在一起的。"①就是说,谈论个体一定有其相对物或参照系,这个个体不是在深山老林之中孤芳自赏,他的个人性的悲欢离合、酸甜苦辣与社会大环境的诸种因素也脱不了干系。在刘禾看来,将个人与集体、国家、民族置于二元对立的做法已经习以为常,这是解读历史的一个死结,如若不予以解开就难以理解她所说的"个人主义并不总是构成国族主义的对立面"。② 一言以蔽之,中国现代思想史上个体与集体、民族、国家之间不是可以判然分开,而是有着复杂的纠葛。

回到文学史,无论是大陆现代文学还是台湾文学,其中的自我认同问题皆非铁板一块,朱先生通过台湾等地的一批文本着力考察的恰恰是其中认同的复杂性——个体与民族、国家、地域之间难解的纠缠,并在具体文本的对比阅读中指出它们与五四时期中国现代文学之间美感的承续关系。如果研究者同样细读了朱先生著作中所分析的诸多文本之后认为上述看法不妥,这是可以接受的严肃讨论。然而,兰志成却显然只是囿于自己对个体的执拗理解而表达了自己的担忧,他引用了朱先生的两段话:

---

① 陈赟:《困境中的中国现代性意识》,上海:华东师范大学出版社,2005年版,第239页。
② [美]刘禾:《跨语际实践》,宋伟杰等译,北京:生活·读书·新知三联书店,2008年第2版,第110页—117页。

比如,"总体而言,台湾作家群内在地呼应了近现代中国文学(包括域外书写)浓郁的家国忧患意识,承续了中国现代文学'啼泪飘零'悲凉郁愤的美感传统"。

"这种沉重的家国忧患意识不仅在五四时期的作家笔下力透纸背,同样属于张系国那个时代的知识分子。"①

然后紧接着做出了下述断言:"如果不同时代的知识分子都不约而同'感时忧国'、'涕泪飘零',那么历史的文学场域将是一种声音的独霸江湖,文学的历史就不需要再考古阐释了,文学的谱系一线书写岂不快哉?"其实,朱先生的两段话意思再明白不过,而让人诧异的是,兰志成竟然会杞人忧天地以为不同时代的知识分子如果都感时忧国的话会导致文学的独霸现象。不同时代的知识分子感时忧国,与文学的独霸现象会有必然的联系么?他们感时忧国了,就一定是所有的作品都如此了吗?将不感时忧国的都抛至九霄云外了么?一种文学声音真能独霸江湖,将异己连根拔除吗?雷蒙·威廉斯语重心长地告诫人们:"任何霸权都是一个主导系统,而不是整个系统,由于它对现实的界定具有选择性,它实际上确保了与现实相抵牾的'残余'形式和'新兴的'形式同主导系统共同存在。"②即便一种文学声音独霸江湖了,文学史就不要"考古阐

---

① 兰志成:《利器与盲视的双重悖论——读朱立立的〈身份认同与华文文学研究〉》,《华文文学》,2009 年第 2 期。
② [英]安德森:《后现代性的起源》,紫辰、合章译,北京:中国社会科学出版社,2008 年版,第 67 页。

释"了吗?"文学的谱系"就真的会一线书写吗?一种文学的声音与一种文学史的声音恐怕还是有点差别吧?举个例子,"嘭"的一声过后,听觉正常者与聋子、成年人与幼儿、音乐家与普通人如若都来叙说这一声音的话,结果会严丝合缝的相同吗?稍微知晓一点叙事学的理论是不难明白答案的。

可以看出,兰志成总是对于用家国、民族、文化认同等来分析文学感到忧心忡忡,归根结底应该追溯到他对文学、个体所持有的本质性态度,以一种一成不变的眼光来观看复杂多变的认同现象当然就会感到自己的文学观遭到威胁;但若是放开眼界的话,文学的海阔天空也会敞开。兰志成之所以忧虑的另一个根本原因在于对文化研究的漠视或拒绝。其实,身份认同是文化研究中重要的内容,朱先生从这一角度切入文本正是为了达到对文学更立体的认识:审美还只是其文本分析的第一步,更重要的是要追求审美之后的文化内涵,身份认同在这种进一步的追求中是一盏探照灯。在文化研究的视域中,"身份不等于布尔乔亚式的个人,也不等于个性或独特的自我,同时也不是心理分析中所说的主体意识。用于当前文化研究里的'身份'一词意指某种好斗的自我意识,只有放在一个更大的概念类别里,诸如种族、性、或者阶级,才有意义。因此,身份定位建立在社会身份之上,建立在具有共同经历或历史的社会群体之上。但是,这个概念也注定了要变得支离破碎,和本质论及绝对主义格格不入。"[①]安吉拉的一席

---

① [英]安吉拉・默克罗比:《后现代主义与大众文化》,田晓菲译,北京:中央编译出版社,2006年第2版,第77页。

话似乎透露出兰志成与朱先生并不是在一个层面上来看待华文文学,两人有异的知识、相左的方法、不同的价值取向也决定了无法在同一文本上达成最终共识。

兰志成看待问题的本质主义方式也使其未能读懂朱先生对周蕾的批评,甚至作出了不据学理的判断。搞清楚这场争论,应该从周蕾的《写在家国之外》开始。周蕾认为:

> 不论香港人怎样牺牲一切去热爱"祖国",在必要时,他们仍然可以被批为"不爱国",不是"十足"的"中国人"……"中华性"的泉源,正是一种根深蒂固的"血盟"(bonding)情感造成的暴力。这是一种即使冒着被社会疏离的风险,漂泊离散的知识分子仍必须集体抵制的暴力。
>
> 因而,《写在家国之外》的其中目的,就是放弃(un-clearn)那种作为终极所指的、对诸如"中华性"这种种族性的绝对服从。①

朱先生针对这种观点提出如下驳斥:

> "中华性"的内涵相当丰富,是一个以传统为根基、以现代性为指归,中华多民族文化融合的大文化概念。它既是漫长历史的文化积淀,也是朝向未来的不断变化发

---

① 周蕾:《写在家国之外》,香港:牛津大学出版社,1995年版,第36页。

展的精神建构。因此,它并非一个本质主义的单一固化概念,而是包含多重文化要素的历史的概念,兼有本土性(或德里克所说的地域性)和开放性。而周蕾对中华性概念的复杂性显然缺乏认识,一意偏执地将中华性化约处理成一个面目可憎的他者……中国性/中华性在周蕾的论述中完全被同质化、化约化、污名化了。

……周蕾一面说自己不会为香港人代言,但她又怎能一概将港人的民族意识理解为霸权下对"血盟"的盲目服从?如果说中原意识有贬抑香港的因素应该解构,那么周蕾的看法(将香港说成是"杂种和孤儿"——引者)岂不是对香港更大的贬抑。因为她自己完全缺乏民族意识,就贬损港人的民族意识,才会感慨香港的"'中华性'的力量却令人不可置信的强大。"①这感慨充分说明周蕾并不理解香港,又谈何公道地叙述香港文化?(着重号为引者所加)②

兰志成认为"中国性是朱立立教授的文化立场",并针对上述加着重号的文字批评说:

朱立立教授貌似严密的逻辑却违背了一个常识的学术规范,"港人的民族意识"这是一个个体的声音还是一

---

① 朱立立:《身份认同与华文文学研究》,上海:上海三联书店,2008年版,第208页。
② 朱立立:《身份认同与华文文学研究》,第210页。

个总体性声音,到底个体有没有资格为共体代言,个体的在场何在,每一个人都成了"港人",那"港人"中的个人是谁?我想朱立立比我深明其理。

……朱立立教授的焦虑的话语权力是面对域外文化对本土文化冲击,以中国文化的强势和阶级化、观念化的批评姿态通过排斥异质化的声音来建构抑或坚守自己的话语权利。对知识和权力的关系敏感的朱立立教授如此的象征性话语并不是借助文学的批评"话语权力"而是无意识的为政治帮闲,可能会陷入权力利用文学,利用知识人的攻击制造的话语专政变相的实施专政。更不是参与"批评空间的开创"(王晓明语),而是参与和生产一种权力。

……朱立立话语总让人感觉语言的攻击性,也许知识分子自身骨子里就有一种言说历史整体的隐蔽企图,从而寻找自己的话语权。

我想,通过对周蕾、朱先生、兰志成三人言论近乎繁琐的征引之后,各自的观点应该变得更为清晰了。周蕾是将"中华性"定义为种族性的血盟情感,并号召知识分子抵制、放弃。朱先生提出:1.中华性内涵丰富;2.周蕾对中华性的理解存在很大偏差;3.周蕾缺少民族意识。兰先生则认为:1.朱先生违背学术常识——不懂总体与个体之关系;2.朱先生排斥异域声音是无意识地为政治帮闲;3.朱先生对周蕾的批评是为了寻找话语权。

显然,朱先生对周蕾的批评是有理有据的,再说得简单一些,朱先生认为周蕾对中华性的理解太单一了,而且还居然将其与英国殖民者等量齐观——它们都是挤压香港的他者——来进行批判。也正是在这个意义上,朱先生才会追问:"殖民历史即将结束之时,周蕾这个殖民地双语精英比殖民者更强烈地要拒斥祖国的文化根源,让人不能不提出质疑:周蕾也许正是一个殖民性内化的'模范'?而对自身的殖民意识缺乏反省的主体又怎能写出'公道'的香港形象?"[①]换言之,这也就是朱先生批评周蕾缺乏民族意识的根由。

　　而兰志成是不愿意在这些究竟有无道理上面浪费笔墨的,他依然固执地从自己钟爱的"个体"出发。在兰先生看来,周蕾也是香港人中的个人,因此,当朱先生说周蕾缺少"港人的民族意识"时就出现了问题。兰先生振振有词:"港人"是一个总体,个体呢?其实,朱先生的意思不过是说,周蕾缺少其他港人具有的民族意识;而兰先生总是担心总体会把个体给淹没了。兰志成说:"朱立立话语总让人感觉语言的攻击性,也许知识分子自身骨子里就有一种言说历史整体的隐蔽企图,从而寻找自己的话语权。"如果按照他的逻辑,我们是不是都应该马上跳起来质问:"知识分子"是个总体说法啊,那么,其他"个体"都是这样的吗?既然兰先生也赞成"批评空间的开创",周蕾的理解出现了偏颇就可以进行批评,而且朱先生确是言之成理——尽管用语不无强悍。而兰志成似乎就只顾

---

① 朱立立:《身份认同与华文文学研究》,第211页。

及用语激烈了:从批评朱先生忽视了个体到排斥异质声音再到争夺话语权、为政治帮闲乃至会陷入权力利用文学导致话语专政,其思路是不顾逻辑、上纲上线式的。这样的批评个性是有了,问题是:学理又在哪里呢?域外的声音一旦遭到域内声音的批评就被贴上"为政治帮闲"的标签,那么,我们是不是对域外的声音只能恭恭敬敬地顶礼膜拜呢——尽管明知道它是偏执的。

兰志成多次强调文学批评的个体尊严,文学批评的合法性、公正性,我对此表示赞成,但我想补充的是——不要忽视了文学批评的逻辑,不然的话是会酿成笑话或错误的。

抗战文学应该如何书写

——赛珍珠《爱国者》引发的论争述议

赛珍珠(Pearl S. Buck)与中国有着深厚的渊源。作为美国传教士的女儿,她在"不满四个月之时"就被带回中国,学说话时先学汉语再学英语。① 她在江苏镇江度过了自己的童年,而且跟其他中国孩子一样,接受了中国式的传统启蒙教育。很大程度上可以说,正是这段经历让她从此与中国传统文化、与中国结下了一世情缘。1931年前,赛珍珠还是南京一所大学的普通教员。而当年3月其长篇小说《大地》在美国出版后,她迅速成为美国最受欢迎的畅销书作家。普利策文学奖(1932)与诺贝尔文学奖(1938)接踵而来,赛珍珠赢得了国际声誉。耐人寻味的是,这部以中国为题材的作品并未得到中国文学界的广泛认可。虽有叶公超等人的高度赞扬,但赵家璧、胡风、伍蠡甫、甚至鲁迅都对其持否定态度。"中国的事情,总

---

① 林如斯:《赛珍珠传》,《杂志》1939年第5卷第1期,第53页。

是中国人做来,才可以见真相,即如布克夫人,上海曾大欢迎,她亦自谓视中国为祖国,然而看她的作品,毕竟是一位生长中国的女教士的立场而已……她所觉得的,还不过一点浮面的情形。只有我们做起来,方能留一个真相。"①尽管此后鲁迅曾怀疑过自己所读译本的可靠性,但他的意见的确代表了其时文学界的主流声音。此刻,人们抛开了"他山之石,可以攻玉"的古训,共同对一个外国人能否真实地反映中国现实、在多大程度上反映以及这种书写又会怎样左右西方人对中国的想象深表怀疑与担忧。1939年1月,诺奖得主赛珍珠的另一部长篇小说《爱国者》在美国出版,旋即在上海出现"抢译"风潮。因为作品涉及到抗日战争,加上被个别学者誉为"一部时代的伟著"、"伟作"、"抗战文学的一个足资学习的范本",②赛珍珠再一次陷入了舆论的剧烈风暴之中。之前对赛珍珠《大地》的批评至此再度升级:《爱国者》竟让一些中国知名作家感到愤怒不已,被贬为一钱不值的伪作。多少让人疑惑的是,一个出自曾经获得诺贝尔文学奖作家笔下的长篇小说,何以会低劣到恁般地步,臧否的标准又是什么。个中因由,值得探究、玩味。

一

《爱国者》以男主角伊万(Wu I-wan)为中心,讲述了这位

---

① 鲁迅:《鲁迅全集·书信集》(第12卷),北京:人民文学出版社,1981年版,第12页。
② 白樱:《爱国者(特稿)》,《杂志》1939年第5卷第1期,第62页。

上海银行家的少爷,如何从二次北伐到抗战之间由一心革命、到革命失败窜逃日本再到归国抗战的心路历程。实事求是地说,无论从时间跨度上,还是从所关涉到的重大时事而言,这部小说确有非同一般的气势。尽管白樱将其上升到"伟大"明显夸大,但诚如其所言,《爱国者》"故事的布局既充满了现实性,同时又富有罗曼传奇的情调。这是一部以写实主义为经而以罗曼的克传奇为纬的文学作品。在表现人物的个性上,每个人都能恰如其人。而题材的新颖,文笔的生动,更是本书的大贡献。"①在白樱看来,无论对伊万有限的革命性,对其在革命遭遇失败后的彷徨与苟安,还是对其妻子珠子为代表的日本女子性格的描写等,都入木三分。巴金对此却不屑一顾,拍案而起,在《关于〈爱国者〉》②一文中全盘否定了《爱国者》。他满腔愤慨地指出:"我不明白赛珍珠女士的《爱国者》为什么会这样地被中国(上海)著作家和出版家注意。我更不明白为什么会有那么多的'文化人'抛开别的更有意义的工作抢着翻译这一本虚伪的书"。他嘲讽《爱国者》还未写完时就已被美国读书社选为"最好的小说",只要以"公正的中国人的眼光仔细地读一遍",就会发现它绝非"为中国抗战鼓吹的名著"。巴金断定,《爱国者》是一部虚伪的书,其"最大的证据便是在这书里面没有一个真实的中国人。有的只是捏在外国人手里的

---

① 白樱:《爱国者(特稿)》,《杂志》1939年第5卷第1期,第62页。
② 巴金的这篇文章1939年在3个刊物上都有刊载,分别是《中学生》战时半月刊第6期、《现实》第2册(8月10日出版)、《鲁迅风》第13期(4月12日出版,该文多了一小段"附记")。

灯影,中国人至少应该知道自己的面孔和《爱国者》中所绘的面孔究竟差了多少"。应该说,这个印象式的指责多少有些武断。毕竟,中国人是个复杂的群体,三教九流,包罗万象。而且,作为小说中的人物,判断其真实与否,关键还要看他与所处的关系网络有否龃龉,是为艺术真实。

《爱国者》之所以令巴金如此愤怒,是因为它在内容上犯了不可饶恕的编造与污蔑。"这书里到处都是对我们这次抗战的有意或无意的误解",巴金赞同林英举出的许多证据①,并特别强调其中"关于八路军虐待俘虏的描写就完全与事实不符"。云时也严词批评虐俘情节,认为"虽然是小说,但有关现实的,决不应这样的任意污蔑"。而且,"中国优待日本俘虏,中外报纸皆有记载,赛女士充耳不闻,还从中挑拨离间,若不是别有居心,何以盲目如此!"②与巴金和云时等的一棍子打死相比,秦英也认为虐待俘虏的题材并不真确,但他从写作

---

① 参看林英:《读过了爱国者》,《申报·自由谈》1939年6月21日,第16版。林英批评说,"它不仅认识不足简直'胡说'。她的描写,结构,更是散漫零乱"。总之,"这是一册含有毒素的书,凡有正义感的文人都应该揭发它"。"自由谈"的编者在"余谈"中也给出了《爱国者》内容、技术均"一无可取"的判词。

② 云时:《评"爱国者"》,《现实》1939年第2期,第141页。另,该文又以《爱国者》为题刊载于1939第1卷第1期《国际月刊》的"书报园地"。除了批评西北游击队的虐俘不实之外,该文还指责另两处不实。一是对蒋委员长的描写不实,"有侮辱中国领袖的地方"。二是国民党在上海与财阀勾结、清除共产党,"恶意的侮辱中国的政府和领袖"。有鉴于此,云时断定《爱国者》是"一部不值一顾的坏东西","毫无一读的价值!更没有译成中文的价值!"。就这两点,唐琼则持相反的观点,认为赛珍珠所写的"清党"是"史实",且这一节写得好,写出了满怀革命热情的青年何以会被出卖,而伊万何以能够凭着家庭背景出走日本避难等。(参看唐琼:《评〈爱国者〉——兼质林英先生》,《岛风》1939年第1卷第1期,第33页。)

技巧上着眼，推测"作者的用意是在充分表明中国人的恨之切骨非生吞其肉不可的情感，但是这种热烈的报仇情绪，终究是原始的，所以因彝范的力争，而终于由理智克服了情感，不再有此种情形发生"。① 换言之，这个虚构的、让国人难以接受的材料恰恰在艺术上是真实的，合乎情节发展的逻辑。君不见，岳飞《满江红》中亦用"壮志饥餐胡虏肉，笑谈渴饮匈奴血"之句来表达"臣子恨"。巴金自己也举出了"作者的胡说"：

> 她（以璜的日本妻子）冲到他那里，摇动他的肩膀："可是一九三七年三月二十七日谁在南京杀死日本人的？一九三二年谁在上海杀死日本人的？"
>
> "你是几年来一向把它当作话柄——反对着我——"他喊道。
>
> 可是她摇摇头："不——只是反对你们国民。"

针对上述段落，巴金指出，"假如《爱国者》的每一个翻译人还有中国人的良心（还不说艺术家的良心），他们便应该出来证明一九三七年三月二十七日并没有日本人在南京被杀；一九三二年并没有日本人在上海被杀。（一·二八之战役战死的兵士当然不算；中国方面阵亡的人更多，并且还有成千上万的无辜平民糟害。）"即是说，小说中的这个情节子虚乌有。既然如此，

---

① 汝雷、叶峰等：《"爱国者"书评座谈会记录》，《中行杂志》1939年第1卷第1期，第86页。

令人费解的是:"为什么中国人以璜会承认那莫须有的事可以当做'话柄'"。如果译者不能把这一点解释清楚的话,那么,他们的翻译便是"拿造谣和胡说来污蔑自己民族的抗战了"。林语堂曾撰文赞扬赛珍珠在美国是中国最有力的宣传者。巴金奚落道,"大概我们自己太缺乏宣传人材了,竟然把赛珍珠也当作了我们的宣传者","别人污蔑了我们,戏弄了我们,捏造出我们未犯过的杀人罪名,我们还要称颂她的'伟大',将她的书当作恩物似地抢着翻译出来","糊涂到将财主当作父母连自己的是非都不知道"。最后,巴金甚至发出了"我控诉"的呼声。

从《爱国者》中的一段"不实"的对话,巴金整个否弃了赛珍珠本人、赛珍珠的著作及翻译,其拳拳爱国之心溢于言表。问题是,爱国热情的冲动使其失去了应有的理智与逻辑,从而作出了有失中肯的评价。试想,设若其作出推论的依据本身站不住脚或不够充分的话,那么,所有据此对赛珍珠义正辞严的指斥将轰然坍塌或摇摇欲坠。作为译者之一的哲非就巴金的论据指出:"我不晓得这里的'她',巴金先生看作是作者的赛珍珠女士呢还是书中人的日本女子珠子?如果这话是出诸作者之口,那真是胡说。可是若果是出诸一个日常受侵华宣传洗礼的日本女子之口,我们决不能说是作者的胡说"。事实上,"赛珍珠这里放在日本女子珠子口中的话,既没有使我们'中国人的良心'有所不安的必要,而且作者还确是表现了她的'艺术家的良心'呢!"[①]显然,这个回应入情入理。因此,巴

---

① 哲非:《〈爱国者〉批评的总答复》,《上海评论》1939 第 1 期,第 42 页。

金对赛珍珠的批评言过其实,显得热情有余而理性不足。

在对赛珍珠的挞伐(包括一些为赛珍珠的辩护)过程中,真实始终是一个锐不可当的利器。问题在于,这种真实必须是合乎历史的真实,文学被视同历史,担负着"信史"的功能,而文学的虚构、文学更高层次的真实被理所当然地置之一旁。实际上,文学与历史在话语系统中有着不同的分工。亚里士多德的《诗学》就说,文学书写可能发生之事,而历史则叙述已经发生之事。换言之,文学之真与历史之真并不能完全等同,更不能相互替代。前者固然须在大体上尊重后者,但这并不意味着前者没有丝毫可以腾挪的空间。另外,真也并非是单面的,而是多维的。因为即便是同一事件,不同的视角或立场得出的结果不见得全都一模一样。所谓"横看成岭侧成峰,远近高低各不同"。它们可能相互补充,也可能相互博弈乃至相互矛盾。就《爱国者》这部长篇小说而言,依照批评者的意见,就算它有一些不实之处,仅仅以此全盘否定它仍有失妥当。需要承认的是,作为一个外国人,赛珍珠认识中国的能力有限,何况她以中国为题材的小说并非是为了诋毁中国。正因如此,讨论中有学者指出,一些批评家对赛珍珠的批评过于严苛,不利于争取国际友人。还有学者直言:"有的时候我们中国人的爱国心太偏狭太极端了一点,对外国作家的批评也太过苛刻了点,一点不对就动气,似乎是不必的"。① 而偏狭的

---

① 汝雷、叶峰等:《"爱国者"书评座谈会记录》,《中行杂志》1939 年第 1 卷第 1 期,第 85、88 页。

真实观念之所以成为至上的标杆,跟中国源远流长的"诗史"传统、僵化的现实主义反映论、抗战的特殊时代背景等因素密切相关。

二

《爱国者》的男主角经历了国共分裂,潜逃日本后,长期处于消沉状态。到他回国之前,这期间发生了日本侵略中国的诸多重大事件:"九一八"事变,"一二八"抗战,卢沟桥抗战,"八一三"抗战等。让评论者十分不满的是,赛珍珠对于这些大事,"都是那样轻轻的一触,那样轻描淡写,而此外××对于中国的侮辱,挑衅,压迫,毒害,走私,侵占领土,破坏主权,制造傀儡,极尽侵略的各种伎俩,另一方面相应而起的中国的反抗,抗战,救亡运动,都被忽视地滑过了"。① 更让人匪夷所思的是,伊万从消沉转向回国抗战的诱因竟然还不是这些血淋淋的事实,而是他在码头上所听到的一段充满狭隘的爱国观念与赤裸的侵略主义的话——它出自一个领取自己死于前线的儿子骨灰盒的日本老妇之口。因此,评论者诟病伊万转变的关键不当、节奏太慢,而且跟其过去爱国者的身份判若两人。司马圣批评这种取材上的缺陷:"避难就易,避重就轻,避繁就简"。② 他认

---

① 周木斋:《读〈爱国者〉》,《东南风》1939年第1卷第2期,第27页。
② 司马圣:《我对于〈爱国者〉的感想》,《申报·自由谈》1939年6月23日,第13版。

为,这个故事的题材既然包括了最近十年来的大事变,既然展开到对日抗战甚至汉口撤退以后的大事变,那么,小说就应重在描写这些事变所反映出来的中国人抗战的英姿。然而,小说却花了大量笔墨描写伊万与珠子的恋爱故事。汝雷也批评《爱国者》实在很平凡,中国抗战期间赛珍珠不在中国,所以就"只得避免正面地采取抗战为题材,即使有采取,也不过是撷拾一些她本国报纸上的报道罢了"。① 即是说,小说的着力点走偏了。素鹤承认取材避重就轻的缺点,但指出之所以如此是因为"一个作者特别是外国作者取材的观念角度,不必一定要和我们读者的相同。就作者以往的作品看,可以断定她是一个个人主义的人道主义的作家,描写缠绵悱恻的恋爱,远胜于如火如荼的革命,所以不从群体来表现中国抗战的精神,却企图从一二个家庭,三四个人物的私生活上反映抗战中国场面的一角。这与其说是作者避重就轻,倒毋宁说是作者自知其特长的所在"。② 换言之,尽管这种小叙事未能满足当时文艺界对抗战文学宏大叙事的热望,但依然有其存在的合理性与必要性。这里的关键是,囿于个体的能力与文类的规则,作家如何处理与消化纷繁复杂的抗战历史,并以文学话语的形式叙述出来。

作为第一部有关抗战的长篇小说,《爱国者》遭遇了严厉的批评。它的译者哲非甚至认为,它的出现本身就是对中国

---

① 汝雷、叶峰等:《"爱国者"书评座谈会记录》,《中行杂志》1939 年第 1 卷第 1 期,第 84 页。
② 同上书,第 84—85 页。

文化人的一种羞辱。因为像这样的作品,中国文艺界不是没有人能写,但现实是我们的作家就是没有及时地拿出干货来。更有论者愤然指出:"中国文坛上不知还有多少比她更浅薄的作品"。① 我们知道,就长篇小说而论,巴金的抗战三部曲《火》、《炎》、《灾》要到1940—1943年才面世,茅盾的《腐蚀》是1941年、《第一阶段的故事》是1945年,而老舍的《火葬》则是1944年。《火》写的是战争发生之后,上海青年怎样开展抗日救亡的工作。《炎》(又名《冯文淑》)写的是上海青年怎样离开上海沦陷区,深入阵地,组织战地工作队进行抗日宣传。《灾》(又名《田惠英》)写的是革命青年冯文淑与宗教徒田慧英的交往,借以说明基督徒如果真正相信真理、播撒生命之种,就一样可以参与革命活动。不难看出,巴金的抗战书写并未正面描写抗战的宏大场面,也是选取自己熟悉的青年抗日那一部分题材来展开情节。出于担心时过境迁,自己未能留下反映时代的作品,老舍写了长篇小说《火葬》。但它自己并不满意,甚至说假如搁在抗战前,一定会将它扔到废纸篓里。到了《四世同堂》,老舍就舍弃了那些不真实的战争场面,捡起了自己最拿手的北平胡同,描写了"小羊圈"葫芦巷内居民在抗战期间的历史。值得注意的是,有学者指出:老舍的抗战小说"爱国思潮的高亢和嫉恶如仇的激愤,给我们的印象是深刻乐观的,但是这只是作家基于爱国情绪,欲激发民心士气的文字表

---

① 司马圣:《我对于〈爱国者〉的感想》,《申报·自由谈》1939年6月23日,第13版。

现品罢了。这些作品，与抗日战争的史实是不符的，因此并不能真正表现那个时代"。[①] 与此相比，茅盾的《腐蚀》更是等而下之。"他技巧地透过女性的心态，反映出了政府区的黑暗面，甚至捏造情节加以渲染。完全站在政治的立场上来写小说，既没有考虑国家民族的利益，也不曾顾到全民的福祉和抗战需要，至于故事的真实性和合理性，更不在考虑之列"。而《第一阶段的故事》主要在表现沦陷区上海的全貌，"主题似在宣传全民抗日，以及全国同胞对日本侵略的觉醒，骨子里却揭发了社会中的丑恶，不像为抗战所写"。[②] 因此，茅盾的抗战小说不仅谈不上激励，反倒"腐蚀"、分化了抗战。相比之下，瑕瑜互见的《爱国者》自然不应受到过低或过高的评价。无论是它所存在的缺陷还是取得的成功，都为后来的抗战文学作品设定了一个藉以衡量自我的坐标点。

[①] 尹雪曼：《抗战时期的现代小说》，台北：成文出版社，1980年版，第67页。

[②] 同上书，第79、70页。

中国当代文学需要"向外转"再议

——兼与《"向内转"还是"向外转"?》一文商榷

罗兰·巴特曾指出,历史家越接近自己的时代,其话语行动的压力便愈大。文学史家自然也不例外,因此,真正负责任的做法是能够明了、承受多种因素带来的压力,进入中国当代文学的纵深地带厘清问题的来龙去脉,并展开认真反思,从而以史为鉴,为当下的文学创作提供可资借鉴的意见或建议。张光芒先生《论中国当代文学应该"向外转"》一文在这方面做出了有益的探索,而许玉庆先生迅速起而批驳,[①]遗憾的是,这种批评时时断章取义,根本未能弄清前者是在哪一个问题脉络中发言。

众所周知,对中国当代文学的"再描述"自20世纪80年

---

① 张光芒:《论中国当代文学应该"向外转"》,载《文艺争鸣》2012年第2期。许玉庆:《"向内转"还是"向外转"?——与张光芒关于当下中国文学的走向问题商榷》,载《文艺争鸣》2012年第4期。以下凡谈及二文不再注明。

代末期"重写文学史"以来从未停歇。一切历史都是当代史,都是当代人以当代的视角对过去的回望。不言而喻,借助于这种回望,历史将更为丰满与繁复,而史家的思想尤其是他对现状或直或曲的意见也含蕴其中。与前一阵子研究界对中国当代文学的"唱盛"或"唱衰"不同,张光芒执着于返回历史的现场,凸显在某一历史节点发生的文学事件如何影响了后来的文学状况。换言之,他探求的是共时结构中文学现状的历时基因,历时连贯性及继承性。唯其如此,我们才能既知其然,又知其所以然。具体说来,张光芒先是回顾了新时期文学观念与创作实践"向内转"的历史契机、"向内转"的内涵与历史意义,这些都只是一个引子,他重点要谈的是这种"向内转"引发了怎样严重的"后遗症":"二度内转"与"非政治化"。所谓"二度内转"是指文学"向内转"的进一步扭曲化,它已然背弃了之前解放审美、个体与精神的初衷,从有意味的形式变为能指的嬉戏,从自律的审美追求变为坐井观天式的私人独语,从思想的解放转变为身体的过度欲望化。为了证明上述嬗变所言不虚,张光芒粗线条地拎出了中国当代文学史中的两大力证:一是"红色"象征意蕴几十年间由政治化到去政治化以至暧昧化的历程,二是与"红色"密切相关的文学话语整体审美情调的迁移。接下来,他以自己较为拿手的"启蒙论"为坐标系提醒人们:与霍克海默、阿多诺所论的"启蒙辩证法"类似,文学"向内转"的辩证法也早已启动。而究其根源,除了国人对域外理论资源的误读之外,更为重要的是文学主体未能处理好与现实生活之间的关系。相比之下,西方现代主义的

"向内转"是沿着晚期资本主义的文化逻辑油然而发的,而我们的"向内转"则多少有些为赋新词强说愁。所以,不应误解的是,张光芒并非一概否定中国当代文学的"向内转",其批判的指向是那种"虚假化"、"独语化"、"无根化"的"向内转"。表现在文学创作上,它们往往关起门来自娱自乐而不闻窗外的风雨之声,对生活没有多少感悟而苍白无力,过度迷恋于叙事而成文字游戏等等。如其所言,这些病象的成因肯定有一部分须归于读图时代及消费主义的促动,但文学"向内转"的走向一样难辞其咎。在张光芒看来,"非政治化"与异化的"向内转"联袂而行,作家躲进审美的小楼中,陷入消极自由领域难以自拔,对积极自由领域却冷眼旁观,因而失去了探寻生存真相的热情与勇气,失去了介入与批判生活的能力。假如以红遍大江南北的"间谍戏"、"穿越剧"等等来衡量,人们必定对此会有切肤体会。这样看来,"向外转"的确势在必行,它既是文学自身的需要,也是现实生活的要求。就此而言,张光芒提倡的"向外转"有着极强的针对性,其目的是为了扭转当代文学创作的不良倾向,恰恰就是为了解决当代文学的发展问题,而并非如许玉庆说的那样只是一个在既有论争圈子里做出的"选择性徘徊"。因为张光芒明确指出:倡导文学"向外转"意在调整文学之"内"与"外"、个体与人类、审美与思想、现实与历史、叙事与道德等的关系,从而使得文学与日常生活的联系更为密切,创造出属于我们这个时代的审美空间。

或许,许玉庆没有搞懂上述"向外转"的背景与理路,才会发出一些看似合理、实则乏力的指责。首先,他批评张光芒关于中国当代文学的反思是"非文学性的",批评家应该"坚守文学艺术的标准"才是。问题在于,什么样的反思才是"文学性的"呢?所谓的"文学性"是否居于远离尘世的世外桃源?文学艺术当然有着自己的特性,但这种特性绝非可以一劳永逸的夯定,相反,它必然是与其所处的共时结构中的众多关系项之间相互衡量的结果。譬如,文学不是政治、不是经济、不是军事、不是宗教、不是新闻等等,正是在这一连串的二元对立关系中文学得以成为自身。当然,这个共时结构具有特定的历史性,我们今天可以说文学不是历史、不是哲学,但这样的判断对《史记》——"史家之绝唱,无韵之离骚"——和对先秦诸子的作品就不成立。这就清楚地表明所谓"文学性"不是那种可以提炼出来的纯而又纯的晶体,而是有其鲜明的历史性与可变性。而许玉庆认为文学史写作应以"文学性"为尺度,"那些文学性不强的文本完全可以忽略不计"。问题是,这样会不会把不少重要的作品刨除在外?就拿中国当代文学史来说,一大批红色经典作品的文学性不见得有多强,但它们影响了一代人的集体记忆,文学史真的就能泰然自若地将它们撇到一边吗?还有,扔下它们不管会不会造成无法解释清楚很多文学现象何以出现?"没有晚清,何来五四",王德威的这个著名论断凸显的正是文学史的连贯性与承继性,而许玉庆狭隘地以文学性的强弱为择选依据,就会不由自主地把它们抛诸脑后,走上割裂历史的羊肠小径。

张光芒立足于文学史,着眼于当代文学的现状及弊病提出"向外转",力图救偏补弊。而这样的反思在许玉庆看来是

"非文学性的",没有坚持"文学性"的标准,显然,这就一方面把文学与社会人为分割开来,另一方面也陷进了本质主义文学性的泥沼之中。说到何谓文学时,许玉庆认为存在一些大家公认的文学特征,例如虚拟艺术,应该再次强调的是这个特征已经被当下共时的结构所认可,然而,谈及张光芒如何认识文学时他就明显地曲解了对方。张光芒为了证明当代文学向外转的必要性,举例说每一时期或时代总会有一批人物形象"成为特定时空文化密码的承载者,成为人们借以观照现实生活和反观自身精神的审美符号"。而许玉庆却由此推理:"文学就是对历史的记载,是文化的承载物,在马加爵、药家鑫、范跑跑等人物上历史只要作出自己的记录即可,当代文学还何谈'向外转'的'必要性和迫切性'?……如果文学是用来记录现实的,那么只要历史学家就可以了,文学完全没有存在的必要。"不难看出,许玉庆的推导有意无意地略去了张光芒言论中十分重要的一个关键词——"审美符号",这是文学与现实、历史区分的凭证,换言之,文学虽然与它们血脉相连,但又有一套相对来说属于自己的话语逻辑或话语体系,它会对两者进行审美改造以吻合文学话语的要求。丢弃了这一点,许玉庆的演绎明显有些荒诞:张光芒强调当代文学中缺少以往那般震撼人心的形象,就是要说明文学要与现实密切接触,就是要证明向外转的必要与迫切,什么时候说过文学只要记录历史就行了?什么时候又说过不要文学存在了?

当把对方的言辞予以简化乃至歪曲之后再来批评,还会有丝毫的说服力吗?这其实可以归结为"学风"问题,许玉庆文中类似的不严肃之处还有一个紧要的地方。他断言"向外转"是"将文学创作题材视为创作成败的关键,因而非常容易陷入'题材决定论'的误区"。而张光芒明明指出"向外转"并非一味地要求作家都去一窝蜂地写重大现实题材,"甚至回到'题材决定论'的俗套"。而且,也不是说只要写重大题材就是"向外转"了,因为它不仅涉及到"写什么"的问题,还连带着"怎么写"的问题:为什么大量的"底层叙事"无法如《中国农民调查》那样震动人心?为什么大量的"反贪文学"哪怕官员看了也一笑了之?此时不能说文学没有介入生活的愿望,但应该在此前提下专著于"怎么写",创造出"真正具有价值的审美判断"。因此,张光芒所谈的"向外转"实际上是要求"写什么"与"怎么写"两者应并驾齐驱、不可偏废。其实,这也是许玉庆文中再三申述的,差别在于他认为"当下中国文学的关键问题是作家缺乏个体化世界的建构",解决起来不单要穿越政治与文化,还要穿越各种既有的世界观。但不管怎么穿越,最后建立起来的"作家自己的世界观"也必然留有它们的印记,或者说,它永远无法彻底摆脱前者。比较起来,"向外转""包含着对于人类性与个体性相统一的内在精神的探索",不像"穿越"那样偏执于个体性的追寻。

最后,关于批评家的责任或使命问题,许玉庆认为批评家应在坚守文艺标准的基础上"在研究中提出自己富有创建性的理论,建构起自己的理论世界",在他看来张光芒未能做到这一点。不过,这有点儿强人所难,作为批评家,张光芒意在回顾历史来表达自己对当代文学的见解,指出哪里有偏颇、可能解决的途径是什么，以期达到矫正、引导的目标，使文学在共时结构中可以发出其应有的声音，参与共时文化的构建。可以说，这已经称得上是批评家的宏愿了，至于理论世界的建构，还是留给专门的文艺理论家去做好了。

附录1 文学的本质情结是如何炼成的?
——复友人书

梓旭兄:

你好!

你在微信中说:读了我与南帆老师的通信(载《文艺争鸣》2016年第8期)后,对文学的本质情结是如何形成的这个话题很感兴趣,并希望我能再详细地谈谈。

我想,文论界痴迷于追寻文学本质,首先应放在现代性的大背景下来进行考察。我们知道,中国古代也有个别思想家热心概念问题。譬如,先秦时期能言善辩的名家等。尽管如此,但是整体说来,国人的思维对概念其实并不怎么在意,对认识主体与认识对象也根本不加刻意区分。明确区别二者,其实是一种舶来的思维方式。因此,当我们翻看中国古代文学批评的文献资料时,绝少会碰到那种上来就先界定一下什么是诗的情形。因为它们往往采取一种"得意忘言"式的姿态,直接进入讨论。不言而喻,其中所涉及到的很多术语,譬如,言志、缘情、道、气、神、理、风骨,如此等等,也都并未得到十分准确的定义。你知道,"定义"本身也是个外来词。值得注意的是,随着现代性昂首阔步地踏入中国,随着西学东渐,或者说,西方文化的大举涌入,不仅包括中国文艺批评在内的传统文化大面积塌方或退隐,就连以上那种含蓄蕴藉的为学方式也被弃若敝屣。取而代之的是,代表着先进、现代与科学的外来的思想与学术。

众所周知,中国遭遇现代性大致经历了一个从坚船利炮,到声光化电,再到思想文化的过程。一方面,它固然是痛彻领悟到"落后必然挨打"道理之后,国人的被动反应。另一方面,它也是"开眼看世界"的中国人主动的选择,承载着他们振兴中华、富国强兵的梦想。表现在文艺理论方面,即是伴随大学的建立与我国高等教育的现代化,出现了一批适应高校文科教育的文艺理论教材。据统计,1920—1946年间,约有40多种文学理论教材相继面世。譬如,《文学论》(刘永济,1922)、《文艺论》(夏丏尊,1924)、《文学概论》(马宗霍,1925)、《文学概论》(潘梓年,1925)、《文学概论讲义》(老舍,1930—1934)、《文学概论》(赵景深,1932)、《文学概论讲话》(谭正璧,1934)等等。作为教材,无论在形式、内容方面,还是在性质、目标受众、传播渠道方面,它们当然都与古代的文论著作迥然相异。尤其是,之前谈艺论文中那种吉光片羽式的感悟,迅速为逻辑分析与理论体系所替代。浏览这些文论教材,可以发现一个有意思的现象:它们大都在开篇就摆出一副"决裂"的架势——着意摆脱旧时讲文学浑浑噩噩、不可捉摸的状况,并专门辟出章节来讨论文学的定义问题，不达目的决不罢休。虽然定义文学的结果可谓言人人殊，但研究文学必须首先要搞清"文学是什么"则成了学术圈的共识。民国期间探索文学本质的学术路径与学术热忱，在新中国成立后一直延续下来，直至近些年来经受反本质主义思潮的持续冲击，才有所改观。

文论界追寻文学本质的意识，具体而言，很大程度上来源于域外文艺理论教材的影响与形塑。20世纪20年代以后，大量的外国文论著作被翻译过来，为国人撰写文学理论提供了学习与模仿的资源。其中，有两部教材的影响极大，不能不提。一是民国时期本间久雄的《文学概论》，一是建国之后季摩菲耶夫的《文学原理》。本间久雄的《新文学概论》1916年出版，三年后即被译介进来，最初是刊登在报刊上，后由上海商务印书馆出版，且前后再版竟有十多次。其第一编为"文学的本质"，共分"文学的定义"、"文学的特质"、"美的情绪及想象"、"文学与个性"、"文学与形式"五章。其后出版的很多教材，譬如，曹百川、赵景深等人编著的《文学概论》，不论是观点还是体例，都沿袭了本间久雄的路子。新中国成立后，曾在一段时间内全面学习苏联建设社会主义的经验，文学领域自不例外。在学习苏联的过程中，季摩菲耶夫的《文学原理》成为文学理论主要的教学依据。该书1953年出版，分为三部分，第一部分"文学概论"主要论述文学的本质、特性及法则。而被很多高校当作教材使用的《文艺学引论》(1958)和《文学概论》(1959)，则是根据苏联专家在华的讲稿整理成书，大体上也是按照季摩菲耶夫《文学原理》的体系。因此，季氏的《文学原理》对中国文艺理论的影响简直不可估量。

挖掘文学本质做法的盛行,还跟现代不断繁盛的自然科学密不可分。换言之,自然科学话语日益强势,会自觉、不自觉地渗透到社会生活之中,从而塑造、刷新男男女女的世界观与方法论。郭沫若为此提供了一个生动的案例,他在《文学的本质》(《学艺》1925年第7卷第1号)一文中指出:研究文学本质要像研究水那样,祛除种种杂质,才能得到真相。"我们研究过化学的人,要先求纯粹的元素,然后才能知道它的真正的性质。我们研究过生物学的人,要先求生命的基本单位,然后才能了解一切繁赜的生之现象。像化学上的元素,生物学上的细胞,我相信在文学上是可以寻求出来的。我们要研究文学的本质的人,须先求文学上的基本单位,便是文学的元素,或者文学的细胞,然后才能免却许多的纠纷,免却许多的谬误。"显然,自然科学的运思范式俨然成了人文学科的楷模。化学的视野中,水由氢氧两种元素组成,化学式为H_2O。于是,文学也如同水那样,需要找出其组成元素,找出那个不变的化学式。引人深思的是,时下文艺理论界依然颇为风行的多元本质论,竟然与九十余年前郭沫若的主张是那么神似。问题在于,文学与水毕竟大不同,充满着历史性、多元性与歧义性,没办法找出类似的分子式或确定不移的规律。

除了自然科学,文学本质的探寻也与整个知识界认识范式的转型——它主要得益于哲学话语的影响——息息相关,而研究者对这一点似乎提得不多或重视不够。哲学范畴中,现象与本质是对立的,现象表现本质而本质决定现象。唯有透过现象去认识本质,从外在的关联进入内在的关联,才能达到科学的认识。作为认识事物的崭新指南,它快速赢得了知识界的热情拥戴。如果在民国期刊数据库中,以"本质"为关键词检索一下,我们会发现这个外来的新名词被广泛应用在诸多事物的讨论中。譬如,国家、民族、社会、制度、团体、革命、生产、劳动、经济、财政、银行、证券、知识、信仰、教育、教材、恋爱、贞操、文学、艺术,等等。正因如此,1935年就有学者信心满满地宣布:现象与本质"都是我们常见的一些新名词","我们已承认今日的认识已不像过去那么浮识,而已走到深刻与正确的阶段"(莎金《现象本质与必然偶然》,《客观》1935年第1期)。建国之后,确立了马克思主义在我国意识形态领域的指导地位,哲学"在普及中应用、于应用中普及",人文学科的本质论有增无减。

  以上是我大概想到的几点,算是回复你的建议,不当之处还请不吝指正。另外,我还想补充两点。其一,对文学本质论的意义,应给予足够的肯定。因为它在文学的莽莽丛林中披荆斩棘,在纷繁复杂的文学现象中权衡比较,最后给出了一个简明扼要的文学标准。在此基础上,我们需要进一步反思的问题是:文学本质论的意义,究竟是否有那么重大?是否需要投入那么多的精力,来铸造一个完美的文学公式?是穿越历史,出示一个捉襟见肘的定义重要?还是沉入历史,在共时的结构中,研究文学扮演何种角色重要?其二,作为一种外来的理论工具,本质论的利弊得失,均已展露在世人面前。这也启示我们,应妥善处理域外理论与民族立场、理论资源与中国现实之间的关系问题。既不能一股脑儿照单全收,也无须一棍子全部打死。文化全球化的时代,中国学术要想参与进去,展开对话,不可能忽视外来理论资源,或者仅仅持有一个漫画化的印象。试想,面对中国飞速发展的经济现实,面对汹涌澎湃的打工潮,《盐铁论》与"父母在,不远游"的儒家思想,还有多大的阐释效力?需要心中有数的是,理论与现实有着很强的互动与互塑关系。理论既可以是现实的总结,又可以是对现实的超前想象,有效地介入现实,引导现实。反过来,现实生生不息,总会让原有的理论左支右绌,倒逼其及时地自我修订、自我完善、自我创造。在这个层面上,可以说,坚守与捍卫某个不变的本质,注定是一场悲剧,抛开历史与现实的悲剧。

临笔神驰,纸短意长。顺颂秋安!

王 伟
2016 年 9 月 10 日再改定

附录 2 "信息批判"之见与不见

  1980 年代中期,詹姆逊的北大演讲给国人普及了后现代主义与文化理论,而随后的译介陆陆续续引入了一大批探讨后现代主义的资料,也引发了迄今为止仍然繁盛的相关讨论。不管在如何理解一术语上还有多少争议、分歧,它早已在学术界形成了蔚为大观的景象,根深叶茂、深入人心。确如斯各特·拉什所言,"后"当然意味着发生在现代主义之后,但他将这视为一种刺眼的缺陷就显得有些莫名其妙了。——"后"不仅是时间上的接续,还暗含着意见或思想的反观。后现代主义也不只是强调与现代主义的断裂,因为它本身就是在后者之中孕育而成,尽管有许多重大的原则不同,但同时也有一些藕断丝连的纠葛。贬抑他者是为了凸显自我,拉什对后现代主义、晚期资本主义、风险社会等术语的不满基于对信息社会的钟爱与自诩。在他看来,信息社会足以把社会的原理本身说出来,而那些术语只说跟在什么东西之后。问题是,如果不和之前的非信息社会相互参照,不跟在非信息社会之后,信息社会的特质又从何而来呢？拉什对后现代主义的第二个不满是断言它大体上是在说失序、碎片化、非理性，而信息却同时讨论了理性、秩序与非理性、失序并指出后者是前者的无心之果。让人纳闷的是，信息概念的发现难道后现代主义真没看到？人们会记得，福柯在《古典时代疯狂史》中明明深入探讨过理性是如何把疯癫定义为非理性的：疯狂绝不是一种单纯的自然现象，没有把这种现象说成疯狂并加以迫害的各种文化的历史，就不会有疯狂等类似的非理性的历史。福柯激烈地批判现代理性话语，以现今的后见之明来看，非理性其实是有意的、人为的生产，但如果回到时代的脉络里，它不也是理性自我标榜因而"无心插柳柳成荫"的结果吗？第三个不满依然很弱，拉什说文丘里之类的建筑师往往以"矛盾"与"复杂"来理解后现代主义，而信息则从"统一"的原则出发。还不仅是建筑，整个后现代主义文化都充满矛盾的复杂性，这样理解才会真正切合社会与世界的现状，毕竟后现代主义不是一种横空出世的事物，它不可能将过往一笔勾销，而是在前现代、现代的基础上突围。这还只是纸上谈兵，如果回到具体的语境，它们三者的关系就更是剪不断理还乱，就更不是舍弃这个选择那个那么简单。譬如，中国目前就处于前现代、现代与后现代的交错杂糅之中，如何保留它们有价值的一面而扬弃不利的一面就是一个异常复杂的问题，否则，它们的坏处迅速融合发酵，带来的后果更为可怕。因此，复杂性与矛盾性应是分析社会问题时孜孜以求的才对，用一个统一的原则或视野恰恰会遮蔽掉其中的多样性，把问题简单化。正是在这个意义上,罗蒂才抱怨说自己实在不想再使用后现代主义,因为它也有被同质化的倾向;不过,这也暗示出后现代主义阵营内在的多元维度。总之,诚如波斯特所言,"一个历史阶段的强行推出意味着的,可能不是从一种存在状态过渡到另一状态,而是意味着一种复杂化,意味着将一种结构与另一种结构加以迭合,意味着对同一社会空间中的不同原则进行增值处理或多重处理。阶段或时期并非彼此相继而是相互含盖,并非彼此置换而是相互补充,并非按顺序发生而是同时存在。"①信息社会也不例外。以上的辩驳显示,拉什开场为信息社会优于后现代主义等分析范畴挥出的三板斧乱砍一气,然而,这丝毫也不意味着他下文所谈就全无价值。

拉什所要处理的核心问题是在信息时代来临之后传统的批判理论——德国式的与法国式的——将会遭遇怎样的变化,传统的意识形态批判还能否进行,信息批判的意义又是什么。围绕这一核心,拉什的讨论分作三个部分:其一,信息,包括信息社会的特征,科技的生活形式给权力、团结带来的影响,信息社会或传媒社会产品的性质等;其二,重审传统批判理论,挑战了勒维纳斯的"怀疑论"、德里达的"延异"观念,发展了列斐伏尔的空间生产理论;其三,信息批判,涉及信息社会的双重性——最高度理性化的生产竟然带来了最不理性的流通与分配,全球信息秩序形成的科技文化如何构

---

① [美]马克·波斯特:《第二媒介时代》,范静哗译,南京:南京大学出版社,2005年2版,第19页。

成,信息秩序诱发的表达消融或崩解、新的权力格局、新的批判形式。应该说,这一条理清晰、逻辑分明的框架涵盖了很多有重要意义的议题,敏锐地抓住了时代变化的动向并试图考察新形势下的传统理论资源。有意思的是,拉什的所得实际上与他不太看得上的后现代主义路径殊途同归。具体而言,他认为信息与叙事、论说、制度等社会文化范畴不同,前者拥有"流动"、"拔根"、"空间压缩"、"时间压缩"、"实时关系"等主要性质。与此密切相关的是,蔓延全球的信息秩序自然会消解一切先验或超验的事物,"信息批判相较起来是更立基于运动、立基于流徙而非混血(因为前者必然蕴涵着运动)的。它是一种极端化的流徙,它没有固定的终点,而是伴随着偶然、意外以及反认同与再认同的余地往前冲。它是一套关于运动、偶然性、流动、脱离与接合、客体和主体、通信的后殖民主义。它既是一套信息秩序同时也是一场信息的失序:失序、再建秩序与再失序的一场无止境的辨证。"[1]拉什的这个判断显然是反本质主义、反基础主义的。如果说,福柯、巴特、德里达、罗蒂等后现代理论家大都是从语言链条上能指与所指的龃龉、永久滑动得到启示,从而跃进反本质大营的话,那么,拉什则从信息科技切入并带着鲜明的实证主义色彩加入了上述队伍。拉什还提醒人们,信息促使国家制造业社会转向一种全球性的信息文化,它有如下三个基本

---

[1] [英]斯各特·拉什:《信息批判》,杨德睿译,北京:北京大学出版社,2009年版,第14页。

原则:从国家到全球,制造业逻辑让位于信息逻辑——无论是产品、生产工具还是生产过程都具有愈来愈高的信息性,社会的事物被文化的事物所取代。这些都清楚地显示出拉什《信息批判》这本著作的位置及意义所在。不过,拉什喜爱的信息化逻辑也导出了好几个略显夸张的结论。

众所周知,一旦使用"上层建筑"这个词,我们实际上就默认了它与"经济基础"的二分法,也同时默认了马克思主义对两者特征的系列概括。而随着经济的信息化、文化化,经济基础与上层建筑之间相互渗透、相互转换的情形时有发生,甚至出现两者融为一体的状况,譬如当今在世界各地红火开展的文化产业。尽管这多少动摇了马克思的经典二分,但拉什断言上层建筑由此而"土崩瓦解"就显然说过头了:在马克思主义哲学中,上层建筑有政治上层建筑和思想上层建筑两大类,前者又分为政治与法律制度、军队、警察、法庭、监狱、政府部门、党派等国家机器和政治组织,后者又分政治思想、法律思想、哲学、宗教、艺术、道德等。它们怎么就一下子都玩完了?信息化如此巨大的能量令人怀疑。至少应该先具体考量信息化对上层建筑的各个细部究竟有哪些具体的影响,"技术革新中最关键的不仅是这种效率的增加,而是身份构建方式以及文化中更广泛而全面的变化",[1]然后再下定论也不迟。既然是探究新形势下批评理论的未来,拉什就应该记得阿多诺与

---

[1] [美]马克·波斯特:《第二媒介时代》,范静哗译,南京:南京大学出版社,2005年2版,第30页。

霍克海默在处理经济与文化的关系问题时所唱的媒介哀歌——电台甚至被等同于法西斯主义,技术无往而不胜,文化与主体则被不经意地撇在一边。至于社会制度与意识形态都是集体自我投射的结果,它们都会被不断重组、修订,但长期的积聚使它不会一夜之间就全部报废。遗憾的是,拉什没能避开技术决定论的陷阱。在拉什看来,无论是德国的辩证法论者还是法国的后结构主义怀疑论者都预设了一个先验或超验的思想界域,都停留于意识形态批判的层面上,这也使它非常适于国家制造业时代的建构性二元论。而这些都被全球性的信息化摧毁、取代,一切都被扫入内在的一般平面之中。这无异于说意识形态已经终结,重弹了贝尔20世纪60年代初期的老调,另一相似的说法是福山提出的历史的终结。莫斯可指出,"最重要的问题在于,没有考虑到自由民主的理念与权力集中的商业巨头对世界政治经济日益增长的控制之间存在着潜在的深刻冲突。重要的经济、政治、社会和文化决策都是由全球性的公司网络来做出的,其中许多公司在财富和权力方面让世界上多数国家相形见绌。这样一个世界损害了自由主义的自由和民主中所包含的平等参与。"[①]不应误解的是,拉什注意到了信息化对权力与不平等的刷新:权力规训的性质少了许多而变成了一个知识产权问题,权力的核心是排除而非剥削。拉什的着眼点是信息化时代与制造业时代生产

---

① [加]文森特·莫斯可:《数字化崇拜:迷思、权力与赛博空间》,黄典林译,北京:北京大学出版社,2010年版,第54页。

方式的差异，前者的设计工作在核心的发达地区，而生产工作被转移至劳动力较为廉价的不发达地区，这种信息化带来了极大的排除效应。然而，排除为剥削铺平了道路，其最终目标还是为了赚取更多的剩余价值，因此，以为排除是信息社会中权力的核心还止于表面。就以拉什所举的全球性生产为例，据说乔布斯曾为 iPhone 的屏幕轻易就被划伤而大发雷霆，要求在 6 周之内让它变得完美，苹果的高管带着新屏幕在午夜抵达深圳，之后就是工厂的领班在夜里紧急集合了 8000 名工人，每人发了一杯茶和一些点心，在半小时之内全部就位，12 小时一个轮班开始为 iPhone 换玻璃屏幕，这项流程一直持续 96 个小时，总产量达 40000 台之多。友邦光顾着对这个"中国奇迹"赞叹不已，而对其中隐藏的更大获利/剥削则闭口不言。毋庸讳言，即便这样来理解权力也无法掩饰其狭隘性，因为它把权力仅仅设定为占据有利地位者对身居不利地位者的压榨，而忽视了后者也有质疑、抗衡以至于翻转的可能。换言之，权力是多重复杂交错的关系网络，是多种相互作用的力量簇。另外，在政治、法律制度等层面上，权力的规训不见得就能少了多少，它不过是变了一种花样来重新施展那种能力罢了。

从意识形态批判到信息批判，拉什跨出的这一步突出了后者的新异，但付出了将两者绝对断裂、绝对对立的代价，而忽视了其中的承传关系。而当拉什从信息批判跳到它的等同物媒介理论时，逻辑尤为松懈："如果批判不再能够是先验的，而是必然内在于信息秩序的，那么信息批判就变得越来越是媒介理论。"①批判没有先验的、永久的标准是一回事,由此得出批判的标准内在于信息秩序本身世另一回事,由此再推向媒介理论也同样是再一回事。说得明白一些,反本质主义虽然击碎了形而上的真理,但这并不意味着我们就没有真理可言了,真理是多重关系博弈后达成的暂定共识,其中既有过往、现在又有对未来的期许。我们不知道,信息批判的标准如何内在于本身,如果是这样的话,完全抛开之前的意识形态批判资源,这种批判又该如何进行,拉什只是说说而并未付诸实际操作。接下来的问题是,拉什眼里的媒介理论到底是什么意思?他认为媒介理论"既不解释也不阐释媒介","爆破了解释与阐释的二元对立","理论与文本如今变得不再是再现而是技术本身"。②姑且不说如果一种理论既不解释也不阐释后那它到底要做啥这个立马就会有的质疑——毕竟批判得有思想才行,问题在于,如果信息批判/媒介理论最后仅仅归结为理论越来越信息化这个一以贯之却如此浅白的道理,那么,人们不免对拉什所言的信息批判在心头画上一个大大的问号:它是不是有些跑偏了?任何批判总要有主体来承担,如果继续拉什的话题,非常有必要考察的是信息秩序如何影响了主体这个问题,波斯特敏锐地指出:"信息方式促成了语言的彻底重构,这种重构把主体构建在理性自律个体的模式之

---

① [英]斯各特·拉什:《信息批判》,杨德睿译,北京:北京大学出版社,2009年版,第20页。

② [英]斯各特·拉什:《信息批判》,第107页。

外。这种人所熟知的现代主体被信息方式置换成一个多重的、撒播的和去中心化的主体,并被不断质询为一种不稳定的身份。在文化层面上,这种不稳定性既带来危险又提出挑战,如果它们成为政治运动的一部分,或者与女权主义、少数种族/人种群体以及同性恋立场的政治相联系的话,它们可能会引发对现代社会制度和结构的根本挑战。"① 比较起来,还是波斯特抓住了问题的焦点、重点,视野也更为开阔。拉什的信息批判还有一个让人疑惑的地方:他一方面宣称信息批判与意识形态没有任何关联,一方面又说将来有可能把信息时代视为问题来质疑的只剩批判性的社会科学了,是不是自己也意识到了信息批判的乏力? 不仅如此,信息批判还有些玄乎:因为信息时代中流的逻辑瓦解了符号,所以,信息批判不发生在符号中,而发生在现实中。问题是,世界不说话,只有我们说话,而我们说话就不能离开符号,那么,人们肯定想知道,拉什不用符号的信息批判究竟如何在现实中发生,谁又能幸运地感应到这种离奇的批判形式?

附带一提的是《信息批判》这本书的翻译技术问题,正文中拉什的引文出处均以"(Benjamin,1977b:167)"这样的方式标出,这对读者的阅读量是一个有点难度的考验,至少也得费点儿功夫搜索下才能知道它的确切来源。而该著

---

① [美]马克·波斯特:《第二媒介时代》,范静哗译,南京:南京大学出版社,2005年2版,第25页。

的最后一句话之后留有大约4.6页的空白,却没把详细数目给列出一些,真是让人唏嘘再三。

结　语

与"后现代主义"、"晚期资本主义"等术语相比,拉什认为用"信息社会"能更好地理解当今时代,而他总结出的信息社会的特征实际上跟前者的内涵殊途同归。信息化的逻辑导出如下虽能抓住时代变迁趋势但却不无夸张的结论:上层建筑随着经济的信息化而瓦解,信息批判取代了之前的意识形态批判并成为媒介理论,却又不发生在符号内,权力规训的能力日益减少而变成一个知识产权问题等等。这根源于拉什极力排斥却未能逃离的二元对立思维,对批判主体能动性的漠视,将不同国家、地区之间迥异的经验一视同仁。

附录3 反本质主义与"中国问题"[①]

  2013年的中国文学理论界,若要说在相对寂静中却也存在着一些局部的热烈景象,那依然应该还是反本质主义的论争了。这是近年来文艺美学界一个持续的热点。这场论争的源头可追溯到20世纪80年代,在90年代有所深化。而进入新世纪之后迅速升温的缘由已为人熟知,即是以陶东风在2004年主编的《文学理论的基本问题》中对文艺理论教材中的本质主义趋向的批判肇始。而其实在这本教材面世之前,陶东风就在《大学文艺学的学科反思》一文中对本质主义思维方式进行批判。之后几年围绕本质主义话题的争论一直不断。2009年,《文艺争鸣》杂志开辟"关于文艺学的建构论与

[①] 说明:本文为《中国文学研究蓝皮书2013》(张永禄主编,李有亮、孙超、张永禄、谢彩、杨秀明、周显波主笔,上海交通大学出版社2014年版)第一章"文学理论的自觉:反思与重构——2013年文学理论研究综述"之第三部分。因多处谈及拙文,特转载于此并深致谢意。

本质论问题的讨论"专栏,连续刊载相关研究文章对反本质主义论争进行反思与总结,从2009年第1期到2010年第1期连刊25篇文章围绕论题进行讨论。期间各路论辩好手或两两捉对,或三角鏖战,或组队排阵,一时确有烽火连天之势:如陶东风与吴炫、陶东风与支宇、曹谦与陶东风、王晓华与陶东风、王伟与王晓华、王伟与吴炫、李自雄与王伟……铁笔纵横,马蹄缭乱。应当说经过几番论战,使这场论争的背景、实质、思路、策略等一些基本问题确实得到一定程度的辨析与澄明。然而截至目前,"反本质主义"仍然是文学理论界的争执焦点和热门话题,涉及问题既有以往所论问题的延伸,也有新的聚焦话题出现。2013年,在继续对本质主义与反本质主义的基本涵义澄清之同时,关于"经典"、"标准"、"意识形态"以及"理论原创"、"中国问题"等构成新一轮论争的关键词。

一 本质主义与反本质主义的再认识

对于什么是本质主义,人们较多依据的解释还是陶东风在21世纪初即作出的描述,即本质主义是"指一种僵化、封闭、独断的思维方式于知识生产模式"[①]。在反本质主义看来,世间根本就不存在什么本质。他们的理论外援主要是文学理论家伊格尔顿(认为文学始终在"成为"之中,因此欲确定

---

① 陶东风:《大学文艺学的学科反思》,《文学评论》2001年第5期。

其稳定特征的做法都是"反历史"的做法),还可指向哲学家维特根斯坦(认为真正的哲学就是与语言的抗争,倡导语言分析哲学)等。而被称为本质主义的以老一辈为主体的文学理论家们,虽然彼此也存在诸多学术分歧,但相对于中青年为主体的反本质主义而言,还是普遍倾向于承认世界上万事万物皆有其本质,人们可以运用理智与知识,通过严谨的科学推理和哲学的洞察力,透过现象给揭示出来。人们可以反对绝对化的本质论,但不能否定科学主义的本质论。杨春时就曾指出:"后现代主义并没有可能取消文学本质的问题,因为正像一切关于知识的问题以及哲学问题根源于人们对于世界意义的追问一样,文学本质的问题根源于人们对文学意义的追问。这种追问本身是不能被解构的。"[1]当然也有研究者指出陶东风等主张的反本质主义究其实是一种新的本质思维策略[2]。而吴炫的观点似乎更接近于一种存在论意义上的反本质主义,他把"本质主义"和"本质化"做了区别:前者是指"观念成为一种理论,理论具有普遍影响",后者是指"权力对一种观念的中心化、现实化干预"[3]。在这场针锋相对的论战中间,吴炫的说法颇具缝合、协调的意味,却不期落于本质与反本质论争的交火中心。而作为学术立场上的"盟友",王晓华在辨析陶、吴

---

[1] 杨春时:《后现代主义与文学本质言说之可能》,《文艺理论研究》2007年第1期。

[2] 曹谦:《反本质主义的本质——评陶东风的文学意识形态理论》,《文艺争鸣》2009年第5期。

[3] 吴炫:《论文学的"中国式现代理解"——穿越本质和反本质主义》,《文艺争鸣》2009年第3期。

之争的诸多分歧中力挺吴炫关于本质的区分,认为批判"本质主义"与批判"权力主义"性质上是两回事,由此也对陶东风将"本质主义"与"威权政治"捆绑一起的说法表示了慎重的质疑①。

至于反本质主义,同样面临着学界诸多的诘问,而其同盟内部也不断发出"不和谐"的声音。除了有人对其在策略意义上的本质思维特征予以剖视外,也有文章就反本质主义试图解构的对象进行了细分:"反本质主义能解构或已经解构的,是历史性的意识形态意义上的文学本质;没有解构,也解构不了的是文学超越性的审美本质。"②作为反本质主义的积极主张者,王伟博士对某些反本质主义论者"间歇性出没的本质主义思维"表达了不客气的批评,他将"反本质主义"的两种读解方式进行比照,一种是"反—本质主义",另一种是"反本质—主义":"前者之中包含了数量可观的一部分学者,他们反对一元本质,但却主张应该有多元本质;而后者则认为根本没有什么本质",并对多元本质论意图一网打尽文学所有的特质、用一串万能钥匙替代一把万能钥匙的"本质主义精神趋向"给予了深入揭示③。这是否意味着"反本质主义"阵营内部的进一步分化或净化初露端倪? 还是说,在反本质主义大旗下聚集

---

① 王晓华:《什么是文艺学论争的"中国问题"?》,《文艺争鸣》2011 年第 9 期。
② 李自雄:《关于反本质主义的三个关系问题》,《文艺争鸣》2013 年第 5 期。
③ 王伟:《反本质主义、文论重建与中国问题》,《文艺争鸣》2013 年第 1 期。

的如此声势浩大的一支队伍,原本就是心怀异望、貌合神离?要想更清晰地在反思视野中给"反本质主义"进行定位和刻画,还是需要一定的哲学层面的超越性视点的。唯此,胡友峰于《文学评论》2010年第5期刊发的《反本质主义与文学理论知识空间的重组》[①]一文值得重新关注。胡友峰在文中将反本质主义分为两种类型:一种是存在论上的反本质主义,另一种则是知识论上的反本质主义。"存在论上的反本质主义是基于本质主义的内在困境而形成的一种对抗性的立场,其目标是摧毁实体的理性本质主义,重建关涉人的存在的本体论"。在这一线条上,作者梳理出了从康德这位存在论上反本质主义的肇始者,经尼采、海德格尔直到德里达的解构主义,其间贯穿的即是"从存在论的反本质主义出发"对哲学思维方式的变革:"将理性的实体的本质还原给了感性的生存的本质",这种转向"人的现实生存、人的感性生活"的本体论哲学思维,"不仅仅在本体上给文学带来了新的生机,而且在价值迷失的时代可以抵御文学上的价值相对主义和价值虚无主义";而"知识论上的反本质主义则认为本质存在基础的实体或自在之物的存在根本得不到有效的证实,因此本质存在只不过是人们的一种信息或假设,而且同样是一种得不到有效证明的信息或假设"。这一区分有助于人们看到,知识论上的反本质主义与文学的精神价值属性之间存在着难以弥合的裂

---

① 胡友峰:《反本质主义与文学理论知识空间的重组》,《文学评论》2010年第5期。

隙,因此,尽管陶东风等反本质主义者也曾试图将"本质主义"与"本质"区别开来,声称只反"本质主义",不反"本质",但是由于缺乏足够的对于人类生存价值维度的观照,而致使反本质主义在整体上容易滑向后现代思想的相对主义和虚无主义陷阱。

在围绕本质主义与反本质主义的持续论争中,某一种学术主张的表述及其背后隐含的价值立场与学术个性、潜在的历史知识背景,以及当下理论生态中的权力关系、结盟状况、话语建构路径等"隐性问题"也在逐渐地现出身形。

二 关于"标准"、"经典"和"意识形态"

在这场反本质主义论争中,一个核心问题是:有没有一个衡量文学价值的可靠标准? 在这一问题的理解和诠释上,吴炫曾指出"文学性"是一个相对稳定的衡量标准,因为与"文学观的不稳定"相比,是"文学性的相对稳定"。其意是在说,与个人化的文学观不同,文学性具有一定的跨越时代、民族、文化的"穿越性"品质,能够"以文穿道",激起古今中外读者的共鸣和欣赏。由此,"文学性"成为评价文学经典的极为重要的标准[①]。这一观点受到王伟针锋相对的反诘,他首先质疑"文

---

① 吴炫:《论文学的"中国式现代理解"——穿越本质和反本质主义》,《文艺争鸣》2009年第3期。

学观"与"文学性"究竟有什么区别?"如果有什么'文学性'的话,当文学观变更时文学性也一定会如影随形而无法闭门不出"①。吴炫关于判断好文学、文学经典的标准为"形象世界的创造性程度"达到"独像"的层次,此为文学性较高的价值判断,对此王伟同样不以为然,"能否用一把优秀的尺子来度量不同文类的作品?"时隔三年后,王伟再次撰文对强调文学性、审美本质之执论者予以发难,"审美本质是一个老生常谈、根深蒂固的论调,尤其是在反本主义之后,审美成了一些学者退守的最后堡垒"。他援引彼得·比格尔的话,"审美理论家们也许会竭其所能,以求获得超历史的知识,但当人们回顾这些理论时,就很容易发现它们清楚地带有它们所产生的那个时代的痕迹。但如果审美理论具有历史性,那么,我们也必须意识到,那种企图阐明这种审美理论的作用的艺术批判理论,本身也是具有历史性的。换句话说,它必须将审美理论历史化。"②文学到底有无评价标准?这种标准的稳定性抑或历史性的不同解释谁更接近艺术审美的真实属性?谁又更贴近人性发展的价值理想?它们之间是天然排斥的还是存有极大的调和空间?这些疑问仍然需要在不断深入的讨论中去寻求解答。与文学标准问题紧密相关的即是如何看待经典的问题。老一代文学理论家对于经典普遍有着复杂的情感,因为在过去它往往与"权威"贴靠在一起,对于人的自由意志发挥过规

---

① 王伟:《半途而废的反本质主义》,《文艺争鸣》2010年第1期。
② 王伟:《反本质主义、文论重建与中国问题》,《文艺争鸣》2013年第1期。

约、牵引作用,因此对之保持一种辩证的态度十分必要。如杜书瀛先生所言:"过去的书本、权威、经典还有用处,而且用处很大。它们可以给我们启示,给我们提供历史经验的参照;它们可以熔化在我们的血液里,汇流于我们的思想中,成为我们生命的一部分。但是它们只能给我们灵气而不能代替我们思想,它们可以帮助我们出主意但不能代替我们作决策,它们只能作参谋长不能当司令员。"①上述作为面对经典时的一种基本态度和把握原则自然具有它的合理性,可是在进入各自学思领域、涉及具体经典对象时,关乎本质或反本质的学术立场又会訇然相撞。当吴炫试图以"文学性"的强与弱来界定文学作品的经典品质时,遭到反本质主义思维的迎面狙击,"所谓的文学经典及伟大传统不过是'一个由特定人群出于特定理由而在某一时刻形成的一种建构(construct)。根本就没有本身(in itself)即有价值的文学作品或传统,一个可以无视任何人曾经或将要对它说过的一切的文学作品或传统'(伊格尔顿语)",因此,"谁的经典?什么时候的经典?因为什么被奉为经典?"②这样的追问就确实构成了对文学经典永恒论的强大逼视力量,迫使文学审美论的价值守护者必须不断突破理论话语的表层囿限而深入到其背后的整体现实中寻求破局之径。

在讨论文学性及文学经典具有永恒性抑或历史性的理

---

① 杜书瀛:《理论的脚步——新时期文艺学乱弹》,《文艺争鸣》2013 年第 5 期。
② 王伟:《半途而废的反本质主义》,《文艺争鸣》2010 年第 1 期。

论问题时,均无可避免地遇到了"意识形态"这一重要范畴。讨论的初期是与陶东风一开始即将"本质主义"与"权力主义"二者叠合的基本看法密切相关,他认为最容易与威权主义政治结合在一起并为之提供合法性的,必然是本质主义的知识论①。吴炫教授却提示必须把权力干预下文学观的中心化、权威化与文艺理论家对自己文学观的"真理性"信念区分开来,强调纯洁而相对独立的艺术信仰可以形成一定的意识形态穿越力量。"……美丽和性感是被什么社会意识形态所支配呢?而'蒙娜丽莎的微笑'迄今依然楚楚动人,那又是被什么意识形态所制约呢?"②然而反本质主义者对此说法并不买账。王伟如此反驳:"尽管我们不能说所有自然的东西都具有意识形态性,但如果细细思量的话,即使连微笑、美丽等这些习见的词汇背后都会藏有意识形态性的东西:蒙娜丽莎的微笑至今依然楚楚动人,乃至于和我们并无大别。问题是:蒙娜丽莎为何笑不露齿、而非开怀大笑?这里就会涉及宗教与笑的复杂历史关系。"③当然这种对意识形态的高度强调也引发一些不同声音,有人表明了自己对双方争论的个人倾向:"如果把探寻事物的'本质'作为理论家自己的终极追求,并不一定与民主自由的环境相冲突,只要理论家的

---

① 陶东风:《略论本质主义知识论和权威主义政治之关系——回应支宇、吴炫教授》,《文艺理论研究》2009 年第 6 期。
② 吴炫:《论文学的"中国式现代理解"——穿越本质和反本质主义》,《文艺争鸣》2009 年第 3 期。
③ 王伟:《半途而废的反本质主义》,《文艺争鸣》2010 年第 1 期。

理解不是通过权力强加于人而是通过说服力让大家认同即可。就像20世纪人们都认同爱因斯坦对物理世界的'本质理解',并没有能成为20世纪世界民主进程的阻力一样。如此,批判'本质主义'与批判'权力主义'性质上是两回事。"① 也有人站到第三方立场上,一方面对有学者将"权力主义"、"意识形态"与"本质主义"进行"切割"(该反的是前者即"本质化的行为",而非后者即"本质主义")的观点表示不能认同,认为"'本质主义'不可能没有'权力关系'与'意识形态'的渗透,更不可能作出水是水油是油的'分离'与'切割'";另一方面也对反本质主义忽视中国特殊历史语境的做法提出"商榷",认为"反本质主义把当代中国文学理论知识生产的症结,简单等同于西方形而上学传统的那种'真理'意识形态元叙事模式(以认知理性意义上的形而上学为基础)的本质主义观念及其思维方式,是一种'错位'的归结,并形成对真正症结,即政治意识形态元叙事模式(以政治伦理意义上的形而上学为基础,尽管也获得西方'知识论'的'逻辑'支持)的本质主义观念及其思维方式的'遮蔽',而不利于对其进行深刻解构。"②这种将理论问题的有效性与特定历史语境相结合的思路,对于因身陷论争漩涡而造成的学思视野屏障有一定提示效用。

---

① 王晓华:《什么是文艺学论争的"中国问题"》,《文艺争鸣》2011年第9期。
② 李自雄:《值得追问的"中国问题"——兼与王伟博士商榷》,《文艺争鸣》2013年第1期。

三 "理论原创"与"中国问题"

在对中国现代文论重构这一未来指向的理解和态度反应上,反本质主义并非拒绝建构的努力,这一点,方克强在深入分析了南帆、王一川、陶东风的三种文学理论教材后指出:"对反本质主义文艺学只解构不建构、有虚无主义之嫌的批评是不合事实的。他们的建构分别选择了关系主义、本土主义、整合主义的理论路向。不但与本质主义自觉区隔,而且提供了建构具有后现代主义特征的文学理论体系的经验和可能性。"①由此看,反本质主义只是质疑那些以我为主、乐观自信的中国诗学理论建构理想。他们更趋向于认为,"后理论"时代的理论更新和理论边缘化已是基本态势,关键在于"整合"既有理论资源,而非"执迷"于原创②。但在一些研究者看来,能否重构中国现代文论体系,关键在于能否发现中国自己的问题,"问题意识"于此成为传统文学理论改革者的突围关隘所在③。吴炫也曾指出:中国文论建设的问题就是文艺学界提不出"中国自己的问题"④。为什么会如此?金永兵将之归

---

① 方克强:《文艺学:反本质主义之后》,《华东师范大学学报》(哲社版)2008年第3期。
② 王伟:《反本质主义、文论重建与中国问题》,《文艺争鸣》2013年第1期。
③ 童庆炳:《文学本质观和我们的问题意识》,《社会科学》2006年第1期。
④ 吴炫:《中国当代文艺理论研究的三个缺失》,《文学评论》2007年第1期。

结为主要是缺乏"时代意识"和"历史关怀",他说"没有对自己时代历史的深刻关怀,缺乏时代的问题性,怎么可能触及到中国现实的真正问题,怎么可能有'中国问题'的发现呢?"由此强调从重建理论的主体性、注重对知识基本问题的研究和争鸣、恢复理论与现实生活的有机联系、注重科学与人文的内在统一性等方面予以加强①。吴炫、王晓华、李自雄等学者都强调"中国问题"的特殊性,主张要"立足中国文化特点来考虑东方式的现代民主建设的问题,其理论预设需要中国学者的理论原创才能解决",提醒反本质主义者"不要将发展中国家的'共同问题'、'全球问题'当成'中国问题'"②;并反复予以告诫:"如果忽视西方理论与中国语境可能存在的'错位'问题,用西方理论看到的就只是西方理论虚构中的中国,实质上是远离了真正的现实的中国,在这种虚构中的中国问题,还是'真正的中国问题'吗?"③

然而,反本质主义者直言不讳地作出的回敬是:所谓脱离中国经验或中国问题的指责其实与国人郁结胸中的某种"情结"有关;而问题是,今天"我们所用的语言工具已经受到了西方的'污染',又怎能去追求纯而又纯的原创理论呢?再说了,所有理论也必定都是互文本,它有继承性,不可能方方面面都

---

① 金永兵:《文学理论:从问题出发》,《淮阴师范学院学报》2013年第2期。
② 王晓华:《什么是文艺学论争的"中国问题"》,《文艺争鸣》2011年第9期。
③ 李自雄:《值得追问的"中国问题"——兼与王伟博士商榷》,《文艺争鸣》2013年第1期。

是新创,而只能在原有基础上部分突破"。在此现实情形下,也许"整合"比"原创"更重要也更切实可行。同时,也对国人的理论原创能力有所怀疑,认为"我们并不缺少独立思考,而是缺少实践那些好的独立思考的勇气、信心与决心"[①]。从中国现代文论研究历程中对一些重大问题的不断重复式表达,以及研究者日益学院化、专门化的发展趋势,日益脱离文学现实而时常陷于自说自话理论"窠臼"的普遍困境来看,反本质主义于此提出的批评却也切中肯綮。

---

① 王伟:《反本质主义、文论重建与中国问题》,《文艺争鸣》2013年第1期。

图书在版编目(CIP)数据

文学理论的重构/王伟著.—上海:上海三联书店,2018.
ISBN 978-7-5426-6168-5
Ⅰ.①文… Ⅱ.①王… Ⅲ.①文学理论 Ⅳ.①I0
中国版本图书馆 CIP 数据核字(2017)第 316767 号

文学理论的重构

著　　者　王　伟

责任编辑　钱震华
装帧设计　汪要军

出版发行　上海三联书店
　　　　　(201199)中国上海市都市路 4855 号
　　　　　http://www.sjpc1932.com

印　　刷　上海昌鑫龙印务有限公司

版　　次　2017 年 12 月第 1 版
印　　次　2017 年 12 月第 1 次印刷
开　　本　640×960　1/16
字　　数　270 千字
印　　张　23.5
书　　号　ISBN 978-7-5426-6168-5/I·1355
定　　价　58.00 元